国家出版基金项目
NATIONAL PUBLICATION FOUNDATION

华北抗日根据地及解放区文艺大系

陈晋　郑恩兵　主编

晋冀鲁豫《人民日报》文艺文献全编

散文报告文学

第二卷

关小彬　高露洋　编

河北出版传媒集团
河北教育出版社

图书在版编目（CIP）数据

晋冀鲁豫《人民日报》文艺文献全编．散文报告文学．第二卷 / 关小彬，高露洋编． —— 石家庄：河北教育出版社，2023.12

（华北抗日根据地及解放区文艺大系 / 陈晋，郑恩兵主编）

ISBN 978-7-5545-7672-4

Ⅰ．①晋… Ⅱ．①关… ②高… Ⅲ．①文艺－作品综合集－世界－现代②散文集－中国－现代③报告文学－作品集－中国－现代 Ⅳ．① I11 ② I266 ③ I25

中国国家版本馆 CIP 数据核字（2023）第 043815 号

书　　名	晋冀鲁豫《人民日报》文艺文献全编·散文报告文学·第二卷
	JINJILUYU RENMIN RIBAO WENYI WENXIAN QUANBIAN SANWEN BAOGAO WENXUE DI-ER JUAN
编　　者	关小彬　高露洋
责任编辑	霍雅楠
装帧设计	郝　旭
出　　版	河北出版传媒集团
	河北教育出版社　http://www.hbep.com
	（石家庄市联盟路705号，050061）
印　　制	石家庄众旺彩印有限公司
开　　本	787毫米×1092毫米　　1/16
印　　张	22.75
字　　数	287千字
版　　次	2023年12月第1版
印　　次	2023年12月第1次印刷
书　　号	ISBN 978-7-5545-7672-4
定　　价	128.00元

版权所有，侵权必究

丛书编委会

顾 问
陈平原 刘跃进 王长华 李 扬

编委会主任
吕新斌

编委会副主任
彭建强 孟庆凯 刘 月

主 编
陈 晋 郑恩兵

副主编
董素山 向 回 汪雅瑛

编 委（按姓氏笔画排序）
马春香 王少军 田浩军 包来军 吉 喆 刘书芳 刘贵廷
关小彬 杨 程 杨春生 宋少净 张 辉 张川平 赵 华
高露洋 郭义强 阎晓宏 梁晓晓

编纂说明

在中国共产党百年发展历程中,文艺始终是党领导人民开展进步事业的有机组成部分,是党在各个历史时期的中心工作的实时反映和重要推动力量。"华北抗日根据地及解放区文艺大系",是一部全面展示抗日战争和解放战争时期华北地区党的历史创造、奋斗风采和形象建构的大型革命历史文艺文献丛书,对于深入研究华北地区革命文艺史、红色新闻史,弘扬伟大建党精神、梳理中国共产党人精神谱系,是必不可少的第一手资料,是我们在新时代坚定树立文化自信的重要思想资源。

一、编纂缘起

抗日战争及解放战争时期,华北地处各方政治与文化力量激烈博弈的前沿,这种特殊政治、军事、文化、地理环境中产生的革命文艺,具有鲜明的地域性特征,是五四新文化运动以来的革命文艺发展史上的突出标识。

但一直以来,由于史料文献整理不足,对华北抗日根据地及解放区文艺的研究,始终未能深入,其独特的地域性实践价值和蕴含的文化创新意义被严重遮蔽。这些史料文献主要以党报党刊的形式呈现，梳理汇编这些党报党刊中的革命文艺史料，借之以探索华北革命文艺的发展路径、发展方向、创造机制和创新经验，是深入贯彻习近平总书记关于"把红色资源利用好、把红色传统发扬好、把红色基因传承好"，"用好红色资源、赓续红色血脉"等系列重要讲话精神的有力举措，也是新时代文艺研究者不可推卸的责任。

2017年6月左右，我们去中国社科院文学所拜访时任所长刘跃进先生，协商合作研究事宜，寻求中国社科院文学所的帮助。请教过程中，刘先生建议我们结合地方特色，做好地方红色文艺文献的搜集整理与编纂出版工作。经过一段时间筹备，2017年底，我们以"河北红色经典系列丛书"为名，正式申报"2018年度河北省省级宣传文化发展专项资金"项目并成功立项，旨在通过选定刊行河北红色经典作品、梳理汇编河北红色经典研究资料、系统阐述河北红色经典发展历史等基础性工作，打造一个集大成式的河北红色经典文献资料库。

项目最初设计共二十四卷，包括六大板块：《河北红色经典史》一卷、《河北红色文艺作品选》六卷、《河北红色经典作家作品索引》三卷、《河北红色经典研究资料汇编》四卷、《〈晋察冀日报〉副刊文学作品全编》六卷、《晋冀鲁豫抗日根据地文艺作品及〈新华日报〉太行版文艺作品汇编》四卷。但在项目实施过程中，我们充分吸收专家意见，认为网络时代和大数据背景下的科研活动有了很大变化，《河北红色经典作家作品索引》与《河北红色经典研究资料汇编》的编纂工作，在当前学术生态中价值不大，并予以取消。同时，在项目实施过程中我们发现，《晋察冀日报》《人民日报》等党报除刊发大量文艺作品外，还有大量记录边区文艺工作者行迹，反映边区戏剧、音乐、文学、美术、舞蹈、曲艺活动与报刊书籍出版发行等各方面情况的文艺史料，以及体现我党文艺方向、方针变化的政策文件与重要领导讲话，是华北地域党和人民对敌作战的重要宣传武器，更是飘扬在华北地区军民心中一面旗帜。这些史料是华北地域革命文艺发生、发展与壮大的真实记录，对我们正确认识革命文艺的特点与历史地位有重要的决定性作用。

为此，我们精心整理了《〈晋察冀日报〉文艺文献全编》《晋冀鲁豫〈人民日报〉文艺文献全编》《〈晋察冀画报〉文艺文献全编》《晋察冀日报社人物志》（共五十一卷），同时收入全国抗战时期和解放战争时期与河北地域相关且被广大群众所喜爱并广泛传唱的红色文艺作品，结集为《河北红色文艺作品选》（共六卷），至此形成丛书目前的五大板块，而且将名称由"河北红色经典系列丛书"改为"华北抗日根据地及解放区文艺大系"，方便以后在此基础上做进一步拓展。

二、地域范围及文艺特质

华北抗日根据地包括当时山东、河北、山西、察哈尔、绥远、热河全部及豫北、苏北、皖北部分地区，分晋绥、晋察冀、晋冀豫、冀鲁豫、山东五大块。1941年，冀鲁豫合并到晋冀豫，称晋冀鲁豫。其中晋察冀抗日根据地作为开辟最早、地域最大、人口最众的模范抗日根据地，是华北抗日根据地的坚强堡垒，牵制和抗击了三分之一以上的华北日军和二分之一的伪军。

在河北及其邻省周边地区开辟与创建华北抗日根据地，是红军长征到达陕北之后党中央迅速做出的重大战略决策。这些根据地地处对日武装斗争最前线，不仅打开了抗战的新局面，成为华北敌后抗战的主战场，而且进行了新民主主义社会的实践探索，对解放战争的历史进程产生了巨大影响，成为我党开辟东北解放区的前进基地和逐鹿中原的战略后方。随着抗日根据地的开辟，延安文艺工作团、西北战地服务团、东北促进纵队干部队、八路军总政治部前线记者团等大批文艺工作者，随同党政干部一道陆续抵达华北，东北、平津的青年学生也纷纷冒着生命危险来到边区。他们一手拿枪，一手拿笔，深入农村与抗战前线，切身体会工农兵的生活，深刻了解工农兵的需求，从而根本上克服了艺术至上主义思想倾向。所以，华北抗日根据地及解放区文艺，既响应了伟大的民族抗战对文学艺术提出的时代要求，亦充分兼顾到广大人民群众的接受习惯和欣赏水平，真实地反映了华北人民火热的战斗与生产生活。很多作者本身就是农民、战士或基层工作者，他们把自己的经历和熟悉的人和事，通过小说、戏剧、诗歌、报告文学、歌曲、绘画、舞蹈等文艺样式记录下来，语言通俗平实，富有生活气息。由于产生于特定时代、特定区域而又适应特定需要，故而无论是题材、语言还是风格，在体现革命大众文艺共性的同时，又具有强烈的华北地域特性。

华北抗日根据地及解放区文艺的繁荣发展，是专业文艺工作者与工农兵群众共同创造的结果。人民群众不仅是革命文艺运动的主导主体、推进主体、受益主体，还是一切成败得失的评判主体。华北抗日根据地及解放区文艺，归根结底，是"以人民为中心"的文艺。

三、学术价值

今天的河北在抗日战争、解放战争时期是晋察冀、晋冀鲁豫两大根据地的中心区域，有着悠久的革命历史传统和丰厚的红色文化底蕴。据不完全统计，抗日战争和解放战争期间，仅晋察冀边区专区以上就办有报刊四百余种，编印图书五百余万册。如果将这种统计扩大到环绕河北的整个华北抗日根据地及解放区，时间扩展至从中国共产党成立到中华人民共和国成立，数据更为可观。这些红色图书、报刊的出版发行，团结了一大批来自全国各地的著名革命文艺家和专业文艺工作者，其中有大量文艺相关信息，是研究近现代中国革命文艺的重要史料。但因受当时物质条件及复杂局势影响，它们传播范围有限，保存困难，如今已普遍出现老化或损毁现象，面临着消失、断层的危险。

长期以来，由于对抢救、整理和利用红色文艺文献的意义认识不足，现行的科研评价、出版机制亦难以有效刺激科研工作者积极从事老旧报刊等红色文艺文献的系统整理，大量有待整理的红色文艺文献尚未进入学界的视野。特别是华北抗日根据地及解放区的文艺文献，有很多甚至还是学术盲区。如《冀中导报》《救国报》《边政导报》《冀南日报》《团结报》《前进报》《新察哈尔报》《冀热察导报》等各类党报，以及《冀热辽画报》《冀中画报》《北方文化》《五十年代》《新长城》《新群众》《诗建设》《诗战线》等期刊，虽有部分学者对其办报（刊）历程、思想以及传播等方面予以研究，但均无系统的文艺文献整理本。"华北抗日根据地及解放区文艺大系"整理的《晋察冀日报》、晋冀鲁豫《人民日报》、《晋察冀画报》，是当时华北抗日根据地及解放区党报党刊的典型代表，是党的理论和实践同文艺结合的主要媒介和载体，是华北革命文艺重要的传播平台。这些报刊，既客观记录了华北革命文艺的传播与发展，也完整展现了华北革命文艺的特殊使命与风格特征，具有极其重要的史料价值。在此基础上，我们还会将视角延伸到《晋绥日报》《新华日报·太行版》《新华日报·太岳版》等党报，不断地充实这套大型文献史料丛书，以此来系统建构华北抗日根据地及解放区的"文艺史料学"。

四、丛书特色

这套丛书的编纂,主要以抗日战争及解放战争期间华北境内各根据地、解放区出版、发行、制作之图书、期刊、报纸等红色文献中的文艺资料为内容。编纂特色主要包括:

(一)抢救珍贵历史文献,弘扬伟大建党精神。

华北抗日根据地及解放区的红色文献发行于条件艰苦的战争年代,数量少,印制质量粗糙,历经岁月的洗礼,留存下来的品相完好者已经很少,有些到今天已成孤本。这些文献作为特定历史时期和区域的产物,见证了中国共产党领导华北人民争取民族独立和人民解放的伟大历程,反映了华北近代社会的巨大变化,蕴含着珍贵的史料价值和鉴往知来的现实意义,是中国共产党领导的文艺事业、新闻出版事业与意识形态建设发展的历史见证。它们诠释了党的初心和使命,蕴含着坚定的理想信念与崇高的革命精神,到今天仍然具有强大的感染力与说服力,是陶冶情操、磨炼意志,走好新时代长征路的有效精神资源。抢救性搜集、整理与研究这些珍贵历史文献,有利于增强党政干部政治信仰,弘扬伟大建党精神和践行社会主义核心价值观。

(二)文艺与党史密切融合,拓展革命文艺与党史研究的新视野。

革命文艺作品的创作、发表和传播,和党的历史任务和奋斗实践是分不开的。在艰苦卓绝的革命岁月,奋斗前行的中国共产党始终强调,既要拿"枪杆子",也要拿"笔杆子"。革命的文艺工作者,一手拿枪,一手拿笔,深入农村与抗战前线,以人民大众易于接受和欣赏的形式,宣传党的政策,推行党的方针,为中国共产党顺利完成不同历史阶段的中心任务和伟大使命发挥了独特而重要的作用。本套丛书收入的文献史料，主要是抗日战争与解放战争时期党报党刊中的文艺作品与文艺史料，它们鲜明生动地体现了党的历史，党领导人民争取民族独立、人民解放的奋斗历程和精神面貌，从而为学界从文艺角度研究党史和从党史角度研究文艺提供了有力支撑。

(三) 作品汇编与史料梳理并行，还原革命文艺的历史场域。

"华北抗日根据地及解放区文艺大系"的编纂，全面辑录华北抗日根据地及解放区党报党刊上刊登的诗歌、小说、戏剧、报告文学、散文、歌曲、版画等文艺作品，并系统梳理当时文艺发生、发展、传播以及社会各界文艺活动的各类消息和报导，同时选编了大量的河北红色文艺作品作为补充。这种文艺史料与文艺作品的配合整理，还原了革命文艺的历史场域，有利于构建对革命文艺的科学认识。

五、丛书内容

(一)《〈晋察冀日报〉文艺文献全编》共三十八卷：

诗歌三卷

戏剧一卷

小说二卷

文艺评论三卷

文艺史料九卷

外国文艺二卷

散文报告文学十七卷

歌曲版画一卷

(二)《晋冀鲁豫〈人民日报〉文艺文献全编》共十一卷：

诗歌一卷

戏剧、小说、文艺评论一卷

散文报告文学五卷

文艺史料四卷

（三）《〈晋察冀画报〉文艺文献全编》一卷

（四）《晋察冀日报社人物志》一卷

（五）《河北红色文艺作品选》共六卷：

诗歌一卷

戏剧一卷

散文一卷

小说三卷

六、编纂体例

（一）整套丛书题材丰富、门类众多，在体裁上不做强行统一。

（二）丛书中所录作品均为当年报刊发表的原文。为确保丛书的文献性、学术性、专业性和资料性，丛书编辑加工的总原则为保持文献原貌，内容上不做改动。

（三）文字的使用

1. 丛书中文字的使用以2013年教育部、国家语言文字工作委员会公布的《通用规范汉字表》为准。

2. 丛书中的古体字、通假字、俗体字，以及所涉及姓名字号、职官地理等专用字，均予保留。

3. 丛书原文字迹模糊残损，但仍可辨认或可依上下文校正，以字外加方框"口"表示；原文缺字或无法辨识，且无法校补，每字以一个方框"口"表示；如无法统计所缺字数，则以"☑"表示。

4. 丛书中数字的使用，保持原貌。

（四）标点符号及其他符号的使用

1. 丛书在不改变原文意义的情况下，将旧式标点改作现行标点符号。

2. 丛书原文中出现代表文字的符号，如"×""△""○""▲"等，保持原貌。

3. 丛书原文中的着重号、专名号等不再保留。

（五）其他

1. 丛书原文中的注释，保持原貌；编者亦出部分注释，供读者参考。

2. 因为原始文献本身产生于战争年代，保存不易，漫漶不清处较多，丛书疏误之处在所难免，希望专家读者批评指正。

七、鸣谢

本套丛书得以顺利面世，要特别感谢中共河北省委宣传部、河北省社会科学院、河北教育出版社的资金支持，以及北京大学陈平原教授、中国社科院文学所刘跃进研究员、南开大学文学院李扬教授、河北师范大学文学院王长华教授等，为丛书编纂提供了多方面的学术支撑；晋察冀日报社老报人及报史研究会诸位老师，中国社科院文学所现代室、中国丁玲研究会、中国现代文学馆各位专家，也在丛书编纂过程中提出了许多建设性意见；院内外的数十位年轻科研工作者，在原文录入和校对方面付出了艰辛劳动，确保了项目的顺利进行。在此一并致谢。

把艺术交给大众（代序）
——祝贺"华北抗日根据地及解放区文艺大系"结集问世

中国社会科学院　刘跃进

由河北省社会科学院文学研究所编纂、河北教育出版社出版的"华北抗日根据地及解放区文艺大系"结集问世，值得庆贺。

文艺是时代前进的号角。1937年7月7日，卢沟桥事变爆发，全面抗战由此而起。广大的爱国知识分子和青年学生，表现出同仇敌忾的民族气节，走出书斋，走出校园，用知识，用智慧，用不屈的精神力量唤醒民众，用实际行动担负起抗日救亡的历史重任。在此后的岁月里，延安文艺和华北抗日根据地及解放区文艺，是中国共产党领导下的两大主体，双峰并峙，展示着那个时代的风貌，引领了那个时代的风气。

随着抗日根据地的开辟，延安文艺工作团、西北战地服务团、东北促进纵队干部队、八路军总政治部前线记者团等大批文艺工作者，随同党政干部一道陆续抵达华北，东北、平津的青年学生也纷纷冒着生命危险来到边区。他们一方面积极创作大量街头剧、活报剧、街头诗、墙头小说、木刻版画、歌曲、舞蹈等革命文艺，开展抗日救亡宣传运动；一方面也通过开办文艺干训班，开展各行业、各阶层甚至全民的文艺创作与评选活动，吸引工农兵群众加入文艺队伍，掀起了"晋察冀一周""冀中一日"等具有深化性质的群众写作运动，以及"创造模范村剧团""穷人乐"等群众戏剧运动，为晋察冀文艺史添上了浓墨重彩的一笔。

说到这里，我想起2009年参加《北平学生移动剧团团体日记》捐赠仪式的一段往事。从1937年到1938年，在中国抗战史上唯一以大学生组成的"北平学生移动剧团"在长达一年半的时间里，历尽艰难，转辗于国民党第五战区的各个战场，演出话剧，创办报纸，宣传抗日，鼓舞斗志，谱写出响彻云霄的时代赞歌。移动剧团的成员每人一周轮流记述，用日记形式记录了那段不平凡的岁月，《北平学生移动剧团团体日记》就是这部历史的记录。它不是写给个人看的私密记录，也不是为将来面世扬名。作者完全出于一种历史责任，真实客观地记录了那段鲜为人知的历史，体现出强烈的史家意识。日记封面上有这样一段题记，"北平学生移动剧团·愿我永恒·中华民国二十七年二月二十三日始·璧华"。孤立地看这部日记，也许没有什么轰轰烈烈的战斗业绩，也没有什么感人肺腑的情感纠结。客观、平实是它的本色，正是这种本色，为那个历史年代留下一段真实。"北平学生移动剧团"的抗日活动，是文艺工作者投身抗日洪流中的一个历史缩影。

随着抗战的胜利，察哈尔省会张家口解放，晋察冀文协、晋察冀剧协、晋察冀音协、晋察冀美协、晋察冀通讯社、晋察冀边区剧社、晋察冀日报社、晋察冀画报社等文化团体随中共晋察冀中央局和军区领导先后开赴华北根据地，一大批文艺工作者也随之来到华北，开展丰富多彩的文艺活动。他们坚持毛泽东《在延安文艺座谈会上的讲话》中指出的方向，一手拿枪，一手拿笔，深入农村与抗战前线，既为切身体会工农兵的生活，也为深刻了解工农兵的需求，从而在根本上克服了自身相当普遍和严重的艺术至上主义思想倾向，为工农兵而创作，为工农兵所利用，以人民大众易于接受和欣赏的形式，普遍写人民大众的生产战斗故事。譬如左翼作家邵子南，于1938年10月随西战团到晋察冀，主持战地社日常工作，主编《诗建设》；1943年整风运动后，他到阜平任小学教员，在反"扫荡"中与群众、民兵一起转移、战斗，还直接在五丈湾跟随李勇的游击组对日寇展开地雷战；1944年5月随团回延安，在鲁艺任教，后调陕甘宁文协搞专业创作，开始大量创作反映晋察冀边区生活的小说。他以亲身体验为基础创作的短篇小说《李勇大摆地雷阵》（后改为《地雷阵》），运用阜平农民群众的语言，以口语化方式讲述了爆炸英雄李勇的抗日故事，明显吸取了民间说唱文学的优点，特别是在白话叙述中还插入不少快板式的韵白，更适合群众的喜好，因而在当时广为流传，家喻户晓，起到了很大的宣传鼓动作用。其他作品，如《荷花淀》《太阳照在桑干河上》《漳河水》《赶车传》《王九诉苦》《孟祥英翻身》《新儿女英雄传》《白求恩大夫》《我的两家房东》《穷人乐》《李殿冰》《戎冠秀》《没有共产党就没有中国》《团结就是力量》《没有土地的人们》《白毛女》等，都是成功的文艺典范，在现代中国文学史上占据比较重要的位置。

　　在华北抗日根据地及解放区的文艺创作成果中，还有数以万计的文艺作品和极具研究价值的文艺史料刊发在根据地及解放区所办的报刊上。很多作者，本身就是农民、战士或基层工作者。他们把自己的经历和熟悉的人和事，通过小说、戏剧、诗歌、报告文学、歌曲、绘画、舞蹈等文艺样式记录下来，语言通俗，富有生活气息。人民既是历史的创造者，也是历史的见证者；既是历史的"剧中人"，也是历史的"剧作者"。让故事中的人物自己编词、自己表演的创作方式，很好地反映出人民的心声，并让人民群众从生动活泼的艺术作品中得到教育，这确实是一个成功的尝试。

配合党的中心工作，"把艺术交给大众"，通过文艺唤醒大众，这已成为华北文艺工作者的自觉意识。他们积极响应伟大的民族抗战对文学艺术提出的时代要求，充分兼顾到广大人民群众的接受习惯和欣赏水平，创作了大量的作品，真实地反映了燕赵儿女火热的战斗与生产生活，起到了良好的宣传教育与鼓动激励效果。刘萧无编排新闻报道剧《李殿冰》，编剧与演员一起住到李殿冰家里，以便于熟悉主人公的生活，搜集真实生动的群众语言，还模仿他们的动作，理解他们的心理，甚至还让主人公李殿冰等直接参与剧本的修改和编排。描写群众的生活，邀请群众参与创作，这是当时文艺工作者走群众路线的生动体现。该剧演出后获得当地老百姓的极大赞赏，鲁中实验剧团还专门学习该剧的创作方法，创编了三幕五场话剧《过关》。艾思奇《前方文艺运动的新范例》更是誉其开创了前方文艺的新范例。抗敌剧社的《王老三减租小唱》、冀中火线剧社的话剧《我们的母亲》，也都具有这种特色。

这些文艺作品，可能略显仓促，有的甚至急就于战火中，所以在素材提炼、人物形象塑造以及语言的使用、细节的刻画等方面还有很多不足。但是，这不是一般意义上的创作，而是燕赵大地为争取民族独立、人民解放的集体记忆和行动号角，是中国革命事业的重要组成部分。华北抗日根据地及解放区的文艺，有很多这样未经沉淀的纪实作品，不管其艺术性如何，但在发动群众、组织群众、铸就抗击日寇和国民党反动派铜墙铁壁方面，发挥了无可替代的作用。20世纪五六十年代，河北地区涌现出大量的红色经典，便是华北抗日根据地及解放区文艺的传承和发展。

2017年6月，河北省社科院文学所郑恩兵所长来京与我们协商合作研究事宜。我根据所了解的信息，建议他们结合地方特色，做好地方红色文艺文献的搜集整理与编纂出版工作。"华北抗日根据地及解放区文艺大系"就是那次商讨的成果。全书由五个部分组成：第一部分为《晋察冀日报》文艺文献全编，第二部分为晋冀鲁豫《人民日报》文艺文献全编，第三部分为《晋察冀画报》文艺文献全编，第四部分为晋察冀日报社人物志，第五部分为河北红色文艺作品选。全书收录各种文体的作品六千余种，包括小说、诗歌、文艺评论、戏剧、报告文学、散文、文艺通讯、美术、书法和音乐、文艺史料，还有文艺信息、文艺广告，基本涵盖了华北抗日根据地及解放区的文艺创作情况，具有很高的研究价值。

  时值中华人民共和国成立七十五周年之际，我们有机会阅读这部皇皇五十余册的"华北抗日根据地及解放区文艺大系"，更加深切地感受到新中国的建立真是来之不易，她是无数条战线的可歌可泣的人们不懈奋斗的结果。在这样一个特殊的日子里，我们感念当年那些有名无名的作者，感谢参与整理工作的学者，当然，更要感激我们这个伟大的时代。

目 录

为七百万人民请命	1
英勇的四平街保卫战	6
劳动的妇女们	11
五月杂感	19
希特勒式的"神经病"	21
毛主席的相片	23
把悲痛变为力量，与人民密切结合！	25
掀石碑	29
幼儿之家	33
新生命的检阅	37
石塘人们的新生	42
人民的裁判	46
寄语花旗将军	49
呜呼！"国防"？！	54
三千农民愤恨平鹰坟	56
天亮了吗？（上海通讯）	60
今日的滏阳河	66
"不忠实自己丈夫"的徐爱夏	69
外人眼中的张家口	73
一个知识分子的道路	77
和平与大饼	81
故都鳞爪	83
陪梁正伦大夫参观记	85

条目	页码
"揭皮"	92
人民的军队在火线上	97
采访散记之一：麦收时节	101
吴哲卿	104
助收三日（部队通讯）	109
悼罗炳辉同志	113
罗炳辉将军墓前演说	116
从一个人看共产党与农民	119
魔爪血影	124
中国共产党中央委员会为"七七"九周年纪念宣言	127
边区两万人集会邯郸纪念"七七"反对内战	133
遥慰马夷初（叙伦）先生	137
恶政府	139
我所爱的北方大学	143
鬼魅的世界（昆明通讯）	148
又一笔血债	154
杨彩凤与子镇的纺织	156
杀人犯的统治	159
周保中将军	161
起来，踏着闻氏血迹前进！	165
诗歌与音乐	167
金圙	169
东江纵队北撤记	175
哭我的姨父李公仆	179
你是永远属于人民的！	182
探张学良将军	187
忆闻师	189

劳动模范张金生	191
李公仆闻一多两烈士哀辞	195
陆定一同志大会演辞	198
鸭绿江边的安东	201
跳板	209
快乐的张万福屯	211
翻了身的人们	214
游美观感	218
纺织英雄宋爱的	221
热泪	224
死亡线上的河南人民	226
重见光明的杞县城	231
守住土地祠	233
从黑暗到光明	236
学习博古同志	240
悼念我们的社长和战友博古同志	240
悼博古	242
孔从周将军访问记	244
我见到了民主建国军	250
自卫英雄们	254
火线散记	258
河防堡垒杜八联（上）	261
论作家的业务	268
老张欣	270
论中国史上的正统主义	276
来客话北平	280
心坎的话	283

洪泽湖中的民兵	285
两天三胜记	288
模范共产党员崔小毛	291
南京的"花子队"	294
"有共产党就有时光"	296
小诸葛计捉溃兵	298
该是说话和行动的时候了!	299
北大医学院在怒吼!	301
愤怒的邯郸城	303
人民在欢呼	305
十五年来悲惨的回忆	307
民兵射击手	312
沸腾了的热情	314
人民与军队	316
解放区民兵故事	318
一天一夜	320
东北农村风景线	323
永恒的光辉	325
火线短曲	328
就擒蒋家匪帮	329
富家滩工人解放前后	331
火线短曲	334
常村之战	335
绿豆水	339

为七百万人民请命

李庄

一、毁灭与新生

四月九日,五辆吉普车载着黄河勘察团从菏泽出发,沿着黄河故道,由西南向东北驶去。车上插着写有"黄河"两字的小旗。

"黄河要回来了!"濮县的老百姓做梦都怕遇到重新袭来的滔天黄水。恐惧袭击着沿河几百万居民。

今年一月里国民党就提出"黄河归故"。解放区因为这是个关系几百万人命的大事情,马上派遣自己的代表和国民党磋商,开封会议之后,由三方代表合组勘察团,赴黄河故道勘察,以决定施工合龙计划和救济的办法。

吉普车带着神秘的消息驶过来。人们看见西装革履的国民党代表,他们更加惊愕了。他们知道这些人就是过去负责"治黄",贪污中饱而使黄河经常决口的人。他们的到来,只会给自己增加更多的不幸。但是,他们又看到了自己的代表——冀鲁豫行署贾心斋主任及赵明甫等,于是他们安心了。他们请愿、他们哭诉,希望代表们能够看到这个近三十县七百万人生死攸关的大问题,先复堤浚河,再合龙放水,同时切实救济被害的人民。他们知道国民党代表靠不住,因此,他们要求治河机构中一定要有自己的代表。

一周的勘察,给人的印象是毁灭和新生。

两千里的河堤,已经完全支离破碎了,许多地方被敌伪挖成了封锁沟,许多地方被农民改成了耕地。再加上风吹雨打,使许多段河堤连痕迹都没有了。黄河水利委员会委员长赵守钰也说:"百分之三十的堤坝须要完全重新修补。"

不真去看看黄河故道,很难想象它的可怕。由于堤坝的破坏,许多段河身高出地面一丈二到两丈,这种俗语所说的"悬河",全是过去统治者只治标、不治本,徒斤斤于"九仞之城"的结果。防险的石坝大多已经坍塌,在积沙的河身上,矗立着一座座骇人的淤滩……这样大的工程,短期内是绝对不能完成的。在冀鲁豫解放区内的河身共长一四二六里,如果完全修好,至少须筑一千五百万土方,用人工二千三百三十万个——怕人的数字!

但是,沿着黄河故道走一遭,你同时能够看到民主政府和群众力量的伟大。自从这里成了解放区,过去因洪水泛滥而逃亡在外的人们都回来了。他们在民主政府领导与扶植下,垦荒植树,重新建立自己的家园。现在广袤的河滩里,点缀起一片片油绿的麦田,麦田中间是被杨柳树拱围着的村庄,街道整齐、房屋宽敞,显然是有计划的建造起来的。

东平州过去黄水为患,语称"十年九不收。"自从黄河改道,这里建立了解放区以后,那种怕人的事情完全成为过去了。冀鲁豫行署曾以十八万元专门治湖。三百顷瘠硗的湖地变为良田,每亩可收获三百斤麦子。东平湖与运河相连,运河又与黄河相通,如果黄河重来,这些湖地都将化为乌有。

利津东北近海的地方曾经全为荒区,荆条遍地,五谷不生,田野里到处奔驰着兔子。抗战后这里也成了解放区,寿光、安丘……的人纷纷赶来垦荒。政府发放了二百六十万元垦荒贷款。人们披荆斩棘,一面垦植,一面和进攻的敌人打仗。新生活建立起来了,人口由五万增至三十万,七分之三的人口过着中农以上的生活。这里原先就没有堤坝,黄河归故之后,必致洪流漫流,这些流血流汗、功在国家的人民,又要遭逢流离失所的厄运。

"黄河归故"的影响太大了,仅郓、鄄、濮、寿、范、昆六县,就将有八百五十六个村庄陆沉水底,三十七万九千多人口,要失掉生命和家园。

二、天灾？人祸？

抗战胜利之后，三八年黄河在中牟花园口溃决的公开秘密揭破了。原是蒋介石命令马鸿逵掘开的。坚持一党专政的英雄们常打败仗原无足奇，问题在于这些人们永远不自悔悟，却以人民的生命财产作赌注。以至滚滚黄河一泻千里，豫东的中牟、尉氏及皖北的太和、涡阳等十六县随之陆沉。三十多万人死于非命，六百万人失掉了家园。人为的灾害等于消灭了一个比利时，死绝了一个卢森堡。

黄河百害，早经载诸史籍。历代治黄，不知难倒了多少水利专家。其中原因虽多，但最重要的一项，是这种天灾始终与人祸相结合，二者并互为因果。从民国二年至二十三年，黄河在现冀鲁豫解放区范围内决口达十二次，决口次数且在按比例逐年增加。治黄被视作发财之道，偷工减料，苟且敷衍，黄河不决，是无"天理"。沿河群众坚持治河机构一定要有解放区代表参加，就是这个缘故。从三八年到四五年，决口指数更是飞跃增加，八年中竟有九次（每次均决口数处），而且都是国民党掘开的。

国民党反动派会说："我在三八年掘开黄河，是为了阻止敌人，保卫中原。"中原是否因此保卫住了，已为抗战中的事实所证明，这里不去说它，只说以后的几次，其目的竟是完全为了淹没豫东坚持抗战的八路军、新四军和淳朴的人民。例如：

四〇年，国民党泛东游击支队阮创部在西华郭村决口两处，目的在淹没我十二分区淮太西部队。

四三年，国民党在豫东大"剿"新四军，因为新四军有群众拥护，剿不了，于是国民党河南十二专署第三大队梁化龙就在古铜、刘口等地决口十三处，企图使我抗战军民同归于尽。

四四年，国民党泛东挺进军张公达掘开扶沟陵口，把豫东人民及我军已播种的田地完全淹没，企图把我们饿死。

四五年九月四日，国民党泛东挺进军曹世部掘开水波口，滚滚黄河向我反攻大军汹涌而来，这时我已解放扶沟，正向鄢陵挺进（鄢陵城内住的是伪军），被洪水阻绝了我军的进路。

四五年九月二十五日，国民党泛东"剿共"独立支队马淮诚掘开西华以东清河驿堤，这时我军正布置收复太康，洪水造成一片阻绝地带，给我军增加了许多困难。

这些决口给予豫东抗战军民的损失，恐怕永远也算不清的。这次国民党要"黄河归故"的目的，是在把山东、豫东、苏中、苏北等解放区与华北分割开来，是国民党全面内战阴谋的一部分。

三、问题的焦点

解放区民主政府和广大人民深知"黄河归故"将带给他们什么。但是他们并没有反对"黄河归故"。

体念黄泛区人民的痛苦，他们默默无言地承受了"黄河归故"这副沉重的担子。问题在于怎么个"归"法。

四月十五日，国民党、解放区及美方代表在菏泽成立了协议，规定先浚河修堤、后合龙放水；由黄委会呈请联总行总切实救济沿河难胞，每人发给十万元（法币）迁移费，治河机构由国民党、解放区双方代表共同组成。

但是，菏泽协议墨迹未干，国民党就撕毁了这一协定。也许，在订定这个协议时它就没有准备实行。它的宣传机关中央社说："复堤工作已与共方商定，可于两月内配合花园口堵口工作同时完成。"这是睁着眼睛造谣，明眼人一看便知，不但双方并未这么"商定"，而且像这样浩大的浚河复堤工作，本年内根本不能完成。中央社是一贯诬蔑解放区的，在这时候它却说："中共区民众有组织，有庞大的人力物力"，但是"阻挠河工之进行"，这显然是□图率甚□水的借口。

解放区代表赵明甫氏看到这种情形,特亲自到花园口跑了一遭,又和国民党代表会谈,商定故道下游于麦收前先测量河床,秋后浚河并裁弯取直,明春修理险工,最后再合龙放水。但是,惯于自食其言的国民党马上又变了卦,它顽固地坚持要在两个月内全部完工。

与其说国民党从来不管人民的死活,毋宁说它的一举一动,都是有意制人民于死命。故道的复堤浚河工程虽离完成尚远,但花园口的堵口工程却已差不多了。这个一千六百公尺的决口,连续从两边"抢修",中间只剩了六百公尺尚未合龙。民国以来历次黄河决口,总是翌年合龙,甚至有迟至第三年者。那时候国民党迟迟其行,这次却特别积极了。它们调来汽车,修了铁路,残酷的鞭打着强拉来的民夫,无限止地强征各种材料。为的是尽早放过水来,使沿河的解放区变成泽国。

花园口合龙之日,差不多正是大汛之时,滔天的黄水就要横流而来,几百万条生命将要被抛到死亡线上。

面临着这个天大的阴谋,又一个"比利时"将被毁灭了。

全国人民警惕起来,拯救这七百万将被毁灭的同胞!

河南、河北、山东的人民动员起来,坚持彻底实现菏泽协议,用自己的力量维护自己的生命!

(1946年5月15日)

英勇的四平街保卫战

刘白羽

记者整日穿行在激战的阵地上,四平街的保卫战已进至第二十四天了。在这里,人民的忠实的警卫员们,写下了最英勇的一页。二十几天以来,这一块土地,无时不在残酷的轰炸之中,那些带着逼人的凶焰而来的美械装备之新一军,曾经以每分钟平均卅发炮弹的火力猛攻,但他们被阻止住,光荣的四平街第一线顽强不屈,它如同一座石山。四平街在两条铁路交叉的十字路口上,是一个有几万人口的城市。公允地说,这里不是什么稀奇险要的地方,附近只有一二处高地,前面有一条小小的河流。反动派的军队从南面、西南和西北面的一部分同时向这个城攻击,炮声从三十里以外就听到了。战士们在他们低矮的堡垒里,坚决地执行任务。

当他们第一次走进这些地堡,十连的连长、政治指导员和他们排长,同大家宣誓:"我誓死坚持这里,死了也要把尸体拦阻着敌人!"

最严重紧张的第一天打击以后,突然——由一个连扩大到一个营,一个营扩大到一个团,这话成为大家的话,他们在炽烈的炮火之下,缜密地把它记录下来,写成信,写给他们挚爱而信赖的指挥者林彪总司令。在暴风春雨之中,战士们白天从地堡射击,夜晚里利用坚固的碉堡抵抗。在一个地堡里,那是一个班的重机枪阵地,在工事里边的右壁上写着:"正确瞄准射击",左壁上写着:"不怕牺牲流血",正面写着号码,那里是射击手和掷弹手的位置。我很相信,我们的战士对于他们的阵地有很深的感情,在作战当中,有一个班最后只剩下两个人,班长万金合和战士夏景春,他们最后下了决心,班长说:"只要咱们活着,就不能叫阵地丢了,我们把手榴弹准备好,上来就打他。"果然，反动派一个连在这阵地上前冲了三次，都被打退了。他们坚持了一天一夜，天明以后，新的部队来换他们下去休息，他们对他们亲爱的阵地，还是恋恋不舍。

我很了解，我很想知道他们为什么具有这样的气概。前两天，一个干燥发热的黄昏，我在满蔽尘土的街道上，看到从前线阵地上来的担架队。我跟其中一个姓张的、住四平街三马路作皮匠的年轻人谈起来，他热诚地告诉我："同志，国民党进不来了，他们开头说三天不进来就不吃饭，可是后来又说一个星期，现在又听说大概一个月了。"他是一个十分幽默有趣的人，但他的自信来自这二十多天的铁与血的实际，我问他为什么，他简单地回答："飞机大炮把四平街炸平，我们不退还是没用呀！"这就是无敌力量的来源。四平街的群众不是战争的爱好者，他们是和平的盼望者，就在战争前天，他们中间还有两万家长代表二十万市民签名，要求和平，想送给沈阳的执行小组。当和平无望了，他们听说胡子又要来了（他们憎恨反动派队伍，叫作胡子；而民主联军是他们写信请来的），他们沉默而坚毅地走到民主联军战士的身旁掘起工事来了。这样做的有七千人。但是他们心中悬虑着：这样的兄弟顶得住"猴子队"（他们叫那些穿美军服装的新一军为猴子队）吗？火光闪烁，一阵炮火排山倒海地响来，我们区政府的干部站在瞭望哨上，用铅笔一道道划着，记不下那紧密的炮声。大家关心着第一线，眼看着两个通讯员往前跑而跑不过去，伏倒地下了。半小时后，第一线打来电话，是连长的口音："阵地很好，只伤一个人，请首长放心。"这时老百姓笑得裂开了嘴。现在他们每天听到炮声很高兴，他们对部队同志说："我们听了打得好。"

一天夕阳西沉的时候，对方火力沉寂了，忽然铁路东三个区的老百姓拥挤到政府来，跟区长说："前方同志为我们老百姓流血牺牲，我们准备些饼干鸡蛋慰劳同志们。"区长说："目标太大，怕受损失。"劝他们不要去,可是谁也不肯,后来想个办法,就是选举代表到火线上。战士从工事里伸出头说:"为了东北的和平民主,这算不了什么。"

在艰难的日子里,由于血流在一起,部队和人民在四平街造成钢一样的结合。

现在,白天家家户户都在家里,他们在□里掘了地窟,晚间在窗上遮了黑布,不让电灯光露出一点来,电线夜里给炮火炸断,市政府领导着一部分工人,白天又把它修好。日夜都有汽车在街上巡逻,大街上到处是沙袋堆的工事。

根据前十五天的统计,四平街五个区共死五十五人,伤一百四十三人,毁房屋数百间。

这个牺牲损失的数字,引起的不是恐惧,而是愤恨的火焰!

一个老年人被弹片伤了膝盖,打入骨中,立即被送进医院,马上区长和共产党区委书记来看他,还带了鸡蛋,告诉他,他已经分到十亩敌伪土地。这老年人说:"从没见过我们老百姓挂了彩,跟同志们一样看待,区长还来看我。我五十八岁了,没见过这样好的军队,这一辈子总算叫我看见好人了。"而政府在战争中成为人民的首脑和保护者。房屋被毁了,政府立刻调剂公共房屋给他们,负伤的政府送进医院,每天三十五元;生活困难的,还发高粱给他们;被炮火轰死者,政府买棺木入土,还抚恤家庭一千元和一百斤高粱,还发给一个长期抚恤证。现在为了解决大家的吃菜,各区都组织了临时合作社,用大豆生豆芽制豆腐,区干部调查全市各商店储蓄的盐和油,征得商人同意,代为卖给需要的人家,把卖得的钱再转给商店。在这完全组织起来的战争里,城里出版有两种报纸,一种是给部队看的油印报《战斗四平街》,另一种是给老百姓看的铅字报《新闻简讯》。后一种报销售三千份。老百姓不便在炮火中外出,都是经过区干部送到门里面去。这些英勇的工作者，常常是几夜不睡，他们为了人民并和人民紧紧地在一起。四平街的人说："打垮他们，叫他们看得见，进不来！"另一方面，那些厌战的俘虏在说："我们过来了，在我们所访问的老百姓中间发现他们喜欢说：'从什么时候我就过来了？'或者'从什么时候我放下了枪？'"

一次，在野战政治部里开了一个俘虏座谈会，一个青年排长说："抗战开始，我为了挽救国家危亡，离开了自己相当富裕的家，满腔热血地去当兵，没想到在被逼着打内战！……"说着他哭了。这时，一个营长叫郭朝南，河南清化县人，得了急病，突然满脸流着泪，站起来大声说："报告主席，我今天如大梦初醒，知道过去做错了，我知道内战责任不在共产党，是在那些反动派。"这时，他激动地高呼："拥护解放东北有功的民主联军！"全场都感动了。接着，他诚挚地说："我知道我参加共产党条件不够，但我愿意进一步了解和努力，希望将来做一个共产党员。"他哭了，含着泪走向后方医院去休养了。

从黑暗到光明，不是一件容易的事，反动派想过种种方法，使他们的士兵变得愚蠢。

新一军起初那样自大狂妄，摇摇摆摆地到了东北，但只有一个问题，国民党当局是无法解决的，那就是在战争一接触之后，长官便无法再保存他们的欺骗。士兵知道，对方不是土匪，因为世界上没有任何地方有这样的土匪；俘虏没有遭到活埋或剥皮，而得到的是温暖。在四平街战争的二十多天内，士兵的情绪有着显著的变化，一方面是下降、动摇；另一方面却是上升、坚定。新一军的士兵开始把民主联军的传单秘密藏在贴身的口袋里，在战斗间隙时偷偷地拿出来看。

我到前方就看到一辆大车，送十几个俘虏回去，满车官员，每人得到香烟和路费。

不久以前，在金山堡反动派遭受了打击，二百多伤兵被丢弃在阵地上,他们哀号呼吟,后来民主联军的同志们把他们用担架抬到铺满稻草的房内,喂他们吃饭;两天之后,用几辆大车把他们送了回去——这使七十一军的无数士兵明白了真相。

乘火车回来时,同车就有三个穿着灰色美军服装的炮手,他们告诉我:"我们不赞成打内战,这就是一切。"

四平街英勇的人们,永远留在我的记忆里面——当我从车厢上望着两边无际的东北丰饶的原野的时候,我崇敬英雄,四平街在为整个东北的和平民主而用胸膛抵住炮火与毒箭。四平街不是孤单的,全东北人民会把手伸向你,眼睛望着四平街,把力量集中向你。四平街不仅是为了东北,也是为了中国。民主与反民主的斗争,光明的前途,是在这重要的时间内发展着。

(1946年5月15日)

劳动的妇女们

曾克

> 战争不只是灾害，它还是一种考验，一种检阅人民力量的伟大学校。
>
> ——斯大林

左权的工作告了一个段落。当我要离开梁峪到武乡去的先一天，一起的妇女们，都跑来给我送行了。她们每个人都是一进门就说：

"你怎呢就要走？在俺们这多上几天吧！帮助俺们把纺织好好开展开展。"

我看着她们一张张被山风吹得发红的脸，一个个健壮结实的体格，听着她们这样充满着热情的话，确实有些不愿马上离开她们了。我再三要她们到炕上坐下来，大家好在临别前多谈上几句话。可是，她们总急于拍打破旧的衣服上满沾的粪土，有的还用袖子抹着额头上的汗粒，像是安静不住的样子，对我说：

"俺们都是正忙着朝地里送粪呢！是听说你要走了，谁都想过来照照你。俺们互助组商量了一下，大家才轮流着来，可不敢多坐，□了班，还得挨批评哩。"

这样，我就没有再多留她们，只按照她们每个人的要求，一个个地在她们的学习本子上，写下了我的名字，和我对她们鼓励、希望的简单的话句。

一整天，我的屋子里没有断人。她们带着深深的依恋，来了去，去了又来。

为着第二天的行程，夜晚，我早点躺下了。当我正要吹熄了油灯准备睡的时候，突然，我的从外面反扣着的房门，被一个匆匆跑来的人推开了。

"改梅,你怎么这个时候跑来了?"我从灯光中一发现进来的人的熟悉的面孔,就惊喜地问了一声。

她顾不得讲话,跑到我的炕前,两只手按着我要坐起的上身,伏在我的枕头边,喘吁吁地说:

"明儿早上,我去送你呵!村长刚刚一来俺家告诉,我就喜得了不得,我憋不住要来对你说,要不,我一晚上也睡不着。"

她的一对黑眼睛直直地对我看着,小孩子一般天真地又说:

"我对你说,俺家那头毛驴子,是全村顶吃劲的一个,今黑夜,我操心喂上。你可好好歇息歇息吧!"

说完了话,她站起来就要走。我一把扯住了她的胳膊,不安地说:

"家里没有别的人能去了吗?一天叫你往返跑七八十里,怕累着你了呵!"

"看你说的哪里话?别说家里根本没有人,就是有人,我明天也非去送你不行。这是个难得的机会,别的妇女听说都还眼红呢!谁不想去送送你?你在俺村住了月把,也知道,梁峪什么事也全凭俺们老婆们办。抬上担架,一走就是几十里,帮你赶赶牲口算个什?路上替你照照小慢慢(注)。赶黑就能返回来。"她瞪大了黑眼睛十分有理由地说。

我被她的亲切而刚毅的话感动了。我用手拨了拨她的包着白毛巾的头,诚恳地说:

"我是巴不得你们来送我呵!你最好能跟我在洪水住一晚上,第二天再返回来。我们多谈谈玩玩,你也可以游窜游窜。你回去跟家里商量商量,看怎么样?"

她十分同意我的这个提议,高兴得几乎连话都说不上来。停了一下,她用力握了握我的手,转身就跑了。她的短小的身材,如同每天

清晨带领着青年妇女们跑步一样的轻捷,很快就闪出屋门去。她替我好好将门挂起后,又从门缝里轻声地说:

"明儿,我早早就准备停当了。"

如同喝了几杯浓热的酒,这妇女分队长的黑夜赶来,刺激得我无论如何也睡不着了,心中兴奋地在想着改梅,以及和改梅一样的梁峪村所有的妇女们。她们勤劳、刻苦、朴素的姿影,一连串的鲜明的记忆,都活动在我的眼前了。

记得,我初初到村子的那一天,是刚刚过了元宵节,按乡村老百姓的习惯,还正是休息玩乐的好时候,我却看见不少的妇女们,提着筐子在到处拾粪,其中很多是白发苍苍的老太婆。看见她们的人,都用着同样尊重的声音鼓励着说:

"加油呵!劳动英雄!"

拾粪的妇女们,抬起头来笑笑,用着不好意思的神情摇摇手,又弯下腰紧张地工作起来。

走进村子里,一桩奇迹似的景象,映进了我的眼睛里。街道上看不见一个青年男人。活动在各处的,尽都是长胡须的老汉。上年纪的中年男人、妇女和小孩子们。很多妇女们,迈动着大脚板,挺着胸,快步地挑着大水桶来回走着。她们一走到我跟前,就放下水桶,像见了她们最熟悉的亲戚朋友一样,争抢着要我到她们家里去。

我拍着她们的硬邦邦的肩膀头赞扬地说:

"好本事呵!挑上这么大两桶水。"

"好同志,这是俺们地方老婆们普通的营生,谁也干得了。男人们都抗日走了,女人们要吃饭,一样能受。"她们异口同声地回答。

当我生活在她们中间,渐渐和她们熟悉起来的时候,她们毫无顾忌地向我倾吐自己心底的话:她们的痛苦、快乐,和希望。这样,我也更具体更全面地了解了她们所经受的灾难,英勇的挣扎、翻身、进步,以及现在的民主自由的生活。这些充满着血泪,壮烈的、生动的、丰富的、故事一般的生活,留给我深厚的、难以泯灭的记忆。今夜,这记忆第一次夺去了我的睡眠。

我的耳朵边,清晰的萦绕着妇救秘书易生鱼时常对我讲的几句深刻的话:

"俺们妇女们,差不多个个都是抗属,还有不少光荣的寡妇和烈士的母亲。全村的生产和抗勤工作,都全凭俺们担任,劳动互助组里,也是俺们成了中心。你想,全村八十六个能劳动的妇女,除了五六个年纪老和有残疾的外,全都参加了互助组。"

这些话和她们所做的一样,是光荣而值得骄傲的呵!在八年来残酷的对敌斗争里,她们这小小的八十几户人家的村庄里,竟送出了五十多个青年男人到了抗日的八路军,还有不少民兵,在保卫村庄的战斗里做了英勇壮烈的牺牲。这中间,妻子和母亲,动员和鼓励了她们的丈夫、儿子,送他们参了军,和她们并肩参战。当他们离开了村子以后,她们就挺起胸膛,担当起他们遗留下的一切工作,并且坚决地拒绝了维持敌人。我永远也不会忘记,她们每一个人曾经对我讲述过的,她们如何用钢铁的意志,粉碎了敌人对她们的恐吓和威胁。她们说:

"敌人一上来,俺们全村都跑到四下山里去了。不知道有多少回,狗日的在村子里,点着房子,伪军们吼叫着要俺们回去维持,俺们是早就下定了决心,全村烧光,俺们搬到山沟野地里住,也不回去。火烧得满天红,谁的心也没动过……等狗们回去了,我们钻进火堆里,扒扒扫扫又住下来,闹养种,纺花织布,该干什干什,到底狗日的也没奈何了俺梁峪老百姓!"

她们讲述着挨受的艰难困苦,忆念着自己死去或久别的亲人,心情却是开朗和愉快的。

杨来鱼,这带着三个孩子,独立生活了五年的年轻而热情的寡妇,她自从在四一年五月的黑夜,亲手洗净和装殓了她那在暴风雨中，死在敌人枪弹中的民兵丈夫，又同着村人们一齐殡葬公祭以后，她揩干了眼泪，少吃没穿的在战争生活中，用自己的劳力，抚育着孤儿，再也没有哭泣过。在劳动互助组里面她顶上一个每天得十分的全劳动力，每年获得模范的光荣表扬。早几天在三八妇女节纪念会上，她从新学会的纪念歌上和主席的讲话里，了解了和平建设时期的妇女，是要更好地参加生产。于是，她在会上，除了热烈地向很多妇女提出劳动竞赛，还用发誓样的话来保证自己说：

"互助组在一搭，像一家人，组长就是咱们个当家的，我一切都受他的领导，服从他的分配。往后去，不管挑粪、耪地、溜籽垧、拔苗、割谷、打场、刨山药，我要比哪一年都卖力气干；还打算学会织布，供上自己和孩子们穿衣服。"

烈士的母亲范三女，她的四个生着健壮体格、具有坚韧性格的孩子，两个牺牲了，一个失去了音信，另一个由于担任村政治主任的工作，在日夜忙碌中，三天两头有病。这位老太太，虽然是六十多岁的人，心中又负满伤痕，却对生活带着高度的热爱，对未来有着足够的信心和希望。在不休停的劳动中起劲得像年轻人一样。常常在深夜里，还听见她在黑暗中嗡嗡转动的纺车声，她细心地经管一群没有爸爸的孙儿，使媳妇们能够安心地在民学里学习文化。当养种最紧张的季节，她除了替在地里劳作的媳妇们做饭，和大的孙儿抬水外，还担当起照料牲口及家中一切工作。全村的人们都崇敬这位劳动的母亲。在这次纪念会上她又一次受到奖励以后，她像刚见我的时候一样说：

"儿子们个个都是很坚决，他们死得光荣。想起他们，我就是老了，能动弹一天就要动弹一天！"

只有这民主政权下真正得到解放的妇女们，才能用劳动的实际来纪念自己的有意义的节日。纪念会是开得又精悍又充实。大家不论是批评别人、检讨自己、订计划、提挑战，都是诚恳、认真，没有一句空话或一些脱离实际的幻想。她们对一个游手好闲而要提出和能受苦的男人离婚的女人，发出严格地尖锐地警告：

"在民学里，我们集体教育过她，妇救秘书、村长，谁都给她谈过，人不是块石头，总应该转变转变了！"

"她不能离婚，男人能受苦，就是个最好的条件！"

"回娘家躲也不行，娘家村里一样有民学，有互助组，给她写个转学证，到那一样得动弹，人住娘家，工作不能住娘家！"

在这样热烈而紧张的空气里，我却发现坐在前面炉火旁边的妇救常委李凤英，她一直沉默着，瘦瘦的脸孔低垂在胸前，如同有什么深的思虑。时而，她翻动着有些带着愧羞的眼睛，偷偷地看着我。这个表情给我的印象很深，好几次，她特意跑来看我，坐在我的炕边，就是用这样的目光看着我，张动着嘴巴想对我讲什么，却始终没有讲出来。

散会以后，我跟在拥挤的人们的后头，自动走到她的身边，轻轻地对她说：

"凤英，走，我上你家去玩玩！"

她使劲抓住我的手，表示着热挚的欢迎。我们就往后庄走去。

一片被敌人烧毁的残垣中间，有两间破旧的房子，她推开门和我走进去，让我坐在她那只放着一个薄薄的小被子的炕上。

"凤英，你有什么心思呢？怎呢老是不高兴？"我先开了口。

她凑近了我一些，不好意思地说：

"不是不高兴，我觉得太对不住工作呵。"

"有什么事，大家谈谈就完啦。"

"我早就想跟你话拢话拢……"她长长地叹了一口气，"是我自己经不住考验呵……"

我抚住她的有些抖颤的肩膀问：

"凤英，究竟是怎么一回事？"

她勉强地笑了笑说：

"我已经认识了自己的错误,也得到过别的姐妹们的劝说,现在也不怕你笑话了。"

她停了停,神态变得比较自然地接着说:

"男人参军以后,连一封信也没有,我孤零零的,拉把一个孩子,就在这个空房子里过了七年。生活比较困难,出去干工作闹生产时红红火火的,一回到家就觉得没办法,冷寂寂的。"她的眼圈儿发红了,她强抑着眼中晶莹泪珠,"去年,独立营在俺们这住,营长是个好人,常到俺们家照照,看见我困难,有时帮助俺挑些水,日子长了,俺两人就发生了感情,后来他提出要和我订婚。当时,我没有把这些事情对村上和妇救会秘书说。可是,后来自己仔细一想,觉得不应当这样办。伢走的时候,俺二人感情可好哩,他放心我在家里等他,才早早地就参军走啦。人家为国家为百姓在外面抗战,应该等着伢,听说,很多老干部,出来十几年也不能往家捎信。这样,我就把营长那方面回绝了。"

我安慰她说:

"事情这样处理很对嘛!你心里还有什么不安呢?"

她低下了头,好半天才说:

"我是个生性要好的人,什么时候一想起这件事,心里就像结个疙瘩,觉得自己给自己脸上抹了灰。再加上,我从妇救会成立,就担任着工作,我这回事,对抗属影响多不好呵!所以,精神上总不舒展。"

"我希望你愉快起来,你这就是经过了考验啦!又有了新的认识,往后去,更积极地去工作,在工作和劳动里,越发能锻炼我们妇女独立生活的勇气和能力!"

她轻松地笑了,心中如同卸去一个重负。这笑影今夜也浮在我的眼前了。在梁峪妇女里面,有不少这样具有对工作负责,知道珍惜真的感情,严肃地考虑生活问题,着想前途,和凤英一样令人敬爱的人呵!

想着这些从战斗和生产中锻炼出来的新型的劳动的妇女们,我很久没有睡。

天快亮的时候,有人在院子里喊:

"招待所里准备接班呵!"

有人抢着答应了:

"今天如果有什么送彩号、支差,先尽俺们这没娃娃的去吧!"

"一样,地里也少不了人!"

不一会,一片歌声如同每天一样在村子里响起了:

…………

今年的三八节,大大不一般。

和平,建设,姐妹呀!增加生产!

新妇女能劳动,样样都要干,

吃饭,穿衣,姐妹呀,不依靠汉。

…………

接着毛驴的铃铛声,老牛的粗气声,夹杂着妇女们的笑声、闹声,从我的临街的窗前流过,流到田野里去了。……

(注):左权二区称呼小娃娃叫小慢慢。

三月二十日离梁峪前夜有感初稿
四月十五日修改于韩壁

(1946年5月15日)

五月杂感

张香山

一到日历翻掀到五月，总感到有些沉重，那种触目惊心的流血，暴虐耻辱的日子，实在太多了——五三、五七、五九、五卅、五卅一……虽其间也有像五一、五四这两个光荣的节日，但毕竟它与流血暴虐或耻辱也有过连系的。

今年五月，我一翻开日历，却发生了一种异想，我想：不平等条约在三年前废除了，去年八月，民族的劲敌日本投降了。那么在我们的日历上，也该抹消掉这一大笔流血暴虐和耻辱的旧账才好。尽可光留些愉快欢娱的节日，让我这后半辈瞧日历时，不再觉得肩上压有千斤的耻辱，满眼是一滩滩的鲜血。

但异想毕竟是异想，中国偏偏有一些特殊嗜好的人们，拿耻辱当光荣，拿暴虐当仁政，拿人民的鲜血当美酒的；昆明的学生流了血，上海的学生流了血，重庆替人民争自由民主的名流学者流了血，南通和西安的新闻记者流了血，北平的大学教授也流了血。短短半年之中，新惨案、新屠杀是接踵而至，倒比日历上积累了多少年月的案件，多得不可同日而语。至于任意逮捕人民、捣毁报馆会场、没收书报、闯入民宅公馆、暗杀抗日名将，这在国民党当局老爷们看来，不过像蝇头般的小事，也真是一代胜过一代。

在北平中山公园惨案中，那个被殴的江绍原先生，正是五四时火烧赵家楼曹汝霖公馆的张本人。二十八年前，北洋军阀时代倒还有学生火烧卖国贼公馆的自由，但在二十八年后，据说是四大自由有了"诺言"的时候，以教授的身份，仅温和地讲了几句和平民主的话，就要被打得头破血流。你看现代的国民党反动派，真是霸道到什么地步！

霸道到要人民话不许讲、会不许开、文章不许写、报纸不许出，大家服服帖帖，伸长脖子，一任摆布，如果稍示反抗，那么从世纪前到20世纪的各色武器——石头、棍棒、手榴弹、步枪、火箭炮、飞机，都一劲儿地冲了过来。

可是，反动派你且不要得意，尽管你制造惨案要比你先人凶而且多，但人民也在这百年来的流血中，不仅没有被吓倒，而且也从自己的流血中，学得更智慧、更坚定、更勇敢了；话依旧要讲！会依旧要开！文章依旧要写！报纸依旧要出！让我提醒你一句法西斯派！制造惨案是吓不倒人民的，如果你还要一劲儿制造更多的新惨案才觉过瘾，那么你要走上你们先人所走过的道路□□肯定了的。

（1946年5月15日）

希特勒式的"神经病"

荒煤

我记得，第二次欧战爆发之初，希特勒每在进兵那一国之前，向例要先发一通演讲：说他那"神圣"的日耳曼民族在那里如何遭受了污辱、残杀，这是他不忍受的，他发誓要消灭这些"匪徒"……于是炮声响了，坦克飞机一拥而进，将反法西斯人民的尸体悬遍了大街上的电线杆子！

这希特勒残酷的屠杀，曾使得号称文明的欧美人大为震骇；因之，一时曾出现了不少记者的文章，用种种材料来证明希特勒是"神经病"。似乎不如此，则无法理解，这个在20世纪用尽一切力量来进行人类大屠杀的刽子手！以后，似乎没有听到有什么结论。

回头看看我们中国，这一点还很进步；还没有人出来叫唤说，我们中国式的法西斯头子也有神经病。虽然这个特务头子自从叛变革命屠杀人民以来，其手段、其纪录绝不亚于他祖宗，甚至有过之而无不及。

不过，他身穿长袍，外披大氅，原是个"中西合璧"的古董。投抗战之机，居然胜利，多少给外表添了些光彩，却又是一个奴才，到底还不会侵犯到洋老子头上去——至于对内，中国地广人众，死些老百姓，早已不足为奇了——因此还不曾劳外国记者来研究他是否也有神经病。

我们是知道他没有神经病的。

往远看，这个特务头子过去也常常曾经用"至上""神圣"啊这一类字眼来发表一通演说，然后就是一场血战，屠杀了上千万人民。往近看，刚刚声明了要执行政协决议，要实行民主，紧接着就又号召全国大打出手，从陪都到首都、到故都、到上海、广州……对手无寸铁的人民，一片杀气腾腾！打政协代表、打报馆、打学校；学校的学生打学生、打教授；青岛女学生反对带"伪"字头衔，反对甄别而被打杀；上海交大学生为劝阻军队不运走家具而挨打；向来游行都是挨打的，这次成都燕大学生不愿游行也被打；上海罢工热潮中，有不少经理亲自出马大打出手的新闻……

最近，对八年浴血奋斗从敌人手里解放国土的人，动不动斥为"匪徒"；又妨碍了他的"神圣的""至上的"什么什么。到底妨碍了你"神圣的""至上的"什么呢？你以不抵抗三字把东北丢了十四年，不准人民纪念，不准人民议论。抗战以后，还公开声明恢复七七事变前之情况即可和平，明明又把东北拱手相让，现在却要誓"铁血保卫""不惜任何牺牲"了——真叫人怀疑；莫非你有个什么"神圣的""至上的"同盟被我们破坏了吗？

由此可见，打是合法的、全国性的，有计划有步骤的；不过打之前，要胡言乱语找个借口来掩饰一下，这是法西斯进攻前的一种无耻的流氓手段。无论希特勒也好，中国法西斯头子也好，用一句南方话说叫作"发神经"，却并非真有神经病也！

从旧报中偶得一珍闻，则更足以证明。

三月十六的上海报纸发表这样一条新闻：新亚服装公司因为罢工引起冲突后，"经理竺新庚突然狂奔入账房柜台，举砚将玻璃自行击破，并将蓝墨水一瓶倒翻涂在自己脸上，随即大吹警笛，召来岗警，企图诬控职工。当时观众云集，惟蓝墨水全涂在老板手脸，职工身上并无点滴。至此竺某不打自招，承认全系一人所为，并称素有神经病云"。

原来如此！小打手不亦为大打手画出一幅绝妙的写照吗？将来也总会有这么一天：要这个刽子手血淋淋的跑在人民面前来不打自招的！虽然他并不"素有神经病"，但他确实又害的是希特勒式的"神经病"。这种法西斯好战的病症，将和埋葬希特勒一样的埋葬了他！

（1946年5月15日）

毛主席的相片
——发生在北平××小学的故事

司徒达

一天,杨小玉伏在小书桌上,忽然问他父亲说:"爸爸!你是什么思想?"

"你说我是什么思想呢?"父亲摸着孩子的柔发,微笑着反问。

他迟疑了一会,睁大天真的眼睛说:"我说你是共产党思想。"

"不,你怎么说我是共产党思想呢?"

"哼!我知道。"杨小玉得意地抿着嘴,一面拨弄着一本教科书,微笑说,"那天你跟那个伯伯谈话时,我听得你们谈毛主席,说毛主席怎样伟大。人家国民党都谈蒋主席,只有共产党才谈毛主席呀,是吧?"

又一天,杨小玉正提起书包准备上学去,忽然在他父亲的书架背后,发现了一张《晋察冀画报》,那上面印有一巨幅毛主席的相片,他看了又看,心想:"应该让同学们都看看毛主席才好。"于是他把画报一折塞入书包,跳呀跳地跑向学校去。

课室里还没一个人,静悄悄的。小玉坐下来,把画报掏出来,摊在桌子上。他埋下头,来回端详着毛主席的眉毛、鼻子、嘴唇和眼睛,他想:"真是伟大的人!"

渐渐地,小同学来多了,大家都围上来,四五双圆滚滚的眼睛,都奇怪地集中在毛主席的脸上。

"谁呀?"一个孩子问道。

"是毛主席!是伟大的毛主席!"杨小玉立即挺直胸膛,把手举到帽沿上,"敬礼!向毛主席敬礼!"

"敬礼!"一个孩子应和着,举起手。

"敬礼!"所有的孩子们应和着,都挺直腰杆,把手举到帽沿上。

"敬礼,毛主席!"

"伟大的毛主席,我向你敬礼!"

"敬礼!""敬……""……"大家兴奋地喧嚷着,都将手举到帽沿上,放下去,又举起来:"敬礼!""毛主席,敬礼!"

"吵什么呀?杨小玉,"康先生在教员室的窗口上探出头来,"你来!小玉,你到我这里来一下!"

大家沉静了。杨小玉吐了吐舌头,走向康先生房子里去。

"小玉,你又领大家嚷什么呢?"

"我领大家向毛主席敬礼!"

康先生满意一笑,摸着小玉的头顶说:"你真是个好孩子!…………"

(1946年5月15日)

把悲痛变为力量，与人民密切结合！

——邓小平同志四月二十一日在党内干部追悼王若飞同志等殉难的会上的报告

我们以最大的悲痛，来追悼王若飞、秦邦宪、邓发、叶挺诸同志和黄齐生老先生，以及其他同时被难的同志，他们因为国民党蒋介石及其法西斯集团破坏三大协议，为了求得和平民主的实现，为了国家和人民的利益，不惜冒着最大的危险，从空中飞来飞去。结果他们被难了，这是我党和中国人民不可补偿的损失！他们的牺牲，是我们很痛心的事，同时也再一次的提醒我们：中国法西斯及其头子永远是仇视中国人民的，永远是仇视和平仇视民主的，中国人民只有把他们的彻底反动性看得透透彻彻，充分表现自己的伟大的不可战胜的力量的时候，中国的和平与民主才能得到真正的实现。毛主席号召我们：把悲痛变为力量，我们要用解放区的力量，用全国人民的力量，来继承先烈的遗志，制止法西斯的反动，坚持三大协议，实现和平民主。

我们的力量在哪里呢？在于我们能否把人民大众充分地发动起来，用自己的力量翻身起来，变成国家真正的主人翁；在于我们始终如一坚韧不拔的团结。

去年反攻以来，全边区各地抓紧了诉苦复仇减租减息发动群众的中心环节，这是很对的。但是我们大家应该冷静地反省一下：发动群众工作做得够不够？是否有人只看到某些斗争方式上的不妥当（当然是应该纠正的）而高喊"左了"，实际把自己放在束手束脚，不敢大胆放手，甚至反对群众运动的地位上？是否懂得今天是发动不够而非"过火"？我们作群众工作的同志，是否还有不调查、不研究、粗枝大叶，单凭几条原则和主观要求去发动群众的毛病？是否还有

"恩赐观点"包办代替的毛病？是否看到由于包办代替和主观主义的错误而使许多地方的群众没有真正发动起来，空白地方还很多的现象？是否还有侵犯中农利益等等违反政策的毛病？我们作城市工作的，是否犯了把农村的一套搬到城市的毛病？我们作工人运动的同志，是否懂得劳资两利发展生产的方针？是否有要求过高妨害了繁荣经济的毛病？我们军队的同志，是否以最大的热情去拥护人民的翻身运动？是否表现了人民军队的本质去积极的参加人民的翻身运动？是否还有人因为自己家庭被群众斗争而怀疑或反对群众运动？是否还有人因个别地方优抗不够或其他缺点而在感情上与群众运动对立起来？如果有这些缺点就要好好改正，因为人民大众得不到翻身就无从发挥力量，人民大众不充分发挥出自己的力量，和平民主的事业就无法实现、无法巩固。而我们领导和拥护人民的翻身，绝不能是空洞的概念，而要以具体的实际行动来表现。

这里，我们要谈一谈作风问题。毛主席教导我们，我们的作风是理论与实践一致的作风，是结合人民与人民利益相一致的作风，是自我批评的作风。有了这样的作风，我们才能真正做到为人民服务，当人民的勤务员。我们一定要警惕，在反攻以来，我们进入了中小城市，我们是否保持了艰苦奋斗与接近群众的作风？每个同志都想想，我有无享乐主义的思想？有无浪费的毛病？这点要引起我们严重的注意，如果这种现象发展起来，就一定要脱离群众、腐化自己、贻害党国。我们不反对在制度范围内各人应得的享受，我们不是提倡吃苦到底，但是必须使我们的生活与人民大众的生活不能相差太远。我们每一文钱的开支，都是人民付出的血汗。今天中国还是法西斯横行、大敌当前、八年抗战的创伤尚待医治，人民生活还是很苦的时候，如果不照顾人民的担负能力，如果浪费起来，我们必然脱离群众，招致失败。从前，李自成未到北京前，的确是作战勇敢、政策不坏、纪律良好，所以能够得到群众的拥护，获得胜利；不料一到北平，就对敌麻痹了、不讲政策了、脱离群众了、纪律败坏了、士无斗志了，短短的几十天，弄得功败垂成。大革命的后期，也有所谓"五皮主义"（指以有皮包、皮鞋、武装皮带、皮□、皮绑腿为荣），腐了好多的革命战士，这些历史的教训，应引以为殷鉴。固然今天不同于大革命，更不同于李自成时代，因为有了以毛主席为首的共产党中央的领导，但不能说毛主席领导正确，我们各个区域、各个同志就当然正确。如果我们要想不犯错误或者少犯错误的话，就要实行毛主席的号召，警惕自己、反省自己、时常洗脸、检查工作、改进工作，能够这样，我们才能与人民站在一起，人民力量充分发挥起来了，我们才是不可战胜的力量。

讲到团结，我们是团结的，但是有无缺点呢？是有缺点的。拿军队与地方的关系来说，如果发生了不协调的现象，应该首先检查军队的责任，当然地方也应检查自己，互相着重自我批评，加以纠正。从整个关系说来，不能把地方的责任与军队的责任平列起来，因为历来的经验证明：只要军队对地方好，地方没有不对军队好的；军队对地方好一分，地方总是对军队好两分。还有一种说法是不对的，就是所谓民可爱政不可拥的糊涂观念，事实上政就是人民的政，不拥政的人也就不会爱民，拥政爱民是不能分开的。

最后，在悼念王若飞同志等的时候，我有两点感想，一点感想是这些同志个个都是经过几十年的锻炼，坚贞如一的为党和人民的事业奋斗，王叶两同志并在为党为人民事业斗争中，还坐了好几年的监牢，他们不计较个人的荣誉地位，不计较个人的享受，一心一意的为人民做事，对于他们的死，我们是万分沉痛的，我们更要学习他们不顾一切牺牲，终身献身革命的宝贵品质。一点感想是从我们党的历史证明：当我们违反了毛主席的思想和方针的时候，我们就必然要犯错误，就是很努力工作也做不出成绩来，甚至给革命以损害；当我们多少理解了毛主席的思想和切实执行毛主席的指示的时候，我们就可以发挥更多的作用，为人民做更多的事情，这些同志在毛主席的领导下，为了人民的利益，与反动派作不屈不挠的斗争，他们是毛主席的好学生，是群众的优秀领导者，他们的死怎能不令我们悲伤呢?!

同志们！团结在毛主席的周围，学习毛主席思想，锻炼出更多的毛主席的好学生来接替死者的岗位！用更大的努力，把群众发动起来，更亲密地团结起来，用我们的力量，用我们的团结，去制止反动派的阴谋，坚持三大协议，实现和平民主！只有这样，才能补救四月八日的损失，以慰死者的英灵！

（1946年5月17日）

掀 石 碑
——淮安石塘区佃户翻身记

顶在头上的千斤闸

淮安城里臼街衙门里面有一个大石碑,是在前清道光七年五月立的,迄今有一百二十年。淮城的封建地主就是照碑上的话来"严惩恶佃霸田抗租",碑上写着:"嗣后倘有不法佃户仍蹈前辙,一经业户呈控,定即严拿,依照详定规条从严惩办,按律治罪,决不宽贷,尔等佃农,慎勿以身试法,致干罪戾。"碑上并记载着佃户的罪状,"顽佃""刁佃""狡佃"等。多少佃户在"以身试法"下,被无辜处死,或被迫离乡背井;多少佃户不敢"以身试法"而被吸尽了血,养肥了"主人"。一个姓□的农民指着石碑说:这是顶在我们头上的千斤闸。

向秦老板算账

淮安石塘区佃户占了该区人口的百分之八十,业主多是淮城的大地主。新四军去秋解放了石塘区以后,民主政权建立了,群众在反奸斗争之后,卷入了清算的热潮,首先是教场、各里、龙堤、鹅钱四乡,一百六十多家佃户,和地主秦士良清算过去违法剥削的旧账。秦"老板"是石塘区的头号大地主,有田六千亩,佃户有一百六十多家,除正租外,他要向佃户"借"麦,每年每亩三斗,叫作"预借麦",但这个"预借"从来不曾还过。水田一般春季出产东西不多,但要照例每亩送三升给秦"老板"做酱,叫作"酱□"。"老板"家还用了许多管事先生和仆人。这些人的开支也要出在佃户身上,每亩田每年要纳粮三升,通叫作"小租"。秋天管事先生下乡看稻收成,佃户要送钱给他。每石稻要出五斗"倍头",这叫作"看稻费";每季管事先生下乡收租,佃户们要轮流办菜请他们吃饭,菜一定要上等的。收租计算十分苛刻,连河界、岸界都算在内,照数纳租,这叫作"虚田实租"。如果佃户的家长死了,由子孙继承,要换纸,换纸还要出钱,这叫作"写田礼"。收租时老板的斛子,要量佃户的一石二斗才合到他家一石,此为秦家惯例,叫"大斛大斗"。敌人在时,一切老板负担的伪费,逼着每家佃户代出。这些费有几十种,这叫作"代出伪费"。佃户王鼎三,种三亩地,只有二亩六分,去年收四石,交租就去掉三石;加上大斛一量,去掉六斗,又被"供饭"花去十二张储备票,结果只剩一斗自己吃了。这一次,石塘区佃户们派代表到城内请秦老板下乡,十里附近的佃户先和他清算,由于秦的蛮横无理没有结果。次日乃召开了四乡三百余人的佃户算账大会,在会上大家一个接一个吐出压在心里的话:

"民国二十六年,你每亩加二斗,错不错呀?""你用十二斗一石的大斛收租,错不错呀?" "你又叫我们挑沟挖圩,不拿钱,错不错?!"……佃户们连续不断地提出质问,要求清算,每当提出一项质问时,人群中即发出"不错呀!""对呀!"雷一样地高呼,从来不敢在人前说话的老奶奶,也在人堆里向前直挤,颤巍巍地说:"为供一次饭,我花五斗米,我家供饭,管事的还嫌鸡鸭小,要掀桌子。"大家异口同声地发出巨大地怒吼,"把剥削的粮食拿出来!"。佃户周虎除正租不谈,几年来,额外剥削的粮食就有二十六石六斗。佃户要求秦老板限日期拿出额外剥削的粮食,一个佃户在人群中高叫:"他们吃的猪肉白米饭,我们吃的稀汤,经不起饿呀!他三天内拿出六百石粮来。"在佃户的正当理由与强大压力下,秦老板终于低下了头,承认将过去非法剥削退回给佃户;先付出部分粮食,不够并自愿以稻地折算。由于佃户多,来不及一一细算,当场成立下算账委员会,进行算细账。

掀掉镇压佃户的石碑

石塘区佃户开了这个大会后,大家要讨论怎么进城请地主算账。一天清早四千多佃户在龙王阁会齐后,为使行动统一,各乡分别设立指挥部,又成立了总指挥部、宣传队、通讯组等。区农会在指导着群众,十余亩的广田都被站满了,还组织了专门从城内到城外报告消息的"得手"。这声音从这一角传到那一角,大伙儿听了全部骚动起来了!四千余人心在动荡,急急要冲进城去。十时左右,队伍从南门进城,浩浩荡荡如同一条龙,前面是两幅"石塘区农民联合会""请地主回乡算账"的巨大横额;紧接着两面大旗,是"反对无理剥削""彻底减租减息"。进城后,佃户们即行分散,分别至业主家请出老板,立刻城内响起了震天的锣鼓声,几幅大旗在空中飞舞着,红绿色的标语,也在大街墙壁上出现了。宣传队在街头上向观众解释着请地主下乡减租的意义,有几十处地主的住宅,人群围着。各乡并在城内设立了"招待所",专为被请下乡地主休息的,地主们接连不断地被请到招待所,锣鼓声又响起来了。大旗下边,全城著名大地主在几十个群众的簇拥下,亦被请到招待所去休息了。

指挥部请佃户立即到体育场集合,不到一小时,已集结佃户二千余人,一个佃户站在高堆上激昂地说:"县衙门那块石碑我们要去扫掀掉,这是地主的法宝,是镇压东南乡种田人的,叫佃户不得翻身。""对!""对!""去!去!去!"下面的佃户,齐声地喊,二千余佃户哄动起来了!像人山人海倒压下去,年轻人在奔跑,年老人、妇女也快步走着,拥到了县衙门口。有的在找绳子,有的找石锤子,有的抓住碑的顶上在念着什么"顽佃""狡佃""恶佃",群众怒气冲天,一个佃户指着石碑说:"你压在我们头上一百多年了!"当愤怒的农民将套在石碑上的绳子一拉，淮城封建地主为镇压佃户而建立的满想"永垂久远"、千斤重的"石碑"轰然倒下来了！鼓掌好似雷鸣，喧天的锣鼓又大声地响起来了。压在心头的大石头毁了，被压迫者翻身了，狂呼声、纵情的欢笑声，历久不绝。佃户中一个姓张的老头子几乎感动得流出泪来说："在头上的千斤闸可毁啦！"四千余佃户胜利了！巨大的行列，敲着胜利的锣鼓，拉着地主下乡去了。到乡后，各乡佃户，即分别组织算租账代表团或小组进行结算。在算账时，还是以讲理方式进行，佃户表现得很宽大。在二十多宗超额剥削中，只选出三五种至一二种与老板结算，但其数仍甚巨大，可见地主过去对佃户剥削之惨重。佃户们在地主认错后，又作了重大的让步。

（1946年5月20日）

幼儿之家

——邯郸"福利托儿所"访问记

展潮

到幼儿之家去

我怀着喜悦的心情,去拜访了邯郸北门外的"福利托儿所"。

当我轻轻推开栅门,通过一段孩子们的游戏场之后,在右面的耳室里便见到幼儿们的挚友——周所长、黎指导员和另外几位同志,他们正忙着筹划所里新的建设。我纵目四望,院子里的秋千、滑梯、摇船,屋子里的桌椅、板凳……一切都是那么矮小伶俐得可爱。这些家具的主人,现在是四十个二至六周岁的幼儿。听说,不久将要增加到一倍,以后,还要增设乳儿班,甚至一直扩大到能收容所有的幼儿。让我们热情地期待着这么一天吧。

我去的前几天,有一部分小孩害麻疹病,没有害麻疹的,大多由父母暂时领回去,现在才陆续送来。小孩虽然不多,却到处都是他们的声音,一群幼儿围着叫"姐姐"的那个小女孩,听说是他们幼稚班(三周岁至六周岁)的班长,她把一个跌倒的幼儿搀起来,便又温文地坐在屋角里,愉快地哼着小曲。在她下面有三个小组长,每个组长带领三个组员。"这也是从摸索中想出来的办法。"周所长解释着说。他们三月初创办的时候,小孩少,好管理,后来孩子们越来越多,便不好办了,不是吵架,便是睡懒觉,甚至砸玻璃、乱撒尿。想来想去,便想出这个编组、比赛的办法,孩子们可真高兴极了,谁都愿意把"一朵朵红花挂在胸前",都学乖了。小琳过去好睡懒觉,现在当了小组长,不睡懒觉啦;不讲话的小磊也讲话啦;继华自动替婴儿班的小弟弟、小妹妹们穿袜子,也肯在大家面前唱歌跳舞啦;怕上课的建国,现在一听到钟声,便尖着嗓子喊:"上课啰!"要撒尿的时候,便规规矩矩地站起来说:"报告,我要上茅房!"……这群天真烂漫的孩子,从小便养成一种团结互助爱群的习惯,在未来人民的集体事业中,毫无疑问,他们是会起到更大的作用的。

在战争中生长的孩子们

这里的幼儿,有着所有敌后解放区孩子们共同的特点,都是在战争和灾难中孕育生长的。并且他们的父母过去在炮火下坚持了抗日斗争,现在也还是全心意地献身在人民和平民主的事业里。就单就一般的人道观点来说,也要求社会首先把这批幼儿养育好。

当我们走到后院的幼儿食堂门口(现在是十三个害麻疹幼儿的隔离室),已经开始恢复健康的孩子们,都争着把脸贴到玻璃窗上,睁大着眼睛在看我们。经过医生的允许,我们推门进去。五周岁的黎洋,坐在装着栏栅的小木床上招呼着黎指导员说:"妈妈,这是谁?"经过他妈妈的介绍,小黎洋马上就很亲昵地"杜叔叔,杜同志"地呼唤着我,还问我知不知道他伯伯,他伯伯为什么不来看他等等,他母亲说:"伯伯在东北,国民党正打他们呢!"小黎洋便不高兴起来了,努着嘴说:"国民党,真坏蛋!一心一意打内战!"这五周岁的小生命,却已渡过敌人六七次的大"扫荡"和奔袭,又曾在游击区里度过了严重的荒年。他出生的时候,母亲吃着黑豆,没有奶喂他,才六天便碰到敌人的"扫荡",那时父亲忙着指挥队伍打仗,只丢下劳累的母亲把他藏在冀西的大山里,渴了便喝着坑里的臭水,这样,小孩子便开始发起疟疾来。四三年大灾荒的时候,还害过一场黑热病。打罢仗,母亲又要照常地忙碌着工作,孩子便从炕上跌下来,哭饱了又睡去,弄得浑身是土。……小黎洋就是在这种环境下生长起来的。他的小邻居红骑,也和他有着同样的经历。现在小红骑还能模糊

记得，敌人四三年五月的大"扫荡"，奶娘被杀死了，他和姐姐（奶娘的女孩）躲在柴里，敌人晃着刺刀咕噜噜地吼叫，却没有找到他们。后来便随着爸爸和妈妈，在长治敌人老顶山据点附近住了一年半，认了四个干娘。敌人出发的时候，爸爸和妈妈都打仗去了，留下小红骑跟干娘过活。……

说着说着，一个孩子闯进来了，所有的小孩便都齐唱起来："小东平，真捣蛋，打了玻璃还不算……"这是二纵队陈司令员的小孩，严重的年份里（四一年六月），他生长在动荡的冀南平原上，使他养成一副粗野放任的性格。这责任固然在于残暴的日本法西斯身上，但是过去终于是过去了，对于这些受尽摧残和折磨的功在国家民族的干部孩子们的抚育，应该是大家的责任。这问题长久地在我脑子里萦绕着，今天已开始得到解决。并且，我坚信在我们民主政府和大家支持下，我们解放区的保育事业，将会大大地发展的起来。

纯真的呼喊

在托儿所里，有一件事使我不敢多问，也不敢多去想它。真的，谁敢相信在这些天真无邪一式一样地跳跃着的幼儿里，还有什么不幸呢？然而，现实却是那样的残酷无情！在抗日战争中失去父母的孩子，我们可以不多提了，但是抗战胜利后的今天，国民党反动派却用内战的炮火，强夺去孩子们的双亲！理性驱使我，要为孩子们作一次纯真的呼喊："我们不要内战！我们不要内战！！"三周岁的李小中，每当看到他妈妈的时候，总想到他爸爸。母亲便含泪地告诉他："爸爸是国民党反动派杀死的！"这个永恒的仇恨，已经深深地刻画在这稚小的心灵里！现在国民党反动派内战的炮火，正对准东北、中原和豫东………好多孩子们的父亲，就在那里，让我们再替孩子们作一次纯真的呼喊："我们不要内战！我们不要内战！！"

幼儿们的挚友——周所长、黎指导员和托儿所其他的工作同志，好几次都谈到这个问题，并且表示她们愿意为革命后代的保育事业而献身。关于这，我在太行保育院那里也听到过同样的表示。因为她们都是从战争与灾难中过来的母性，她们懂得保育事业的重要，也会把这工作做得很好。而她们只有一个要求：除政府定额经费外，希望各方面多多给予她们以帮助。她们需要别的东西，尤其需要药品，她们还得用一大笔建设费。现在，让我把这些从幼儿挚友们嘴里说出来的话，记录在这里，一并转给联合国救济总署，以及一切社会慈善机构和热心公益事业的人们吧。

（1946年5月22日）

新生命的检阅

曾克

在五月,这个新生命丰茂生长的季节,武乡四区的儿童们,举行了新英雄主义的大竞赛。

劳动节的次一天,千百个从炮火和灾荒的严重苦难中活过来的孩子们,早早地都赶到姚庄来。

孩子们散满在河滩上、山坡上、草地里,他们头上戴的红白、蓝白的学生帽,在金黄色的阳光中闪动,他们那笑着的红色脸颊,比花朵还美丽呵!

一声响亮的哨音,孩子们如同激流,立刻集聚到小河东岸的广场上来了。国旗奖旗飘扬在晴空中。无数的标语牌牌,带着鼓舞勉励的力量,在旗影下向孩子们召唤,二三十个青年的教师们,个个脸上都闪着慈祥的微笑,忙忙碌碌地整理孩子们的队形、指挥唱歌。王庄沟小学女教员路改香,妈妈一般替自己的学生们,安置好了休息和吃饭的地点,脸上流着汗粒,还抚着小孩子的头,替孩子们揩汗呢!西川村小学教员王换安,拴着高脚拐杖,一只腿极吃力地前前后后走动着,他怀着和做民兵时同样的积极和责任心,毫不痛惜自己在战争中已经失去的一只腿,将残废了的生命,完全供献给培植革命后代的工作中。

开会了。当明快的音乐停下来的时候,全场静寂了,千百张喊喊喳喳闹嚷的小嘴紧紧地闭拢了。千百双乌黑发亮的小眼睛,一致注视着台上。战争不但使他们学会了吃苦耐劳,还让他们获得了最好的纪律与组织的训练。这样,主席响亮的讲话,一字一句印在他们善于记忆的小脑子里去了:

"……不是抗战胜利,咱们不可能开这样的大会。不是共产党八路军，咱们贫苦的孩子们哪有受教育的权利，七八年来，咱们全区的儿童死难的太多了。据不完全的统计，光长乐这个临蟠武河滩大道的小村，连饿带杀，就损失了四十几个。"他提高了声音，又说：

"我们并没有被这种惨酷的情形吓倒，我们是变得更坚决和勇敢了，我们在山沟野地里，饿着肚子，并没有忘记学习。一块黑板，挂在树枝上，几个土圪垯在地上划动，我们认了字、听了政治。……"

台下激响起怒吼一般的口号声，千百只小拳头有力地挥动着：

——继续我们的战斗精神！为咱们死难的兄弟姊妹复仇！

会场的空气，不断地跟着主席的讲话在变化，当主席述说到一些壮烈牺牲的儿童的事迹时，大家的情绪都从热烈转为严肃了。他们低垂着小脑袋，有的掉下眼泪来。他们沉入悲痛的回忆里。谁能够忘记八年来所遭受的灾难，谁更能够忘记敌人占据蟠龙这八个多月来的浩劫！谁家没有死去亲人？谁家的鸡犬牛羊没被赶绝？而今，他们这负满血痕的小心灵，又被那凄惨的画面占有了。主席刚一提到离蟠龙只有三里地的白家庄，人人立刻想起那个十二岁的小难友李爱民来，他在敌人面前所说的话，犹如从敌人哪里跑回来的村人叙述时一般，又清晰的响在大家的耳朵里了：

"小孩子你是哪里人？"敌人问。

一声刚气地回答：

"中国人。"

"告诉我们，哪里有民兵？老百姓逃难的窑洞在什么地方？带我们去刨粮食！"敌人用枪对准孩子们的胸膛，命令着。

孩子沉着站立着一声也不响。

一个伪军走上来，诱惑地说：

"带着皇军们去吧！完了，放你回去！"

"不要忘了，你也是一个中国人！"孩子瞪着愤怒的眼睛，大声地叫喊了：

日本人也叫了：

"小八路的！死拉死拉的有！"

"王八羔子，你找死，老子给你活路你不要，快说，不说干掉你。"伪军叫骂着，踢了孩子一脚。

"中国人就是不怕死！老百姓都是八路军！"

孩子的吼声的尾音还没有结束，敌人的刺刀已经刺进他的左太阳穴里，他瞪着不屈的眼睛倒在血泊里。

主席叙述了这一段经过以后，转变了他沉痛的声音，最后对大家鼓励着说：

"现在，日本鬼子已被我们打走了，我们要抓紧时间，学习各种技术，为争取彻底和平、建设新社会努力！"

随着一阵雷鸣的掌声，操演、唱歌和游艺的竞赛开始了。每个村，不论人多少，脚步都是那样的整齐，喊口令的孩子们，个个精神饱满旺健，怀着争取新英雄主义荣誉奖励的希望，向主席台行着注目礼，向观看的人们含笑地看着。在二三十种游艺表演中，却净小学校的"着装"演习，是最新鲜活泼。全场的注意力，集中在十几个脱下外衣、长裤和鞋袜的孩子们身上。一声紧急的哨音从老师的口中吹起，他们沉着而迅速地按照着衣物排好的秩序，一件件地争着先穿整齐，这时，观众一面鼓掌，一面纷纷议论起来：

"看有多快！敌人这几年把咱们娃娃大人都训练得有本事啦！四五岁的娃娃，半夜三更一听说有情况，谁也能办到这样快！"

长乐村演唱四八烈士牺牲，也是博得全场称赞的一幕，妇女们头上包着雪白的毛巾，用凄惋的音调，向全场的人们传布这个不幸的消息了。

检查了清洁卫生，就分队去参观河西庙里的成绩陈列室。三所房子都摆满了。墙上用枣刺钉着大小字、图画等最优良的成绩，日记、作文、算术各种作业，鲜明整齐的封面，向走来的人，发着诱惑的光芒。劳动的孩子们在记述和歌颂他们的劳动生活啊！一个孩子，在日记上写她的妈妈说："妈妈一天到晚劳累，推磨、碾碾、晚上，我睡下了，她还坐在小油灯下，替我缝衣裳。第二天早上，我醒来，妈妈又在推磨了，我的新衣已做好放在枕边了！"他们的感情像他们的生活一样真实而朴素。每一篇文章都在歌颂新生活和八路军，在一个《贫农翻身》的题目下，他们叫出了对共产党的热爱、感激，他们给前方战士写信，检讨为群众服务的思想，在他们的劳作和图画里，大部分是农具的模型：小犁、小纺车、泥做的牛儿、骡儿，还有烈士纪念亭，麦秸秆儿贴成的□画，显示出民间艺术的美！

经过评委会、儿童代表共同的评判，却□编村和大□编村荣获了总分数的冠军和亚军，其他完全受到了奖励。

第二天，各学校在儿童节选出的英雄模范，进行经验交换。一个紧接着一个响亮的声音，在场子里散布开了。生产模范，有的自我介绍，有的互相介绍，他们用担煤、做鞋，做到书籍文具的自给。蟠龙郝九云站在台子前面，比着小手势，演讲一般地说：

"我替学校养了两口猪，天天在下课时，到蟠龙街上去倒泔水，现在，又抱了一窝鸡儿，将来能养上四口猪，自己就可以不用家里贴吃喝了！"

大家一致推选他为全区生产模范。

枣烟王菊则，这个十二三岁，生得很美丽的小女孩儿，用清脆的嗓音，给大家介绍她推动卫生工作的经验：

"我每天洗两次脸，勤换洗衣服，还检查小同学，并且帮助邻近妇女们讲究卫生！"

在学习模范里，麦落神村的哑子李文宁的学习精神和成绩，经一个小学生代为介绍后，博得全场称赞，他每天靠实物暗示，能认会写会三个字。

宝如庄王兆龙，由于饮食有规律，四五年不生病，被选为全区健

康模范。

模范小先生的竞赛最为热烈。最后,长乐王永安以最能掌握小同学,担当老师的责任,得了头奖。

龙团郝孟冬,从人堆里钻出他的矮胖的身子,笑眯眯地说:

"同学们选我为娱乐模范,我的本领是能让大家高兴、快乐、精神好,在学校里,组织各种玩耍,读书写字疲倦了,我想法子给大家□,小同学逃学,我用游戏方法动员他们到学校,让他们对学校发生兴趣!"

全场给他鼓掌了。

转变模范,都能用痛恨过去的精神,讲出他们过去不肯学习、破坏别人学习的缺点和改过过程。

千百个儿童在这新型的会上受到教育,得到鼓励,提高进步,和希望与模范看齐的决心!

在金色的晚霞中,在雄壮的音乐声里,在不停的掌声中,二十几面奖旗、一个个发光的奖章、奖状,一包包奖品,拿到孩子们的手中去……

一九四六年五月五日于姚庄

(1946年5月28日)

石塘人们的新生

——新华社淮安通讯

> 淮安石塘区群众运动，本社前已有报导，这篇通讯系叙述群众运动后，人民如何选举政府、如何加紧生产的情形。
>
> ——编者

天大的喜事

在石塘区这次减租惩奸运动中，许多大地主算退租账时，因退不出粮，自愿以一部田地抵算，因此佃户获得了少数土地，这在大地主们是无足轻重的，但在佃户却是件天大的喜事。

佃户们几十年来，不，甚至几百年、几千年来，就不曾有过土地，他们的父亲、祖父乃至曾祖，一直是种人家田的，正如许多佃户所说："连登尿马子的地方都是主人的，也要包租。"

但是现在呢？许多佃户有了屋基，"登尿马子的地方"再也不是主人的了。

色桥西徐庄佃户们开胜利翻身大会，鞭炮连天响，花船高□子浪过来又浪过去，他们热狂地为他们这件天大的喜事而庆祝。

"恭喜！恭喜！"佃户们一进会场，都拱手笑着互相道贺。

杨柳唐过去受苦弄了些钱，想买二亩屋基，但穷人是买不到田的，终于给地主刘鸿如垫价买去了。刘鸿如对他说："你有命买田，无命买天！"（意思是说穷人有钱买田，但天下不是穷人的，田仍旧买不到的）这次算退租账，刘愿以田抵算。

地主们给佃户做了新"契"，佃户们拿着新契都讨论着如何等到麦收下来以后到政府去"税"，他们把"契"当做一份珍贵的天书藏起来，有的佃户把"契"拿给这个人看看，又拿给那个人看看，逢人就说："现在可翻身啦！"那些年纪大的老爷爷，激动地说："我们哪一世有过田的呵！"

他们第一次做主人

选乡长这在石塘区鹅钱乡还是从古到今第一次！

老百姓过去根本没听说过选乡长这件事，以为"乡长就是上面派下来的官。"

但在这次减租以后，老百姓的思想发生了变化，他们想："现在民主来了，人民自己要做主，要想彻底翻身，就要有老百姓自己的带头的乡长。"

八十几个代表，他们带着全乡人民的希望，带着一双锐利的眼睛，在舒大庄选乡长了。

代表们很多是妇女，她们今天特别高兴，因为她们也参加了选举。

代表们的眼睛像透视的镜子，盯住他们提出的候选人转，选哪个好呢？

七个行政委员选出来了，是非常郑重地选出来的，其中贫农两个，抗属、士绅、工人、中农、富农各一个，赵必文做了乡长。

新选的委员站在台前忸忸怩怩的，代表们像看新娘子似的，贪婪地看着他们新选出的领袖，掌声与欢笑混成一片。

"你们以后要好好帮我们办事，"代表又当场对新选的委员提出意见，"要领导我们求得彻底翻身。有什么事不能独断独行，要通过大家商量，这是我们的希望"……

"我是个泥腿子（苏北土语，意即农民），大家既然选举我，我要给大家好好地办事。"赵必文代表全体委员接受了意见，说话脸红红的,像个大闺女,"以后希望大家多帮助,若我们有不对的地方,各位马上提出帮助改正,若对我们不提,害了我,也害了大家。"

代表们离开会场回去,走在路上还在谈、还在笑,因为他们今天是第一次做了主人。

下劲闹生产

石塘区邱大庄二十一个乡民,在二字沟挖沟,他们全是刚翻身的农民,他们想:"今年一定要栽秋,可不能像去年一样地荒下去。"

有些人站在沟底,有些人站在沟沿下,淤泥从沟底上用锹向岸上传送着、传送着,沟底的人裤管卷在膝盖上,两脚满是泥浆,像穿了一双长筒乌黑的皮鞋。

他们在笑,他们在工作,心里的欢悦止不住从他们的笑声中泄露出来,温和的春风吹去了他们脸上的愁苦。

这条沟二年没有挖过,再不挖还想栽秋吗?

真的,二字沟的淤泥已积了二三尺深,这条沟是通过河的,每年两岸的田都是指望它的水呢!

"自从共产党来,"魏景元一锹把泥□到岸上,"人民就有了日子过,领导人民翻身,领导人民生产,全是为人民啊!"

魏景元抹掉了头上的汗,望着紧靠邱大庄西边的西刘圩,他说:"听说刘圩子各家已定出生产计划,买猪、割草、挖沟、修车,预备下劲闹生产啦!"

"我们要走在头里下劲闹呵!我们邱大庄,挖沟还想戴朵大红花呢!"魏景元是队长,他笑着鼓励大家,他们在大会上曾提出比较,谁好谁快就戴大红花。

"头子沟和三子沟规定别的庄子挖,为什么,还不动工呢?""我们闹好推他一把,不愁他不挖呢!"

金步云向南望了一望，忽然说："喂马庄村也动工了，头子沟是马村负责的。"大家听他一说，头都抬起来向南望，果然从碧绿的秧浪上望过去，远远的沟沿上露出几个人头，一块一块的泥土正在规律地从沟底飞到岸上。

现在提到生产那个不高兴，现在大家苦都苦得有劲，大家看到马庄村也动了工，都兴奋起来。

"哪个不高兴，现在苦也苦得有个盼头。"李凤英站在沟底下挖了一锹泥，她跟男子汉一样地在挖沟。

"好，三年以后，看我们这里是怎样的一个地方。"魏景元骄傲地说着，大家的脑海里都浮现出一幅非常美丽的远景，他们都笑了。

傍晚太阳还有丈把高，大家坐在河岸上休息，抽着旱烟。

"今天闹好了三十丈了！"

"怎么样歇工吧？"

"不再闹一小段？"

"好，就再闹一小段。"

大家又跳下沟。几十个小孩子、大姑娘在麦田里抢着拔青草，准备回去作肥料，闹嚷嚷的远远地传来了一片欢愉的笑声。

（1946年5月30日）

人民的裁判

——邯郸六千群众斗争汉奸卢万寿特写

田林　萧方　余立　方利

"三十日要和卢万寿算总账了！"邯郸城郊区群众，前几天就互相传着这喜悦的消息，许多人从乡下进城打听算账的日子，准备着要好好地出口气。商人们为了联合反奸复仇，二十九日一直"串连"到深夜。

"我要亲眼看看他怎样死?!"东门里妇女丁小对下乡去给她娘烧纸，生怕耽误了这一天，急忙忙的当天又赶了回来。五里铺群众半夜就做饭，准备起五更参加大会。

三十日天刚亮，商联筹备会的干部们就四处召集各行各业集合，伙计们一面下着门板，一面互相招呼着快弄好去参加大会——邯郸市商人、市民（商联会和市民会）联合反奸复仇大会。

这次的反奸斗争，走出了过去的狭小圈子，全市各阶层、各界人民都参加了斗争。男的女的、老的小的、穿长袍短褂的、排队的、零散的，六七千群众都兴奋而喜悦地在运动场里集聚起来。因为阴暗的日子已成过去，他们相信民主政府一定会给人民做主。

"打倒汉奸卢万寿！"

"商人和市民联合起来反奸复仇！"三千多商联会员在喊口号。

"农工商各界团结起来，和汉奸特务卢万寿算总账！"市民会员们也叫开了。

当汉奸卢万寿由市公安局提出走向台上时，他身后拥挤着一两千群众，个个咬牙切齿，摩拳擦掌，千万双愤怒的眼睛直盯着卢万寿。经过一霎时的沉默，一声"诉苦"！群众便开始倾倒八年的苦水,先由新华戏园老板诉说:"卢万寿带着十八个妓女来瞧戏,我不认识他,问他'票',便被他一耳光打掉我一个牙!并拿出手枪要崩我,俺几个人给他跪着也不饶。""又有一次,卢万寿歪戴着帽走到后台,伙计们不认识他,他开口就骂妈的屄,'见了卢五爷,为啥不站起来,你们真瞎眼,不知道歪戴着帽的是我吗?'说着把后台的伙计们,不分男女每人打了四个耳光子。"裕丰花店经理说:"卢万寿勒索他柜上款项三千元。"一个小摊贩说:"我卖纸烟,他抽了不给钱,又说俺通八路,要给俺过电!结果俺把全部货物卖净,给了他六万元才算没事。"下边群众一致地乱喊:"打,打死这个坏蛋!"小贩揍他耳光子,群众喊着:"轻!狠打;打死他!"洋车夫陈安说:"卢万寿坐着我的车去逛窑子(妓女),他进去不出来,腊月天气,叫俺连冷带饿地蹲在门外等,冻了一夜。第二天早起他还不出来,俺回去吃饭,拉了别人个坐,被卢万寿看见,一脚把车子踢翻,把俺狠狠揍一顿。"下边掀起一阵"有仇报仇,有冤报冤"的呼声。说书的老太太含着眼泪说:"前年冬天我同两个闺女正在说书场说书,卢万寿把俺们叫到特务队里,没吃饭给他唱了八段书,分文没给,半夜,他硬叫我走,把两个闺女留下过夜,我说:'小孩子不懂事,一个十三、一个才十二,请卢五爷多原谅!'他把俺一脚踢倒,揍了一顿,两个闺女吓得乱哭乱叫,后来我拼上老命这样说:'谁家没有姐姐妹妹,你要想霸占俺闺女,就先把我打死!'幸亏别人都来讲了情才得回去。两个闺女也吓病了,整天哭着说胡话!'卢万寿来了!娘!俺怕!'"一个邯郸未解放时的妓女(现已转业),含着眼泪说:"我们从前本来就够可怜了!但是卢万寿向来上盘没给过盘钱,住局(即住宿)没给过局钱。又一次,他大白天到我们班里去,集合所有的姑娘们(妓女)都得脱了裤子让他看看。他和特务李丙辰住局,一个和姑娘搞,一个在一边看,并且还要照相。他发了脾气,叫姑娘不穿衣服，整夜在地下跪着，要么到院里雪上跪着。还有一次，他把我们四个姑娘剥了衣服，叫我们钻到桌子下，他脱了衣服蹲在桌子上把尿向我们头上浇，谁动就揍谁……"她泊索泊索的眼泪，洒在衣襟上。不等大家诉完，群众便不断地举起拳头，怒叫着："铲除这个不是人类的东西！""要求政府枪毙汉奸卢万寿""政府要答复群众的要求！"

王市长立起来给人民作答复，大家用着紧张的心情注视着。

"……过去是汉奸特务横行霸道的时候，今天是人民向汉奸特务申冤复仇的时候，世道已经变了，政府接受人民要求，并且已经过法庭审判和高等法院批准，将汉奸卢万寿执行枪决！"王市长斩钉截铁地说了。

王市长的话刚出口，群众就欢呼起来，一拥把他拉出去，直到看见他倒在血泊里，人们才拍着手长出了一口气。

人们挤着去看他的尸首，不由得联想到会场门口的一张漫画：当他和汉奸李积玉枪杀十一个八路同志时，最后一个孙同志曾对他庄严的警告："不要忘了总有一天你会被中国人民处罚的！"

"真的，你也有了今天！"群众从心底追念着为民族死难的十一个八路同志，同时还咬牙切齿地骂着这个汉奸卢万寿。

（1946年6月3日）

寄语花旗将军

漠野

"在礼堂正面右角的玻璃窗下,有着一个更动人的镜头,主席夫人与马帅夫人,围绕着一个圆桌坐下,马帅以极轻松的姿态,两手扶着两位夫人的沙发背在谈话,这一角的笑声,连续不断,形成了这大团欢乐中的最高音阶。"(五月十日北平《国民新报·五五茶会记盛》)

这位记者先生可谓速写能手,寥寥数行,不仅衬托出了"还都典礼"的"盛况",而且把"中美两大盟邦"的"亲睦之谊",也描画的"恰到好处"。没有异议,这的确是一个"更动人的镜头",然而,"更动人的镜头",却还不只这一个。

"天津美军喝酒闹事的事增多了……现在他们除在舞厅酒店闹事外,又改变了一种方式,他们将滋事的场面移到大街小巷了,每夜十点钟后随时随地都可听到他们酒后的吼声。坐三轮车、黄包车的人时常被殴打;三轮车黄包车夫常被打得吐血,而且有时拉了半天得不到钱,所以在天津目前很少有车子专候美军了。最近几天挨喝酒的美兵打的人最多,前些天有位交通警察被他们打死了……今天的秩序更乱了,他们打坏了三家米庄,弄乱了一家大商店,打伤了很多人。……"(二月八日上海《正言报》)

"……于是大人先生们的太太小姐们,为了优待盟军,也不妨破例来一次社交公开,借以敦睦'邦交',美军在这些场合下,也就显得分外'活泼'。"(济南《华北新闻报》三二二三期。)

"上海每一条街道上,都可以看见黄呢黑呢衣成群的盟友,和盟友一辆接一辆的吉普车。这些车行驶起来横冲直撞,常常有被撞或辗

死人的新闻。"（同上）

"每到黄昏以后，上海市各娱乐场、酒场，电光照耀得如同天堂，盟友嘻嘻哈哈地进去，醉醺醺地出来，东碰西撞，遇见男人餐以拳头，如系女子先以抹揣，继以强上弓式的接吻……"（同上）

我应当珍惜我底纸笔，不再多抄引了，这些我看都是"更动人的镜头"，具有民族自尊心而不愿做奴隶的亲爱读者呵，想必你们亦复具有同感吧！

据调查自去年十月美军抵沪至本年一月十日期间，美军在沪除吉普伤人外，共犯案九十四件，其中伤害案为三十六件、抢夺案十一件、毁损案十二件，其他盗窃、强盗、过失、伤害各五件，诈欺妨害风化各三件，过失及伤害致死各二件，妨害安宁及妨害公务各一件。（上海《前线日报》特讯）

中国抗战胜利以后，大和子孙的凶焰，似乎已略形消敛；但另一方面，远渡重洋的花旗武士们，却随着日本之投降而"不可一世"而成为"天之骄子"了。在上海、平、津，几个大的都市里，他们驾着吉普车，抱着"吉普女郎"，横冲直撞，仿佛向"山下奉文防线"冲锋似的，市民们被撞伤或辗死者，日有所闻，知道名字的有著名作家夏衍与戈宝权，不知道名字的，还不知道有多少！车上的狞笑，车下的血肉、凶殴、伤害、抢夺、毁损、"社交""活泼"……层出不穷地出现在这抗战胜利后的年月里。在这"四大强国"之一的中国领土上，真令人不禁有啼笑皆非之感！

也许是为了"缓和舆论"，或者是"收买民心"吧，最近"天津美军当局规定，华人因美军肇祸致死的，一律赔偿十万元；驴子致死的，赔偿十三万五千元"（四月十六日重庆《商务日报》载）。真是有钱公子哥儿的气派！但，"杀人抵命，欠债还钱"，这是中国社会所奉行的一条法律准则，古今中外，我想大抵也是如此。然则，为什么"华人因美军肇祸致死的"，就可以勿论是什么"祸"，而"祸"又是怎样"肇"的，"一律"赔偿十万元而了事呢？未免太便宜了吧？！如果是那样，那么，中国人也不妨"肇祸"一次，"致死"马歇尔、齐兰，反正"一律赔偿十万元"，就可了事大吉。肤色虽有所不同，但其为血肉之躯的人则一也。

一头毛驴"致死"赔偿十三万五千元，而一个"华人""致死"，却要来一个七五折。天津美军当局想必也是人，我且问问你们：在新大陆上，"岂可人而不如驴乎"！？

十万"元"既未加以"金""美"字样，想系以法币作价。据天津中央银行五月十二日外汇挂牌，美金一元折合法币二千六百一十元（黑市比价当然更高），十万法币折合美金三十八元三角一分。无怪乎美联社记者慨乎言之地说道："华北美军发觉，在这个多产的国家里，人命是非常便宜的。"（同上）是的，中国是"多产的国家"，人口有四万万五千万，在八年的民族解放战争中，也不知道牺牲了多少生命，但他们的生命并没有而且也绝不是为了换取三十八元三角一分钱，而是为了夺取民族的自由与解放！为了中华民族与中国人民的解放与自由，他们的生命可以一钱不值，但除此以外，他们的生命应当是无价的！

在我们并肩对日作战的过程中，美军确曾是我们可珍贵的盟友，但今天，观乎他们在中国的一切举止言行，这个"友"字就不能不令人有所疑虑了。

吉普肇祸、"社交""活泼"等等，那些还是比较小而言之的事体，更重大的，是"美蒋双方密切合作屠杀中国人民的形势，深堪注意！"马歇尔一面好像在努力呼吁东北与中国和平，同时，用美国武器装备的国民党军却源源不断地由美舰运往东北，帮凶蒋介石扩大内战。一位有正义感的美国记者报道："美国所谓帮助解除武装，遣送日军回国，实际上是用军舰与飞机转运国民党军队，而日军则用于保护交通。在华北日军尚有七分之六完全保有自己的武装。"另一位公正的美国记者也这样报道："国民党在美军掩护之下，沿北宁路前进，在满洲进行大规模内战。美国海军陆战队为此目的，在北宁沿线与河北北部驻守各地。"诚如民盟领袖罗隆基氏所云："倘若美国停止支持政府军队，国民政府是不可能继续内战的。如果这种支持停止，政府就不得不谈判。难道美国要中国实行法西斯主义吗？难道你们让佛朗哥移到中国来吗？"

试问：这样的干法，是否违背了故罗斯福总统之"免于恐怖的自由"的原则呢？这样的干法，与赫尔利对华政策又有什么两样呢？！应当知道，赫尔利的名字，在中美两国人民的记忆里，永远留下了一个卑污丑恶的印象！

在去年莫斯科三外长会议的公报中，曾规定苏军与美军在最短期间撤离中国，现苏军已如约自东北完全撤退了，而留华美军却仍然原封未动，不，不断地在增加着。驻华美军总司令齐兰（即吉伦）少将，最近对记者宣告："美军驻华司令部，在本年六月底并不撤消，……下半年美军司令部人员将有四千人左右……美陆军部现已开始筹备将留华工作美军家属运华，首批可在本年九月到达。美军家属抵华后之居住问题，及儿童教育问题，均由美军当局详细规划中。"如此看来，留华美军不但不立即撤离中国，而且似有"长治久安"之计，仿佛打算帮蒋介石把内战打完以后，就在"支那""安居乐业"，子孙万代千秋地驻下去。

好一个"深谋远虑"的打算！但我们要正告那些花旗将军们：广大人民已经历了八年民族解放战争之烈火锻炼的、20世纪50年代的中国，已经不是"冒险家的乐园了"！

曾与我们共同为反法西斯侵略而战的美国盟友呵，你们是华盛顿、林肯的子孙,你们的纽约有一座自由女神。在美国孩子中流行着一种游戏叫"作弄警察",由一个孩子装作警察,其他的人就千方百计地取笑他,给他亏吃,尽恶作剧的能事。据说这种游戏意味着他们对于特权和干涉的厌恶。那么,"己所不欲,勿施于人。"如果四万万五千万中国人民,愤怒起来对你们"作弄警察",那可就不是游戏了。

(1946年6月10日)

呜呼！"国防"？！

周方

居然"国防部"出现了。不在敌人侵入东北之后，不在敌人破关欲入华北之时，那时若有人提"国防"政府，则有"自行落水而死"的危险。当时要的只是"睦邻亲善"，而现在，日本法西斯垮台，再想睦着他以反苏反共，总算气魄小了，于是出现了"国防部"，而且规模庞大，七局六厅，这到底将欲何为？

"委员长"升了"主席"，自己给自己加官，这已经是往事了；白崇禧三六年在广西打起"抗日"招牌，阴谋分裂中国，这更是小事，早已冰炭相投，要"勾"大家合力"勾"了。而最成问题的，则是目前的中国，确实复杂得多，军队也复杂得多，既有"正牌中央"，又有死心遵命投敌的"杂牌中央"，和并不死心投降中央的杂牌，还有"地下中央"（即伪军），更有"技术人员"，或自称"日本中央"，又名"早已遣送回国"并不存在之部队。权将美国"太上皇爷爷兵"除外，也真是五光十色，不一而足。驱之与民为敌，正义的将士既不忍其豆相煎，人民力量也绝非软弱可欺，打起来，不是这里起义，便是那里放下武器。于是急得三个"大头子"满天飞，飞之不足，这就出现了"国防部"。

复杂中国的另一面，是睡不着和不睡着的人多起来了，安稳吸着人血的时代早已过去，北平杂志一封七十七种。从这面看独裁者过于疯狂而"勇敢"，可是从另一面看反对者之多而且强，与独裁者那种害怕得发抖的样子，确实像个小丑，讲道理讲不赢，比文章比不赢，民主的门略微一开，就伤风头痛，"老子反正是枪杆子出身，还是武力对待为上"。这就出现了"国防部"，如若不信，只要一看名单：

"皖南事变"主犯顾祝同,现任陆军总司令;以"何白"反动通电闻名中外的白崇禧,现任"国防部长";至于陈诚等反共反人民牌子之老,人所其知,不必再提它。这个一党包办的反人民的"国防部",与政协决议中的国防部显然是两事,那就更用不着细为交代了。

然而人民当然更加明白,在偌大的要求民主和平团结的广大人民所拥有的中国之中,尚有一小小"国度",他们以吸中国人民之血而生存。人之所爱,彼之所恶,人之所恶,彼之所爱,事事相反,时时相对;伪军不交枪投以大饼,伪军投降了投以炸弹;你要民主,他搞独裁;你要和平,他搞内战。他们虽然窃了国柄,但他们的"国"实际只是小小的法西斯集团,买办而兼封建,故鞍山老百姓名之曰:"第二个满洲国"。他们的"防",是在"防民之口",防民主的潮流,"呜呼!国防"?!

(1946年6月11日)

三千农民愤恨平鹰坟

新华社山东通讯

平鹰坟这是山东人民翻身斗争活生生的典型事件,它不仅使山东莒县大店区数千人民从这次斗争中翻了身,而且鼓舞了山东千百万人民的斗争勇气。现在在山东已把它编成了大鼓书,永远在人民中流传着。我们把这典型事件记录下来,让大家认识在农村中一些恶霸的真面貌。

编者

山东莒县大店区大店村有个大恶霸,他祖上坐了几任大官,专靠贪赃枉法刮地皮,置下了四万八千亩好地。真是"杀不得穷人,积不得富",把佃农压榨得好苦,吃了上顿愁下顿,当掉棉被赎锄头,难怪穷人家都叫他"庄阎王"。

确实,他真像个活阎王,私设监狱,团练成兵,谁敢说个不字,就叫他活不了。"庄阎王"抽地,是要惯了的一套老把戏,每当麦子快熟了就找岔子,把佃户赶走,自己好吃现成的。碰上欠年,穷人饿得连活也干不动,他就派人下乡放债,折弄穷人家土地。他还开钱庄,自己出票子,取钱一元顶一元,拿票买他粮食他不要。庄阎王还不知糟蹋了多少妇女,他竟得意地这样说:"女人是盆洗脚水,蹬了这盆来那盆。"农民王五给压榨得卖光了地,当了"庄阎王"的佃户,租种一百多亩地,打上的粮食被"庄阎王"七算八算折弄去了,自己一年到头,穄子熬饼都吃不上,还要给"庄阎王"家做工,一年要做几百个工。王五的儿子王大力,一天早上去拾粪,在转弯时没留意,粪叉把"庄阎王"的石灰墙划了几道,恰巧被"庄阎王"的"看门狗"何三爷碰上了,立刻进去报告。"庄阎王"和团练一齐出来，把王大力打得头破血流，还叫团练给拉到板房里押起来。王大力被押后，"庄阎王"养的那些地痞流氓，成天大吃大喝，饭钱都得王大力家拿。可怜王大娘一心想赎儿子，全家财产连黄狗都卖了，一家四口只好出去要饭。家里东西一点也不准拿，被"庄阎王"锁上门，牛也牵去了。这叫"大抹头"（就好像杀了佃户一家人的头一样）。

"庄阎王"吃饱饭没事干，常领着何三爷和他的鹰、洋狗出外打猎。有一天王家庄魏老头的鸡，给"庄阎王"的鹰抓死了两只，魏老头怎能不气呢？他以为是只野鹰，正当那只鹰来抓第三只鸡时，魏老汉举起竹竿使了把劲，连鹰带鸡都打死了。这一下，可糟了，"庄阎王"立刻纠合了团练把魏老头捆绑在树上，用鞭浑身抽打。魏老头的老母在旁边跪着，像抽在她老身上一样，使她心痛地哭着，在地上苦苦哀求，那"庄阎王"一点也不理，还是不停地打，直打得魏老汉死去活来，还要拖到板房里去活受罪。过几天魏老头终算活过来了，他在板房里整天哭，可是那"庄阎王"又硬逼着魏老头把仅有的三亩多地卖了，扎成纸鸡、纸兔，雇了八个吹鼓手，买上棺材，给鹰出殡；还强逼着魏老头"披麻戴孝"哭"鹰爹"，魏老头跌跌撞撞地跟着"鹰灵"，想起自己的遭遇，想到"庄阎王"的狼心狗肺，欺压穷人，直气得他心都碎了，呜咽啼泣，泪水直往下流。那个父母不痛他儿子，魏老头的老娘自从儿子挨打的那天心痛得晕过去，不到几天就被气死了。"哑巴吃黄连"魏老头有苦往肚里吞，只好用破席包着把老母埋葬了。村里穷人都说："俺们的命还赶不上财主家的鹰值钱呢！"这一场人祸逼得魏老头倾家荡产，只好走要饭的路，可是两腿被打得不能动弹，魏老头吞声咽气地苦撑了几天，皮烂骨痛，肚子饿得发响，苦痛一阵一阵涌上心来。眼看寿命不长了，魏老头对他老婆和儿子说："到了讲理的那天，你娘俩要替我报仇，替我申冤!!"他就这样冤枉地死了，一直到不喘气时两眼还是白白地瞪着。

三八年日本鬼子占了莒县，"庄阎王"把鬼子请到大店安上据点，自己当了汉奸区长，借着鬼子势力，他就任意要捐要税。他又怕据点安不长远，好几次要鬼子扫荡八路军。朱玄仓领导老百姓组织起了抗日游击队，"庄阎王"勾结国民党县官许黑子，把朱玄仓装在麻袋里暗害了，又把游击队缴了枪。这事给八路军知道了，不忍得叫老百姓再受苦下去，就在四三年夏天一个晚上，乘着月色经一夜苦战，把大店克复了，建立起民主政府，实行减租减息。那万恶的"庄阎王"听说要减租，竟吓唬佃户说："造反啦！我养活你们好几辈子，还要减租，那我非把地抽回来不可！"一面又假装进步，自动租几亩好地给一个村干部，可是他又在背后里对老百姓说："你们这些是白出力，你看那个村干部，光种好地。"想挑拨老百姓反对村干部。但当那个村干部知道了"庄阎王"捣鬼以后，马上召集农救会向大家解释，把好地拿出来给最穷的人种，还借给农具、贷款。"庄阎王"的诡计被戳破了，穷人们都说："现在的政府不像从前那样欺压俺们，还帮助俺们过好日子哩！"区干部马上下乡，来帮大家追寻穷根，看到底地主养活佃户，还是佃户养活地主呢？农救会最后搞明白了，"粮食是农民种的，布是工人织的，一年到头出大力，还是挨饿受冻，那些地主们清吃坐穿"。"庄阎王"的横行霸道谁不痛恨呢！这次听说区政府要减租，大家决定要斗争"庄阎王"。周围几十里传开了，一村接着一村，佃户们手里拿着旗子，像潮水一样涌进了大会场，好热闹呵！真是人山人海，直吓得在会场正中的"庄阎王"不敢抬起头来。大会开始了，魏老头的儿子直跳起来高叫："我要我父亲！"跑到庄阎王跟前一把揪起他的衣领，恨不得把他咬一口才称心，王大力也从人堆中跳起来，指着"庄阎王"说："你的八棍打得我好痛啊！弄得我全家大抹头。"说着直跑到"庄阎王"跟前，举起那根八棍，对大家说："这棍打人打的不知多少哪！给他折了吧。"接着人声鼎沸了，有说："他打我六十棍子，我要捞回来。"有说："他糟蹋我妹妹，要他偿命。"……争着发言的竟有二三百人，都把几十年来没敢说的冤枉事，说出来了。这时把"庄阎王"当汉奸欺压老百姓的事实，一件一件都揭露出来，"庄阎王"像只精疲力竭的狗一样埋着头，气息嘘嘘地不敢吭一声。等到大家表决要枪决他时，"庄阎王"偷偷地抬起头来，张起眼角往上一看，只见无数旗子和手臂在摇晃着，直吓得他立即埋下头去，想起自己的命运，只有眼前一霎时，全身抖成一团。可是人们没有一个可怜他的，开完了斗争大会，三千群众齐声要求替魏老头报仇，唢呐喇叭锣鼓喧天地到了王家庄前，三声土炮响，魏老头的儿子带领着青年举起锄头铲子，你一锄我一铲，不到两分钟，竟把鹰坟平毁了。围观的群众摇晃着旗子，高兴得发疯样地直跳起来，高喊着："报仇啊！""翻身啊！"等到把鹰坟平毁时，大家像打雷似的在拍手大笑，接着一阵高呼："没有共产党就没有今天！""这是头一回啊！俺穷人翻身啦。"

（1946年6月11日）

天亮了吗？（上海通讯）

季平

【新华社延安二十九日电】

吃人的物价

上海人在过着烦恼的日子。

虽然救济面粉源源不断地从外滩美国的轮船上卸下来，但是出卖劳动力的上海人，却是没有福分享受的。平价的面粉、白糖、油类都被规定了发售的地点和时间，可是不少按址按时前去的人，常常是垂头丧气地回来，因为发售的时间很短，价格只低于市价百分之十，而且还要二十包面粉才起售，那些买不起二十包的和没法挤上前去的人们，那只有自叹命薄落不到"救济"的份了。

市场上百物腾贵，苦力们的饭食价格飞跃的上升，单说油条大饼，二月十日还卖法币十元一件，到了十五号，就卖十五元；廿号就成了二十元。这样一个车夫每天至少要吃伪币六七万元，才能吃饱。

因为投机家的操纵物资，上海的物价，真是"一日千里"地飞腾了。蒋主席到上海的那天，物价曾经跌了一下，可是第二天就跳回原位；第三天就飞得更凶，记者摘录（二月二十五日）上海的一般物价如下：

米一担三万四千元（合伪币六百四十万元，较上周狂涨百分之八十）。

煤一担，四千五百元。

牛油一担，五万七千元。

被面一条，十四万元。……

但是上海的夜总会以及数十家大舞厅门口,却经常停满了各式的汽车、吉普车,高挂着"请君明日早临"的客满牌。"香艳绝伦"的影片,《蛇蝎美人》和《花开并蒂莲》等居然有黑市。南京路某大食品公司"银丝鳗上市"的彩色广告,其售价每尾法币八万元,合伪币一千万元,却是门庭若市。外滩某洋行出售"舶来品摩登手帕"的广告,标价每方价格为法币三十二万元,据说该洋行手帕生意殊为"闹忙",足见上海的豪富大人们仍有足够的余暇去光顾"银丝鳗"与"舶来手帕"的兴趣;而手帕一方已足够穷小子数年的粮食了。

亭子间

上海人没有房子住,恐怕是各大城市中最为严重的了。

如果你要租一所房屋,那么就请先拿出"顶费"和"押金"来,一般的"顶费",从两三根金条到十根金条不等(一条重十两)。如果你要住旅馆,好的二万元一天;中等的两三千元;最蹩脚的也要千余元一天;而且还得预先讲定才行。

租额的不断提高,简直令人咋舌。记者有一位熟友,租住北河南路洪福里七号三层楼的一间亭子间,以前每月付房租伪币九百元,今竟加到伪币五十四万元,然亦无可奈何。此外异想天开的事情也发生不少。例如在中正中路九七号有一个二房东叫赵文秋的,他把一幢房屋出租给二十一个房客,最近忽然心血来潮,去警察局领了一张"营业执照",按照旅馆收费的办法,规定每个房间每日收费一千元,房客莫不叫苦连天。

初到上海的人,都惊讶的发问,上海的房荒为何严重到这样?人口增加的缘故吗?战争毁坏的原因吗?不是的。据报载:敌伪统治时,上海人口还有五百万,如今加上重庆客也不过三百多万,而且从闸北到外滩,你看不到什么战争毁伤的痕迹来,主要的原因,据熟知内幕的人说：上海有上千房的"敌伪产业"，一直被封条紧紧地关住。数目不少的洋房，又移去"优待"了日俘。再就是那些"新贵"和"新新贵"们每日都要抢上一批房子，据说一位官居少将的要员，一个人就占了五座公馆。于是乎小民们只好"望楼兴叹"，拥挤到亭子间去了。

生存线外

一个月以前，上海十七万工人的罢工怠工燃烧起来，接着小学教师也进行大请愿，最近听说连大学教授也为了保障生活而组织了联合会。

荐头店（按：介雇女佣的店铺）在各处出现着，一个佣妇的代价，只要"吃饱肚子"就满足。可是依然没有人惠顾。

车夫们也发起愁来了，因为有慈悲为怀的"大人"们为了看不过他们的健康在"不合人道"的奔跑中趋于衰老，以至死亡，故在一月间订出了"限三年内禁绝人力车"的通令，并决定分期减少人力车的数量，以达到全部禁绝的目的。一个黄包车夫向记者诉苦说："不要我拉车，叫我到哪里找活命的方法呢？"据说车夫们联合给当局写了一封请命书，要求收回成命，至少也要限期三年改为十年，但是没有得到理睬。

被生活逼得走投无路的人们，很多就铤而走险，上海今天盗案之多，真是历史上所未见。据报上所公开刊载的。去年十月有盗案六十件，十二月就多到一百六十件，今年一月增加到二百多件。

热闹的马路如南京路也有"白昼行劫"的事情；堂堂的陆军总司令何应钦公馆，也发生了巨窃案，不久以前捉到了一个盗匪，原来是一个"戏剧家"。记者手头有一份一月十九日的《立报》内称：淞沪警备司令部枪决了五个强盗；内有两个是教员；一个是学生；还有一个是印刷工人。

他们是谁

最使得上海人烦恼的要算没有人权保障的自由了,工人没有罢工的自由,教师没有讲话的自由,学生没有求学的自由(漏十五字)到处碰到不相识的脸孔监视者,有人有时还接到莫明其妙的恐吓信。

比方说,英商电力公司的工友怠工,当局想用拖延的战术打垮工友们的团结,但是失败了。一月三十一日忽然来了四辆卡车,载来了所谓"索夫团"和二百个暴徒,冲进厂内,逢人便打,结果数十人被打伤,内中五名重伤,一人毙命。暴徒还捉了十九名工人代表,送到法院,反而控诉工人"妨碍自由"。这些打手和不知谁是她们的丈夫的"索夫团"究竟从哪里来的呢?他们又是谁呢?

在同一时期里,上海九十八个学校的学生组织了助学联合会,进行募捐宣传,但是借给该会会址的建承中学校长,当天就接到好几次电话,要勒令助学联合会搬家,否则"你们是有背景的,当心些!"联合会接洽的广播电台,也蒙受了某方人物传授妙法,广播到中途,突然截断电流,使之中断。这些人物是从哪里来的呢?他们又是谁呢?

几天后的一个晚上,东南医学院有两位同学,从建承开完会出来,在校门口有两个穿便衣的人拦住问他们在开什么会,谁是主席,谁是负责人,也在这时期内有五女中的两位女生在走路时讨论助学运动的事情,突然后面赶上来一个四十多岁呢帽覆在眉毛上的西装"朋友",突如其来地向她们质问从哪里来的,到哪儿去,干些什么,等等,吓得她们拔腿就跑。这些不速之客,他们究竟从哪里来的呢?他们又是谁呢?

反动派利用了部分学生,举行了反苏游行,东吴大学等五十多校学生拒绝参加，并且在反动分子召集的会议上，全部否决了游行提议，会后这些坚持正义的学生，纷纷受到来路不明的人的威胁，甚至要他们承认"受人利用"。这些人物究竟从哪里来的？他们又是谁呢？

上海的学生回答了这个问题，他们——"上海学生爱国联合会"发出了愤怒的控诉和呼喊："要求实现取消特务机关""要求实现蒋主席的四项诺言""要求真正的民主和自由"。

人的管制

这几天清查户口在三万多个"留交"的伪保甲长的全体动员下积极的展开了。记者隔壁的一家，住着大小二十余口，昨天为了要填明户籍表上的生辰年月日，全家忙了一天，三个老太婆，因为不准填某某氏，硬要有名有姓，都临时取一个"学名"。今天早晨那位老主妇絮絮不休地跑到我的房间里扯话：

"落，先生侬来讲讲道理，又要办啥保甲，日本人把吾伲老百姓压得气都透勿转来，有啥格好处末。"他的一个在电力公司当司机的大儿子，也愤愤地说："保甲保甲，别人家犯了罪，倒要吾伲来连保连坐，阿有道理根据，啥格皇法，吾伲在厂里工作忙来交关，哪有闲工夫来干义务格'特工'。"记者听到这样的怨言不止一次了，在十二月十九日，市政府发表了二十九个区的正副区长的名单之后，房东光东先生拿了《大公报》来看我，他最不满意的是五十七个区官里面，几乎全是从后方跑来的党官老爷，这二十九个区的名单的成分是这样的：

党部人员十七人，官僚出身八人，军队特工七人，银行兼差三人，学店老板二人，其他投机买卖三人，报馆律师各三人，不明职业的十五人。

上海人不满意保甲的地方，还在于今天居然还留用的三千个伪保长和三万个伪甲长，他们在八年中勾结敌宪，欺压盘剥老百姓，真是罄竹难书，今天还是公然站在人民头上，老百姓还不敢对他们说个"不"字，眼看着他们一批批进什么"保甲长讲习会"，拿着"生死簿"大模大样地在巷门里进出。

最近还发生市民拒填国民身份证的事情，他们不肯打手印，不愿填照片，他们的理由是："不做法西斯国民"。据说这件事情官厅还在坚持之中，但是真正的渴望着自由的上海市民也会坚持反对这管制人民的丑恶的制度的，前几天记者参加了一次上海四十余团体欢迎沈君儒老先生的大会，大会中一致通过要求政府废除保甲制。当主席团宣读这一个决议案时，热烈的掌声历数分钟不绝，这是人民的声音，我们的"勤求民□"的政府，是否愿意听听这雄伟的声音呢？

（1946年6月12日）

今日的滏阳河

李庄

滏阳河静静地流着。在岸上，骡车载着金黄的麦子，荡起阵阵的烟尘；在河中，船儿轻快地漂流，船夫唱着悠扬的调子；河坡上，长着胡子的老水手忙碌地修理残破的船只；大好的平原解放区，一片升平的景象……

"使船的都走红运了"，老水手张旺撚着胡子说："船会一天比一天多起来的。"

他说："这一带现在有了卅多条船。"我问："日本人没有来以前，滏阳河不是有一两千条船吗？"老水手点点头，开始述说他们悲惨的遭遇。

日本人"征用"了大部分船只，把船拆了盖房子。当时河路不靖，船主船夫都不敢冒险运输；往日据以为生的船只，那时都成了累赘。船主在敌人未及"征用"以前，有的忍痛把船毁了烧火，有偷着沉在水里，等待着打捞的一天。几年之间，滏阳河中看不见船的影子。张旺低沉着嗓子说："像我们这些使船的，苦熬一辈子，不过是想弄一条船。就是赚些钱入个股也好。日本人在的时候，这么好的东西，都白白地糟蹋了。"

船夫说：滏阳河是一个很好的"生财大道"。抗战以前，瓷器、煤炭、熏枣、山货、鸡蛋……从上水运下去。再把海盐、杂货从下水运上来。俗语说："百里不运粗。"粗笨的东西走水路，运费比火车贱得多。数万人靠着滏阳河生活，沿河居民也靠着它购买比较便宜的货物。船夫在那时候是清苦的，但还能勉强维持最低的生活。一个掌船的除了吃饭，每年还可拿一百多块钱，其他水手也可以拿到几十

元。可恨的日本人把什么都弄光了，船主不能赚钱，船夫都失业了。

去年十月以后，打捞船只的时间终于到了，八路军解放了整个滏阳河。船主捞起埋沉了几年的旧船，觅人修理旧烂的部分。政府贷款四十万元帮助他们。船主和船夫开始经历一个新世道：捐税重重、关卡林立的情形是过去了，现在使船没有任何捐税与留难。解放区秩序安定，船行总是一路平安。张旺说：这时的政府可真好，他想尽办法帮助使船的人。沿河两岸拉纤的跑道年久失修，断桥的石头阻塞了水道，政府组织船家修好了。过去船夫和沿岸居民的关系总是不好，部分船夫难免有些偷吃瓜菜的事情。政府教育船家今后不能再这样做，河岸居民也要帮助船家。

滏阳河的河运复活了。船少货多，整个船业利市三倍。从邯郸到衡水，来回如不遇到水涨落的意外情形，至多用一个月。赶上来回脚，载货十五万斤，一条船可挣七十五万元。就以十个水手说，每人每月吃上三千元，合计不过三万元。工资比伙食高些，要五六万元。再除去其他开销，也可剩三四十万。船主们笑逐颜开，每年跑四、五趟就是一百多万，弄得好，一条船一年可赚一条船。

无论怎样计算，船主的利润都比抗战以前高。今后劳资合作，船夫待遇亦应酌量提高，因为他们积极起来，每年多跑一两趟船主就会得的更多些。

访问□船主，大家都愿意多造船，只是材料困难，一时未能解决。船帮用柏，平原尚不很缺乏，船底用松，平原就不易找到了。太行山的楸木是很好的代用品，今后应该大量组织采运。滏阳河全在解放区，滏〔阳〕河船运发达，太行山的煤铁山货、彭城的瓷器才能随之发展，山地需用的食盐杂货，才能源源运来。在今天繁荣解放区，组织这种低廉的运输是一个极有力的办法。就在将来，滏阳河的运输价值也不会降低，原因很简单，它比其他运输的费用都贱。在目前不能立即大量增添船只的时候,据有经验的人说:应该适当管理船只,有计划的统一使用。严密组织来回脚,尽量减少等货时的浪费,挤出时间多跑几趟。船家既可多赚些钱,整个解放区的物资交流也可更顺畅些。

(1946年6月14日)

"不忠实自己丈夫"的徐爱夏

张培礼

芍药花吐着蓓蕾,玫瑰花盛开的时候,黄须村的庄户们在紧张地劳作。

互助组汗流浃背地突击下种,妇女们很耐心地拔着坏了的麦子,汗已经浸湿了她们的衣衫,她们用手巾揩着火烫的脸。

六七十岁花白头发的老太太,也忙着到处跑,送种子、下灶房,或者一个人看守着五六个小娃娃。

"加油干吧!反动派不叫咱们消闲,蒋介石又飞到新乡啦!他在动员他的兵,向咱们老百姓进攻!"他们之间不知是谁在说着。

男人、女人、孩子和老人,无论谁都在紧张的工作,都很快乐。因为他们有把握要超过以往任何一年的生产成绩。

可是,这里边只有我们的女房东——徐爱夏,她工作积极,做得又好,但是她很不喜欢!为啥啦?因为她汉子不肯受。(注)

黄昏,徐爱夏把疲劳的牛拴到牛棚里,牛懒懒地伸了一个腰,把嘴插到牛槽里,开始吃草,然后给自己的丈夫搬了一个坐机,又送给他一碗饭,她丈夫刚接过碗,那个不很熟识的人就又来叫了。

"看你近来忙成啥,黑天白日跑,饭也吃不下,不想受,思想落后,光说破坏话!你心里到底有啥事啦?你想瞒我可瞒不住……"她的眼珠滴溜溜地转,看看她丈夫,又看看那个人的脸,她好像看到许多秘密。

丈夫不说话,头也不回,跟那人走了。

"哼,你忙!可忙的不正经!"徐爱夏表情严肃起来,闭了房门,跑到教导团韩主任的房里。

她本来是要找韩主任谈她丈夫的问题哩,可是她一见韩主任正在劝慰他那新从国民党统治区来的妻子。于是他也暂时变了主意。连忙插嘴说:

"呀!你可不要悲观,今天啥事使你不高兴!"她瞪大眼睛望着韩主任的妻子。

"好房东哩!昨天我参观了纺织,听到妇女们说的话,我觉得自己太落后啦!"韩主任的妻子眼里装满着泪珠。

"呀!这可不能怪你!是因为你们家乡没有共产党八路军呀!你又识字,你男人也是政治主任,将来可要比我们进步快。"她带着安慰的表情又继续说着。

"我告诉你,在八路军没来的时候,我男人并不把我看成人呀!他一出门就把我锁在家里。出嫁的那一年我母亲告诉我:'嫁鸡跟鸡飞,嫁狗跟狗走。'到了黄须来婆婆告我说:'娶到的儿媳,买到的马,由人骑由人打。'那时耳光拳头我可挨得不少哩!"

"后来八路军来啦,大家一齐起来打日本,我们黎城是八路军的老根据地,一开始谁也不愿参加妇救会,有人说那是'坏了的人'才参加,可是后来,一天一天这'坏了的人'多起来,我也背着婆婆悄悄地参加了妇救会。第一次我给八路军做了一双好军鞋,婆婆瞪起眼睛指着说:'你给他们做那样好的军鞋干啥哩!?'"

"大前年我们妇女上冬学,婆婆也去啦,在这里我才渐渐明白了妇女是受压迫的人,八路军要我们妇女们站起来,摆脱旧社会的束缚,和男人一样平等、一样的工作。从前我可后悔自己不该长成女人!现在这种想法谁也没有了,解放区的妇女都站起来,都自由了,有了很多的权利。"

"反正听共产党的话,跟共产党走,没有错!"最后她十分认真而肯定的这样说着,望着挂在正壁上的毛主席像。

"现在蒋介石飞到新乡！你知道吗？"韩主任的妻子问她。

"昨天我们妇女上课就知道啦，我们不怕他进攻，去年，娘家兄弟被顽固派打死啦，可是现在我娘家还有三个侄儿和我兄弟的儿子，都参加了咱们的野战部队。他们要替他爸爸叔叔报仇，侄儿们知道他的爸爸叔叔们是怎样死掉的！"好像有种压制不住的愤慨使他不能不继续说下去。

"我虽是个女人，但在反顽固这一份上，我也要尽我的力量，现在我正要找韩主任说一件事，可是这件事……"好像他有了顾虑。

"啥事？你说吧，没有外人，我负责……"韩主任郑重地说。

"我和他是俩口，感情也好，本该是一对好夫妻，可是他的行为近来非常不好，我不能容忍他，容忍他就要害了大家，也害了自己！我要告诉政府，我的男人是正和特务勾搭哩！这几天他们鬼鬼祟祟的，总有生人来找他，我问他那是谁，他就不告我！"她的眼望着门外，带着一种回忆的神气，似乎她现在要想完全记起那个生人的模样来。

"你如果报告了自己的丈夫，将来你们怎样过光景？"韩主任的妻子很惊奇地问她。

"我对他个人没有私仇，俺二口感情是很好的，现在我也不因这事和他离了婚，可是我要帮助他向政府坦白，我一人不行，大家来帮助，总要让他转变。光景还要和从前一样过，他种地，我纺花。"

韩主任的妻子呆了，他看着徐爱夏，这个挂着耳坠，而且是个小脚的妇女想着："大概这就是国民党统治区所谓'不忠实自己丈夫的女人吧?！'假使她现在在国民党统治区，她必定要受到'法律制裁的'。"

真的！女房东的话完全实现了，经过六七天的帮助与劝导，在五月二十六日晚上，黄须村召开了个挽救徐爱夏丈夫的自新大会，会议上徐爱夏努力劝着自己的丈夫向大家坦白。

"你告大家说,你这几天是忙个啥来!那个特务头子在哪里?谁来勾搭你?"他替丈夫燃起了一支烟,和丈夫并坐在一起。丈夫低着头,红着脸,吸着烟,吞吞吐吐地回答着。

"我是一个上当的,那个人……"

"…………"

劳累了一天的老乡们,在灯光下欢笑着,妇女们以喜悦的眼光看着徐爱夏。

"应该这样子!徐爱夏做得对!"群众一致这样地高呼!

(注) 受——就是下地做庄稼活的意思。

一九四六年五月二十九于黄须村

(1946年6月14日)

外人眼中的张家口

美·罗尔波 作

张家口许多工厂的机器都在转动了。如果没有由于内战而来的经济封锁，把天津北平等市场与张家口的生产品阻隔起来，这些工厂会转动得更快些。一个美国士兵最近从这一中国共产党领导下的最大的城市转来，这是他的意见。

这个美国人把张家口的工业彻底地巡视了一遍，并且发现了各种各样工厂，在环境所能允许的情形下，利用到了最高限度。日本建造的制造亚麻油与菜油工厂每天能出三千斤油。供给氧气与其他气体的压榨机，平均每天有九千一百五十气槽的气体供应冶铁工厂。张家口四部最大的磨纸机之一已经全部动工。这个美国人说，如果共产党能够输入造纸必须的物品，其他三部也就可以开工了。

张家口的工业家也需要机器来补充被日伪破坏了的装备，并且也需要一些零件来修补。这个美国人说：如果他们也能输出他们工厂的产品，如果棉商与皮货商能够到各海口自由贸易，他们就能够从国民党统治区域里买到一些必需品。他说：张家口商人有二百万斤棉花与六万捆皮货已经包装好，准备运到市场上去。

但是国民党军队在边境的封锁是很坚固的。这个美国人曾与一些由北平来到共产党区域的学生说过话，他们告诉他，到这里来时他们不能不把自己改装成农民，并且怎样费尽气力去寻找路径。他们又告诉他，他们没有看到任何一点证据说明在国民党区域里的铁路线是在修筑，而在共产党一边的工人，却正在忙着修理枕木与铁路。

学生们又告诉这个美国人说：他们看到国民党军队把河北北部一段长城拆毁，但这并不是简单地遵守政协的命令使所有军队都拆毁各地的碉堡，正相反的，这些学生说，国民党军队正在把面向着共产党的新的近代式的碉堡更换装备。

公开选举

与一千八百年美国乡村所举行的一次地方选举大概相像的一个选举运动，是这美国人在张家口所见到的最有趣的一桩事。共产党以前已经进行过许多选举。但是因了战事，几乎没有一次有充分的时间，甚至连一次短促的选举运动都难以进行。

现在一切情形都改变了，这个美国人看到这城市时，街上正挤满整队游行的人，他们到处停下来，队中的候选人就在那里作竞选讲演。

张家口人民只是在最近一些时才接触到这种民主方式，他们多少还有些怀疑，这个美国人说，但是关于有权去选择自己的官吏，他们一天天懂得更多了。孩子剧团与宣传队合作，教育人民选择正直官吏的重要性。

新的权利被重视

惯于被日伪与地方土劣统治的人民，还不确信这样的事，这表现在一个石匠的言语中，他和这个美国人一起站着看选举的进行。

"我一辈子第一次看见一个不识字也不能写字的人能当政府的官吏。"石匠说，"工人们的确得到了以前从来没有的利益，但是我不知道这是好呢还是坏，我们还等着瞧。"

石匠告诉美国人说，他加入了地方工会，但是这并不是因为他懂得什么"工人的权利"，说得坦白一点，由此他能够得到更多的好处。

秘密投票

选举是秘密投票的,这个美国人说,但是对于不识字的选举人,有一种特殊的处理办法,他们可以选择自己信任的代笔人,代笔人要在他的面前替他写票。

地主与小商人参加选举,作选举人与候选人,这使得这个美国人询问到张家口的资本家与资本家的社会地位,他发现工业与土地的私有,不仅存在,而且受到了鼓励。

例如很大的宝兴煤矿,从日伪手上接收过来以后,现在由政府与私人股东共同经营,其中共分三百股,股票卖给私人的共达一万四千万元边币,政府投入三千七百万元收买了剩余股票。现在矿中每天能出四百吨煤,新的厂长期望很快能达到在日本控制下的产量,每天出四百五十吨。他们因为缺乏适用的机器而受了阻碍,同时就某程度来说,没有足够的技术人才。

不过技术人才的问题,很快地解决了,共产党从天津北平请来了一些人,美国人说他们得到很高的薪金。

欢迎美国人

这个美国人说,张家口与晋察冀边区政府不但欢迎美国的企业家,并且也欢迎美国的技术人才。与外面流行的说法相反,共产党希望美国的进口商人与边区建立商业关系。

而且驻张家口司令聂荣臻将军说,他们的政府准备给最高的待遇请美国的技术人才,只要他们愿意来教练中国工人使用近代的方法,因为这些正在工厂工作的工人们还是用着五年、八年甚至十年以前的老方法。

照这个美国人的看法,共产党绝不愿意继续任何形式的内战,他希望和平与民主联合政府尽快实现,才可以推行他们正在奋力进行的重建华北计划。

(陈宽译自《密勒氏评论报》)

(1946年6月16日)

一个知识分子的道路

——访山东教育厅长杨希文先生

李普

杨先生是山东民主省政府中我所见的唯一穿长袍的人,他的宽大的皮袍上面罩一件蓝布衫,挺着两撇八字胡,戴一顶皮帽子,因为身体残废,手杖总是不离身的,说起话来更是斯斯文文,修辞美好确当,又很幽默。这一切使人觉得他很潇洒舒适,心安理得,和他的出身性格和工作,尤其显得很调协。他现在是教育厅厅长,抗战前从青岛大学教育系转入无锡教育学院,毕业之后从事教育,曾经做过山东省第二民众教育辅导区的主任,至今仍是无党无派。

他说他出身于一个经商地主的家庭,有一个哥哥曾被国民党逮捕过,使他对这统治的作风很有点不满。但是出身于一个温情家庭,有回旋余地,即使对革命有点儿同情,自己对斗争却是怯懦的,抱着逃避的态度,他选择了教育做他的事业,他说:"自己觉得这样清□□点,总还不至于做很多错误的事情,做乡村教员,更可以自恕吧。"

和所有善良的知识分子一样,他的脚步是十分沉重的。在抗战初期,他找过韩复榘、找过张礼元、找过沈鸿烈、找过范筑先,为的是找一个合法的权力,使他的抗战工作合法,使他的抗战主张能够实行。这当中我想还应该分为两个阶段,找韩、张更偏重于找合法根据,找沈、范更偏重于找一个军事力量。因为韩、张时期的经验使他的法统观念自然而然渐渐减轻了一些,而客观的需要更迫切的倒是打仗、倒是军事,使他自然而然地想望着去找一支现成的力量。这两者失败之后,他的抗日的志愿却没有丝毫动摇,他要抗战,那么怎么办呢?这时候他才在实际上和共产党合作起来,眼睛真正转向于广大的老百姓,不倚靠法统,不倚靠别人,不倚靠现成的力量,而倚靠人民和自己，大刀阔斧干起来。

战事一开始，他准备在青州一带搞抗战。韩复榘的态度是大家了解的，他曾跑到邹平找梁漱溟先生，梁到济南，觉得韩复榘不好。他说不管韩怎么样，也要抗，他要梁先生帮他搞合法。他回到青州，行政专员张礼元组织政训处，他合法的去当处长，首先办训练班，后来他发现张礼元已经接受了韩复榘的命令，准备逃走。张对他批评鲁西专员跑得太快，没有打就走了，他自己是要打一打才走的。杨先生回答他说：我来是抗战的，训练班的学生也是要抗战才来的，你带不走。他和张的关系从此搞坏。后来韩复榘枪毙，他跑到蒙山，带了三四个干部，买了几支枪。他说："办教育的人，和青年学生总容易接近。"他和青年学生来往，想自己搞部队，这是他想自己干起来的第一次。

但是他不知道怎么个搞法。蒙阳县长搞了一些土匪部队，说是和什么人学来的。他和杨先生开玩笑，说杨先生一辈子也搞不起来。杨看见那些游击队尽吃大烟，不像样，总不相信他们搞得对。他到临沂，听说徂徕山有人起义（记者按：领导人就是现在山东民主省政府主席黎玉先生，那时候他是共产党山东省委书记），杨先生看了一些材料，觉得那是正式搞法，便写了一封信去。不久秦启荣同他们开始摩擦，杨先生说："秦启荣是根党棍子，我是很知道的。"杨先生到蒙阴新泰，找到了现任民政厅长的梁竹航先生，同办鲁南抗敌自救青年学校，蒙山人民几乎家家有枪，他们就搞起八十几个学生，二十几支枪，渐渐有更多的学生来，学校里一概称为校友，不能来的称为校外校友，在抗战中学抗战。

"但是我不会办。"他说，"没人管饭，我也参加，推沙、站岗、做饭，什么都干，但一不知道如何弄到饭吃，二不知道如何打仗。书生无能，感慨甚多。我们深觉敌后没人管，除零星土匪之外，空隙很大，而自己政治经验差，很苦闷。大家商量一下，要搞一个会打仗的人。"杨先生便从临沂到徐州,徐州失守,听说沈鸿烈从曹县到了东阿,便去见他,觉得他这个人不是实在搞抗战的,只想派自己人,派杨先生做秘书。杨先生要回鲁南,沈鸿烈说他空想,他便到鲁西聊城看范筑先老人,范是旧识,看了之后印象不坏,尤其称羡这位老人家的行政能力,他就留下给范先生编小学教材,不久,沈鸿烈到来,挑拨范先生的部下。关于教材,沈鸿烈一定要由省政府编,杨先生主编的社会科,始终一本也没有印。正巧他的朋友们在鲁南组织了一个抗敌工作团,负责人就是现任山东大学副校长田佩之先生,梁竹航、李澄之等先生也在那里,他们打电报来叫他回去。他们又派人来和沈鸿烈联络,他就以沈的代表的资格回到鲁南。李澄之先生奉沈命令办鲁南第四联合中学,杨先生便去帮他,还是想把他自己那一套合法化。——那已是二十七年了。

那时候他们正在莱芜,有一天晚上,敌人来了。杨先生说:"不打是不行的,但是不会打,我们商量商量,守守城吧。"就在那次,他受了伤,子弹打进脊椎骨,倒在城边麦田里,过了两个白天,一个晚上,老百姓才把他救出来。李澄之、梁竹航两先生把他送到济南齐鲁医院,住了一年。那是山东大变化的一年,沈鸿烈打起反共的旗帜、泰和事件等等,都是那一年里发生的。沈鸿烈的面目毫无掩饰地暴露出来之后,杨先生的那批朋友们如李澄之、梁竹航、范明枢、田佩之等先生就离开了他们,组织了抗敌协会,在实际的行动上和共产党团结在一起。二十八年冬季他们把杨先生从医院接出来,是非是很明显的,杨先生坚决地走上了一个善良的爱国的知识分子所应该走的道路。他的身体残废了,但是他的气魄更加壮阔了。

到二十九年,山东爱国的正义的人民建立了临时参议会,杨先生也是参加的一个。"我要求沈鸿烈来报告工作。"他微笑着向我说,还是那样地平静潇洒,这个抗战以前逃避斗争,抗战初期追求传统的合法化的人,从此高举着人民的权力、人民的法的旗帜,作为一员战将而出现了。这又是他生命史上的一个关键,但是他还是一点也不激动,还是一样只现出心安理得神气。

他的伤主要在脊椎骨腰旁,下肢曾经完全失去知觉,现在离人扶着不能走。敌人扫荡的时候,他跟老百姓一道躲在山沟或者地洞里。有"情况"的时候他就用枪对准自己的胸口,实弹以待。因此大家首先下他的枪,第二就劝他"群众化"。起先他很不高兴,觉着下掉枪,自己的最后决定权都就没有了,后来一想"群众化"到还是积极的,现在看来尤其对,他曾经有许多次遇着敌人,有一次他化装为个普通的老百姓,从敌伪手中逃脱,有一次他躲在树林子里,亲眼看着几个伪军走过来,把他的驴子牵去,距离他不过一百米,诸如此类的危险是很多的,如果他有枪在手里,稍微沉不住气一点,也许已经把自己打死了吧。和他将近三小时的谈话,使我发生许多的梦想。他的经历正是成千成万善良的爱国的知识分子的道路。特别是这八年来,有多少善良的知识分子像他这样,为理性驱使着,又为客观的现实所教育,经怯懦到勇敢,从逃避到斗争,从因袭的法统观念中挣脱出来,作为一个争取民主权利的战士,眼睛不再向高高在上的权威,而把自己的生命和希望依托于下层的老百姓。他们的经验是深深感人的,我很感动,我不是一个写小说的人,我禁不住要向我们当代的小说家提一个要求,希望你们之中有谁多多研究一些这样的知识分子,给我们创造一个这样的典型,记下这些人的一页,给人们一个生动的教训,使我们更多的知识分子少浪费些气力,更直接地走上他们应走的道路。

(1946 年 6 月 17 日)

和平与大饼
——灯下漫谈之一

思基

阿Q说:"如今的世道真不成个样子了。"

话说至今,已经二十多年,但中国法西斯分子恩赐给所谓"收复区"老百姓的,仍旧"以物易物",显得很糟。忠奸不分、民族正气不要,把许多泥头庄稼汉,弄得啼笑皆非、死活不能。抗战胜利了,安阳人叫着:"想中央,盼中央,中央来了更遭殃。"从外国人奴役,盼来了本国人屠杀;从汉奸横行,盼来了"国军"逞凶。老百姓生就了一条苦命,似乎就永远该死。汉奸李英却大享其福,过去是日本人的走狗,现在却是"中央"的"总司令"。

永年人比起安阳来就更觉可悲。日本人跑了,城里可添了许多吃大饼的"中国人"。许铁英,听说一下又变成了"国军",属南京管,不准人再叫"皇协爷爷";看样子,南京和东京还要有区别。但他们摆出的脸相,却并不见变。打人、骂人、杀人,一切"仍旧惯",只是比"皇协"时代多了两种刑罚:第一,关着城门抢人,拆房子。第二,让"大饼吃人"。许多人,不明不白,无名无罪,就在这些刑罚里面送了命。"光五月十五日就有南大街九保保长陈贵,执行小组美国代表的小听差被飞机投下的大饼砸死。双关庙街十二号的龙德颜,听说刚快出嫁,但大腿却被飞机丢下的大饼砸成了三节。那位陈保长,不敢说他没有做过亏心事,也许"天数已定""罪有应得";但那位龙德颜——一个曾未出嫁的女孩子,大概不会"违抗军令"向"国军"进攻吧,为何该受砸腿之罪?抗战胜利了,为了表示和平,就用烧饼砸人吗?

抗战八年，中国人民牺牲很大，日本屠杀了我们无数和平居民。那时，每个人都想："忍着吧，总有一天，咱们胜利了，就会好。"无数万条心，全把希望寄托在抗战胜利上。但胜利盼来了，永年城的人民，却被"和平的飞机，用大饼砸死了二十多，这是所为何来呢？"

北平的法西斯宣传家们，天天大吹大嚷，永年"国军"被"困"、被"攻"，惟"国军"仍"坚贞不屈""保护"人民——真不知人间有羞耻事！你们不想想，龙德颜的腿不就是你们给"保护"断了，五月十七日才抬到城外解放区来医治吗？

吹起的肥皂泡，不能当作篮球用；血写的事实，不能用墨水来涂抹。法西斯的宣传家们醒一醒，洗洗脸吧，你们已经把人民欺骗得够了！中国人民，早已睁开眼睛了呵。

六月十一日夜于邯郸

（1946年6月18日）

故 都 鳞 爪

红墙绿瓦，白塔蓝天。故都初夏，景色依旧。惜乎压力太大，未能尽情玩赏，匆匆数日便又离去。兹就见闻数则告诸读者：

市内颁布了《紧急治安法》，据说这是反共反人民的老办法，其中除规定军、警、宪、特均可随时随地逮捕和武装干涉人民的言论、出版、集会等自由外，另附表格一纸，规定在五岁以下者只填写姓名、年龄、住址；五岁至十二岁者，加填职业，十二岁以上还要加填绰号、特征、经常穿着何种衣服、与谁来往、要好的是什么人、作什么职业、家庭经济状况，表上还要贴相片。此表现已强令市民填写，市民非常愤恨，大家都觉得这表比日本人在时那种表的栏数还多、自由还少！

★★★★★★

外出访友，坐在三轮车上，车夫拿出一张《解放报》给我看，并说："先生你知道吧，人家为什么封了这个报？"我说："你从哪里来的这报？"他说："这是我最喜欢的报，我花钱买的。"我说："第一是因这是说老实话的报，第二是因为你最喜欢它并且很多人都喜欢它，所以人家给封了。"

★★★★★★

蒋主席三十日来平，为此，市府下令整顿市容，把东单的小市（这是由于人民过度贫困，从天桥分来的一部分卖旧货的）和街上的小摊都一律取消，这一下闹得民怨沸腾。《新民报》以《市怨》为题，说："昔日冯欢为孟尝君焚契，市德。今日市政为蒋，市怨。"为了造一个升平的样子给主席看，原定加价的电灯公司也为此暂缓了。但物价飞腾，饭吃不饱，市民毕竟不能"打肿脸充胖子"，据说地方法院的推事已宣布明日起罢审。这简直让市府大失面子，不知市府将何以善其后？

★★★★★★

小芝麻烧饼已涨到五十元一个，白面八万八千元一袋，玉米面每斤一百六十元，稻米每斤五百六十元。如此吓人的物价，市民早已叫苦连天。幸而民主联军自动撤离长春，市内物价当即回跌，但一听到熊、杜非夺齐齐哈尔和哈尔滨的声明，物价马上又飞起来，且有飞上云霄之势，由此可见内战是万万打不得，否则人民的嘴不仅不能说话，怕连吃东西的本能也要被剥夺去了！

（1946年6月18日）

陪梁正伦大夫参观记

朱琏

梁正伦大夫（原名：A. Stewart Allen）是"加拿大全加助华总会""加拿大红十字会"的驻华代表，他是肺痨科专家，和牺牲在晋察冀边区抗日战争中的白求恩大夫是同学，能讲一般的中国话，年纪将近五十岁了，但体格还很健壮。

梁正伦大夫自己开着吉普车，于五月三十一日傍晚来到邯郸。同行者有延安总卫生部苏井观部长。晚上九时许，我在边府交际处看他的时候，他正和北方大学一位陈教授交谈。我们见面后，他毫不浪费时间的说明他的来意，"我在北平、上海曾经听说你们这里有白求恩国际和平医院总院分院多处，有的早已收容病人，有的快要建筑好，或正在开始建筑；又曾听说在你们民主政府的帮助下，大部分教会医院已经恢复，或正计划恢复，据说政府对保育事业也很关心，这些方面我都想部分的看一看。不过，我的时间有限，六月五号下午一定要赶回安阳去北平的，请你们将路线和时刻都计算好。允许我在这短促的日子里，至少参观三个到五个地区的医院。我还得告诉你一遍：听说你们这里是经常在艰苦中老老实实地工作着，可是，也有人造谣，说你们只讲不做，有计划，而是空洞的。现在请不要做任何准备，让我看一看你们工作计划的实际情况吧。"于是我和梁正伦大夫约定第二天清晨再见。

早餐前，梁正伦大夫、苏井观部长、钱信忠部长和我四个人，围绕着展开在小圆桌上的晋冀鲁豫边区地图的旁面。地图上有红蓝色的划区线，有大医院、中等医院所在地的标记。梁正伦大夫很周密详细地问清楚地名、路程以及各该医院的收容量，随时记录在他的本子上。正在商讨怎样参观的时候，小同志送进来边府杨主席戎副主席邀请欢宴的大红请帖，时间是正午十二点，参观日程也就随之决定了：一日上午在邯郸，午饭后去邢台。二日由邢台经冀南威县到临清。三日由临清返邯郸，只要汽车不出毛病，随即去武安。四日去临水，五日返安阳。

早饭后，梁正伦大夫亲自司机，先到丛台参观正在修建的国际和平医院邯郸分院，他按照建设计划的图样，将病房、门诊部、手术室、化验室、厨房、医生护士办公室以及寝室等等，一一看到，又问土木工人盖一间房子需多少工、每天多少工资、够不够养家。

当我们到边区卫生局附设流动诊疗所时，正是上午门诊时间，各种室都在诊病，手术室也正在开始为病人施行手术。梁正伦大夫站在旁面，聚精会神的直看到手术结束，他把血管钳、刀子、镊子、剪子、持针器、缝合针等很旧的器械，每件都看过，他问一位助手李医生："局部用的什么麻药？百分之几的？加不加 Adrenaline？加多少？"李医生接口回答："用百分之二的 Novocaine，十西西中加 Adrenaline 一滴。"

"你们有没有消毒器？"梁正伦大夫问，

"没有！"

"那么，你们的材料用什么消毒呢？"

"用蒸馒头的蒸笼消毒。"

"几小时可以消毒好？"

"五小时至六小时就可以了。"

梁正伦大夫很兴奋似的，以轻快的步伐转进其他各种室和司药处，统统看完。

吉普车开到北门外福利托儿所的门前，我们事先未通知他们，冒然地闯进去了，满院子晒着小被子小衣服，周所长马上声明："今天星期六，是我们清洁卫生的一天，很不整齐。"梁正伦大夫慈祥地说："不要紧，好得很。"随即参观儿童的寝室、洗漱室、诊疗室、教室，每到一室都仔细地看仔细地问："现在收容多少儿童？怎样才合乎收容的标准？小被子是儿童家里带来的吗？有什么办法解决经费开支呢？廊檐下为什么放着一些小条桌？有扩大的计划吗？发生过传染病没有，有没有死亡？……"周所长也详细的答复了他："现在有五十三个儿童了。我们只收容两岁以上六岁以下的，大部分是父母都在工作着的，有的是在抗战中牺牲了父亲或母亲的，有的是孤儿。小被子也有家里带来的，也有本所给做的。我们的经费，主要是政府帮助，其次是募捐和生产。因为房子少，儿童无处住，将大班儿童的膳堂做了寝室，暂把廊檐下做膳堂。我们有扩大收容到一百名的计划，就是经费困难，目前还办不到。四月间发生过麻疹和肺炎的急性传染病，所有患病的儿童，都安全的度过了危险期，现在都已恢复健康了。"这时候，儿童集合起来了，跳着舞、唱着歌，一个个都围绕在客人周围，问这问那的，特别是梁正伦大夫的背上、臂膀上、腿上都爬满了儿童，大家把小舌头一吐一吞呜噜呜噜地学外国话。这位加拿大的老头子，笑得抿不拢嘴，眼睛成一条线了，要不是我说："时间快十二点了！"他会忘掉这是参观的开头哩。

急急忙忙又到城外西南庄参观了天主堂的眼科诊疗所。

下午二时三十五分，我们到了邢台，在市政府稍洗尘土，便先到国际和平医院总院，何穆（兼）院长与各位大夫，引导着参观总院和北大医学院的每一个地方，规模很宏大，建筑将要竣工了。而后又去天主堂医院，一鼓劲的两脚行走、两眼不停地东转西看，直到天黑才回到市政府。

次日参观耶稣教医院，女主人是美国人，她殷勤的招待着客人，去看所有的房舍。这个医院还未恢复，因为被日本人和大汉奸高德林毁坏过重，女主人诉苦地说："去年八路军打到邢台了，日军和伪军高德林溃退北平，将我医院里全部药品器械都抢走了！今年我到北平去要，反被高德林扣押多天，后来经北平执行□中共代表叶将军写了信送我回邢台来的。"她很感激似的眼圈红了。

福音堂的门前，有许多小贩，我们出得门来，一位老汉问我："你们出来看耶稣教医院的吗？这个开汽车的外国人是哪一国的，干啥的？"我告诉他外国人是个大夫，是加拿大的援华总会代表，这时汽车要开动了，老汉急忙地说："你告诉这个大夫，在邢台没有解放时，这个医院和日本鬼子联合办陆军医院。解放以后，咱们民主政府真是宽大呵，保护了这座房子，说他们是耶稣教慈善性质的，听说政府还要帮助开办哩。"

上午十时许，我们离开邢台，一小时走六十里，估计下午一时抵冀南威县，至迟到三点就可以到临清了。哪知娇小的吉普车在中途出了毛病，先是加一点油开十多里，加一点油开十多里，最后还是用三头黄牛拉了十八里，近午夜才到威县救济分会办事处。

六月三日吉普车修理好了，上午十时抵达临清国际和平医院，会见鲁之俊（兼）院长。他告诉我们，医院分为两部分：院部在城内，目前收容伤病员二百四十多名。城外华美医院旧址设门诊部，其中也已收容五十多名，全是老百姓。两下距离不远，一个月后全部建筑好时，可收容五百至八百名。于是先后参观了门诊部和院部，梁正伦大夫很仔细的注意每个住院病人的营养状态，并问治疗经过，有时亲手去诊察病人的病灶部分，尤其是问到五六个月甚或十个月以上的，渐近恢复的受伤者，必检视背部有无严重的褥疮。

"他是什么病，什么时候入院的？"梁正伦在门诊部男病房里指着一个病人问鲁院长。

"是胃溃疡，已经拖了多年，身体的抵抗力几乎全失掉了才送入医院，现在已经进饮食，而且也不痛了。"

"用什么方法治疗的？"

"我们在用中国的针灸疗法。"鲁院长回答后，梁正伦叫病人躺下，用手在腹部触压，病人只有轻微不适的表情，腹部确排列着许多相等距离的针迹。

转到女病房了，一个苍白脸色的病人安静地躺着，鲁院长说："这是个前置胎盘的产后期病人，临产时，农村接产妇胡乱地搞，出血极多，下部都溃烂了，胎儿下不来，产妇将断气，送到医院，施行剖腹手术取出胎儿胎盘，给她输血注射生理食盐水，服□□磺胺□，现在已半个月，危险期已过去了。"梁正伦大夫听完后，弯下身子去把脉，点了点头。

在院部看到一个肋骨切断的病人，和一个腿部补皮的病人，梁大夫当时都要求打开绷带看过。

参观完毕，由国际和平医院招待西餐，本打算在下午赶着回邯郸，结果又因吉普车的前轮在中途出毛病，开了几十里路倒车，半夜十二时才能到威县。

四日承冀南军区司令部派大汽车载着吉普车送我们回邯郸，下午六时许到达边府交际处。是日是旧历端阳节，微弱的月光照着院子里休息的人们，边府戎副主席来了，与梁正伦大夫、苏井观部长亲切地握着手说："这几天很辛苦了，听说汽车坏过两次。"

"是的。"梁正伦大夫接口说，"正是因为汽车出了两次毛病，原定参观的计划只实现了五分之三，明天我们就得回去，可惜武安和临水不能去了。"

"请梁大夫将这几日参观的印象，多多提些意见。"戎副主席说。这时梁正伦大夫请朱仲芷同志翻译，他说他的中国话不够完全表达他的心意。他挺起胸脯，兴奋地一断一断地说着：

"我们这次参观的印象很好，苏大夫他会提更多的意见的，我现在只简单的告诉您几件我最有兴趣的事情。"

"我首先说在邯郸吧，卫生局流动诊疗所，去参观时他们正是门诊，我看了一个开刀使我惊奇的：第一，他们还没有完备的手术室，能在一间大房子里，周围挂起洁白的篷帐，阻挡了尘灰。第二，他们用的器械极简单，可是手术做得很好。第三，他们在那样困难的条件下，虽然连一双橡皮手套都没有，但消毒是很严密的，每个参加手术的人，都穿着手术衣戴着帽子与口罩。医生们都是很负责的态度。"

"到邢台国际和平医院，他们正在建筑，还没有收容病人，允许我不提什么。总之，他们建筑的规模是宏大的，医生们很负责任地在监工。"

"最好的工作，可能是在临清。原先的华美医院，曾经是国际公谊救护队在那边进行医疗，后来被日本军队赶走了，政府从日本人手里拿过来，重新修理建设，现在收容着很多老百姓病人。"

"一个前置胎盘将要死亡的产妇，经过剖腹手术，现在已没有危险性了。一个顽固性的腿部创伤，施行了补皮手术，也将达到治愈的目的了。这些使我很感兴趣。"

"不过，我希望政府注意，像农村中没有受过科学训练的接产妇人，她是没有能力担任这个产科工作的，那是有关两条生命危险的事情。"

"是的，您的意见很好，我们有些地区已经开办接产训练班，将来还要普遍地进行。目前我们解放区得先实行减租减息，发展大生产运动，使农民有地种有饭吃，而后才能着重社会卫生运动的。"戎副主席虚心诚恳地接受与答复了梁正伦大夫的意见。

梁正伦大夫继续说："在那边我所看到的八路军的伤病员，都是那么快乐的，身上虽然有伤口，但是绝大多数的健康状态都很好。"

"尤其使我惊奇的，那么多受伤很久的病人，背上没有生褥疮，我只发现到一个人有，疮口的范围还仅仅这样大——梁正伦大夫用拇指和食指形成一个圆圈——这就证明着医生护士的责任心。这一点要使病人了解，特别应该感激护士。"

"你们这里的医生、护士，大部分是在困难条件下自己培养的，按我们的眼光来看，在理论与技术方面是不适合我们的要求，但是他们有好多实际经验，对工作的态度是切实地负责的。"

"……………"

"在外面有许多谣言，说解放区对外来人的态度很不好，工作也做得不好。这一次，我与许多负责人见了面，也见到了工作情形，处处都证明着事实与谣言完全不同，你们大家确确实实地在为人民尽义务哩。"

"你们的物质条件很困难，但你们有办法克服，如果一方面坚持你们自己创造的办法，一方面再加上外面的援助，将来你们的工作会做得更好。这是我的希望，也是我此次回去后为你们努力的方向。"

"……………"

吃晚饭了，戎副主席和梁正伦大夫还津津有味地在边吃边谈，我因几日来的旅行有些疲劳，便先吃完告辞了。

六月七日于邯郸

（1946年6月19日）

"揭皮"

——晋城天水岭群众翻身记

朱襄 林韦

晋城天水岭村,以前有七户当权的恶霸地主。以赵敬文与赵凤岐为首,组成一个高利贷集团,也是恶霸统治集团,叫"同太会",以贪污所得的粮食做资本,放粮食账。春放秋收,利钱是"一加三",灾荒年达到"一加五"。每年往回收粮时,打锣下令,一律交齐,最宽的期限为三天。三天一满,就算你鸡叫交齐,也得加倍。群众称之为"鸡叫利"。

小根借用同太会三斗豆子,到了期限,粮食没干,交不了;连夜弄干,打下来,送去,恰好鸡叫,连本带利非加倍不可。小根再三哀求,毫不宽容,他家赖以生活的四亩好地,就这样落入同太会之手。群众互相警告着:"宁可叫孩子瘦呀!不敢吃同太会的豆呀!"

郭圪连家原有薄地六十亩,有牛有羊,只因孩子小,不懂事,在人家地里吃了个瓜,赵敬文把他吊在梁上,吊了一天一夜,罚了二百元,折成两个布,每个要三斤二两重。圪连买了来,赵用大秤一称,只三斤,不要;逼得他专跑到清化去买来才交了,交了也不行,人家要逐他出社!好话不知说了多少,才允许他摆八八大席请客完事。自此,他也欠了同太会的许多债,而且很快把土地、牛、羊,都落入同太会的血手。他和老父担山迈岭的受着,连旱烟都不敢吸一袋,但是赚的钱都填了"没底坑",他一直没还清同太会的利钱。使他最伤心、最受辱、最难忘却的,是一件唯一的旧棉袍也被人家从身上剥下来,拿走了。他只在与同样的苦人谈心时才提这事。他说:"我叫人家揭了皮啦!"一提就掉泪。

赵群太欠同太会的钱,该九月上利,自己估计怕上不到,三月就偷卖了房和地,想担挑几遭赚个钱,眼前也好顾嘴。谁知走漏了消息,同太会马上就来把钱没收了去(照同太会的"法律",债户无权处理自己财产)。父母亲都饿死了,弟兄们偷卖了门板、炉子等,各自带着妻儿,半夜里呜咽着分了手,各逃生路(照同太会"法律",债户无权私自逃荒),以后哥嫂侄儿们都饿死了。一家十二口,如今只剩三口了。

天水岭一百五十九户,百分之八十是同太会的债户。经过前几年灾荒中同太会的加紧压榨掠夺,他们的土地财物大部分失掉了。一百四十五人逃荒走了,八十三人被活活逼死、饿死了。没死的人,吃着糠菜汤,瘦成了"见风倒",夜里"弯火肿"(蜷伏在火炉上)穿的是"转过来"(没袖的破衣,可在身上旋转),苟延残喘,饮泪度日。

与此同时,同太会恶霸地主们的土地却增加了好几倍,主动地维持了敌人,赵敬文当维持会长,依仗敌势,图财逼命,越发肆无忌惮了。已死的大恶霸赵凤岐,则在赵敬文指示下,经常毒打农民,一手逼死过好些人命。

暗无天日的旧世界崩溃的信号,受苦受难的农民翻身的信号,终于在今年四月中传到天水岭来了!

"清债!减租!有苦的诉苦!有冤的申冤!毛主席叫咱受苦人翻身、揭石板哩!"天水岭的农民们听着这些千古未闻的新语句,每个人都激荡起来,他们又惊又喜,半信半疑地互相传播着,一再向工作员询问,最后证实了:"是真的呀!"

吃黄连的哑子们,人们从来认为"不会说话"的,现在张开嘴了,郭圪连说:"不是我郭圪连不会说呀!是千斤石板压得我不能说呀!"

像黄河决了堤,农民们的苦水与泪水泛滥起来。纺车旁、碾磨边、家屋里、街道上、田野间，苦水和泪水从每个角落都倾泻出来，到处听得到女人们在呜咽，孩子们随着哭泣，老年人悲叹着，暴躁的人在气急怒骂。

郭圪连在冬学里诉说他家破产的历史与生活的苦况，哭绝了气；赵群太哭他的九口亲人，尤其哭他的哥哥，整哭了三天三夜，神志昏迷，饭也吃不进。一个寡妇因为提到饿死的孩子，提到自己穿着"转过来"受冻受辱的惨景，放声大哭，不断喊着孩子的名字，谁也劝不住。一般人都无心做活："给谁做呢？打下多少能够他们抢？！"被救活的郭圪连喊着："我要闷死啦！"

天水岭农民对同太会罪恶的大控诉在数天之后开始了，有一些人由于过度的悲痛，变成半疯癫的了，赵群太的控诉，已经不是在说话，而是一迭连声、上气不接下气地在哀号：

"同太会呀！吃人虫呀！真狠心呀！把俺房子的土剥削完呀！想逃走呀！没盘缠呀！下门板呀！拆炉子呀！挖火口呀！卸楼板呀！白天不敢卖呀！半夜背着卖呀！卖了三升小米、半升黑面呀！半夜逃呀！塞住孩子嘴呀！半夜走到村外边呀！哥哥弟弟分了手呀！哥嫂侄儿们一去没回头呀！我的哥哥呀！爹呀！娘呀！你们死的真亏呀！"他喊得声嘶力竭，晕倒后气绝了。群众拥上去捏臂、捏腿、捏脖子，慌成一团，一个老女人闻声哀叫："这不是同太会的世界啦！这是咱开会诉苦哩！你快醒来哇！"

群太醒过来，继续哭喊："同太会呀！真可恨呀！今天反了同太会呀！明天打了我黑枪也甘心呀！"

群众淌着泪喊："不伤心不掉泪！""一人的苦就是大家的苦！一人的债就是大家的债！""同太会好比千斤石！不打碎千斤石不能翻身！"

根牛的娘哭叫着向同太会要儿子，猛力用头撞击着债主；另一个

向同太会要爹娘的，拒绝了债主自愿的"赔钱"，嚷着"只有重生儿女，没有重生父母！我要你偿命！"群太也不要赔偿，他喊："金银财宝我都不要！我要我一奶同胞！"一切索命的苦人，都在会场里嚷叫、哀号。

一连六个人诉苦，六个都晕厥过去。同太会七个地主一并排低着七个头，极力想避开不看。但那绝不是"不忍看"，而是在惋惜失去了威权。他们从来只是厌烦地恶骂："死了吗，活该！怨你娘没把你养在黑漆大门里头！"而如今，只能在肚里骂了！

有人干脆地提议："咱跟他们算账吧！他们给咱的苦永不会诉完！咱又不指望他们可怜咱！"

群众揩干了泪，怒火向赵敬文集中起来。郭圪连首先质问他："俺在外边成天受，你在家里成天干甚？吸料□不是？"对方有声无气地答："是！""你能担？""不能！""你能受？""不能！""我郭圪连比你强不强？""强！""为甚你发了财，我穷干了？""我剥削了你！""俺爷儿们连口旱烟不敢吸，为甚落得连皮揭走？""俺爷儿们白天担山迈岭，夜里'弯火睡'？前边烤成疮，后边冻成伤，俺六十亩地哪儿去啦？牛羊哪儿去啦？"

赵敬文没有一星一点驳辩的资本了，只能狼狈地问一句答一句。

燃烧着强烈的愤怒和胜利的愉快，郭圪连半癫狂了。他忽然平躺在地上喊："我爹没有给我揭了千斤石板，老毛主（毛主席）给我揭了千斤石板！老毛主是我爹！我翻身啦！我翻身啦！"

群众继续质问，有人拶着赵敬文的脸："你这膘是那里来的？吃甚吃肥的？"有人问他："你这庙是谁漆的？""泥疙瘩（神像）身上的金是谁贴的？""为甚你敬神就灵，我敬神就不灵？"有人把赵维太（赵凤岐儿子）拉向前来："谁把你养大的？你是谁家孩子？"对方吞吐地回答："大家血汗养大的！我是你们大家的孩子！"

群众继续揭发了赵敬文当维持会长、帮敌作恶行凶、贪赃枉法、谋财逼命的各种劣迹和罪恶，直呼他为"总吃人虫"（总当家）、"十六两"（罪状已够），一致要求政府枪毙他。并向"十四两""十二两""十两""八两""六两""四两"（群众当场赐给他们的外号）等六人一一询问："毙他亏不亏？"回答说："不亏不亏！就是千刀万剐也便宜了他！"群众转向赵敬文："这是你们自己说的呀！不是咱们冤枉你吧！"赵敬文的头像千斤石一样，再也没抬起来。

大家查算了他们应退应赔之数，七个债主都该变成债户。因为连他们的本钱也是贪赃抢掠来的。正如他们自己所说："再一辈子也赔不清大家的损失！"可是群众不但不要他们当债户，还留给足够的土地财产叫他们重新做"人"。甚至"总吃人虫"家里也给留了三亩好地，照顾他的孩子。群众说："你们叫我们死，我们叫你们活！受苦人都是圣人！你们记着吧！"

有人提议叫他们讨保，大家说："全村一千多只眼还看不住他们六个人！不用保！""被宽大者"表示他们一定要跟大家走，重新做人。

同太会这块千斤石板揭掉了！群众说："就和洒冷水扫了地一样，清亮亮的！"但有许多人，仍不免一提往事就掉泪。郭圪连披起自己的袍子，不断对人说："以前地主揭走我的皮，今天我又揭回来啦！"

（1946年6月20日）

人民的军队在火线上

怡生　若流

城是一定能打开的!

通过昨夜挖成的交通沟可以直达我们南关的阵地,虽然还有好长一段正在修掘,敌人的冷枪不时在头上掠过,封锁行人,射击公路上挖沟的战士。"不要吓唬老爷吧!"一个年轻的同志骂了一声,用力铲起一铲土,臂上的汗流到铲把上,和着土一齐挥到沟上去。

走到沟里,发现在新壁上有"坚决消灭""争取模范"的标语,从字迹的歪斜模糊来推测,这是战士们在夜间土工作业时划上的。

连里的同志们正在休息,有的躺在地上。我们在战士堆里找见了八〇九部队的阴主任,他已经很疲劳了,但一谈起昨夜的战斗,却振奋了他的精神:"九、七连的动作太好了,比平时演习都快呀!"他简单介绍了昨夜的情况,我们便随了七连同志去看冲锋的地形。

副连长孔祥立同志高高的个子,给我们的印象是:一个青年勇敢的指挥员,他非常关心战士,每通过一个封锁口都再三地嘱咐:"小心,小心,勇敢还不到时候呢!"

在突击排里和一群勇士们谈起来:"昨天简直追不上,敌人跟兔子一样的跑了。"

"部队指挥所的冲锋号音还没落,俺班早搜索完,在房里挖枪眼哩!"

俺追到东北小屋里,那边有一伙敌人,三排长问:"你们的枪呢?"

"连长拿去了!"

"子弹呢?"

"打完了!"

"怪有种!"

"刺刀也得拼几个!"

"大家被这话气火了,连长一气放倒他九个,咱死的同志们的仇算报啦!"

你一言我一语,这勇气,这决心,给了我们一个胜利的坚确信念:"城是一定能打得开的。"

"这是好血,同志的血!"

突击手孟宪恩、李心贞、王殿军是三个年纪很轻的小同志,但他们的经验和勇气,都是丰满的。李心贞是打济宁才解放来的,现在却和老同志一样了。他说:"只要猛!不怕牺牲就能完成任务。负了伤不能哭,你一哭就给敌人壮了胆;跟打架一样,他打你一拳,你打他两拳,要是你一'裂怯',他崩崩就是几拳,你就完啦!别人就是死人,你发怯也不中……"在另一个小同志的脚上流着一块血斑,我们以为他挂了彩,他说:"不!不!这是背伤号染的。"王殿军说:"这是好血,同志的血。"

孟宪恩戴着一顶钢盔跨进门来,对面房子里的孔副连长喊:"小孟准备好了不?"小孟回过头:"好了!放心吧,准备给你露一鼻子!"三个突击手都带着钢盔,旁边的人打趣道:"你一上去,敌人一看,老八路老红军上来了!"惹得众人哄然大笑。"老八路,老红军"这称号是骄傲而光荣的。

战场显英雄!

太阳正午了。

通信员传达:"部队运动!"

睡得很沉的人们，也霍的一下跳起来，背上枪，摸一摸手榴弹走到门外去。架梯子的都念着捉麻雀！捉麻雀！

在外壕里，孔祥立同志讲话了："同志们！我们回来的时候，要竖起大拇指呀！敌人不缴枪就戳了他！"战士们下意识地看看自己发光的刺刀，太阳一闪，亮得耀眼！

营政治委员李焰走来喊："权利金真个挂上我的皮带了。"原来昨天行军的路上，七班的权利金和李政委打赌："假使你当了战斗英雄，我把皮带送给你！"果然，爬围城的第一名是权利金，他爬上去以后大声叫着"我权利金上来了！"敌人像触电一样吓跑了，我们的同志紧跑上来。今天早晨，他拿了政治委员的皮带，得意地横挂在肩上。

攻城先夺关。

正午以后，激战便展开，我们夺取南关最后的一个小围寨。

像刮风一样，听不出那是枪响，那是弹嘶，只觉得不少的沙土破片在耳边飞鸣。

绷带所的人紧张地给伤员换药。

扛下一个空箱子的人，扛着两个炮弹又跑上去！

突击的七连同志们，跳下腰深的水沟，二十分钟后，爬上寨子，敌人东、西、正面集中火力封锁突破口，孟宪恩上去就负了伤，李心贞和敌人拼了刺刀滚下寨去，人还是继续地爬呀！爬呀！孔副连长端着刺刀和战士们一起前进着。他的手和腿都负了伤！

地形是多么不利呀！火线上所有的人在焦急着！

"同志们坚持最后一分钟啊！"孔祥立同志喊，于是战士们瞪一瞪昏花的眼睛把枪握得更紧、更紧。

我们和敌人反复冲击！一次、二次……五次……

孔祥立同志掩护同志们下来之后，他扛着已经弯曲不能用的刺刀退下来，这刀曾刺进十个以上敌人的胸膛。

另一支部队飞奔来接替了他们的任务。

我们随着七连一同回到后方来。

汉奸不灭总是祸害

孔祥立同志杀得有些昏迷了，他在担架上仍然喊着："冲！打！七连全体亲爱的同志们！我们永远在一起！"

"我们为了人民，为了穷人！打死汉奸！"

大家要他安静一下，喂他汤喝！他仍不住地嚷："为了老百姓，为了老百姓！"担架周围的民夫端着汤说："连长！老百姓叫你喝碗汤。"他忽然清醒了一些，看看我们："啊！你们是纵队的同志，要把七连的事写……"以后他便又糊涂起来。

这便是八路军为人民的精神，这便是八路军所以必胜的道理。

我们看见？老连长，看见了三个戴钢盔的小勇士，看见了七连，看见了所有前方为人民战斗的英雄！

我们听孔祥立同志的话，把这些英雄的事迹写给党报，告诉全军的战友，告诉后方的人民。

这天晚上，我们便动起笔来。

二十二日夜

（1946 年 6 月 23 日）

采访散记之一：麦收时节

展潮

起响时分，炎热逼人，连偶尔吹起一阵阵充满着新麦香味底南风，也是烫热的。

我走到离武安城五里地的骈山村边，找到一个荫凉地方休息下来。这里原先就有几个农民在乘凉，见我来了，略略打了打招呼，便又继续他们愉快的谈话。其中有一个五六十岁上下的人说：

"都说是'乱五月''乱五月'！今年的五月可没有乱了一点。这世道啊，可真是……"他兴奋着正待要往下说，却被一个叫刘金河的壮年人抢着说了。

"今年都有吃的了，该不是不乱哩。"刘金河用手比画着说，"往年到这个时候，就得靠孩子们到别人地里捡点吃的！打去年秋天八路军解放咱武安，闹减租清债，把俺丢掉的十一亩半地要回来，孩子老婆一家四口，又是割麦又是锄花，连自己地里活都忙不过来，还有工夫到别人地里拾麦子？"旁边的武其顺说："就是。"他过去是个中农户，后来被地主们一点点剥削干，又吸上了料面瘾，最后连老婆也卖了，今年瘾也戒了，这回虽还没买地，打短工也□住吃穿了。"这不是，"他扬扬他那件白布衫说，"往年这个时候还没有换上季，人家穿绸缎，坐在树凉下扇扇子还嫌热，咱还得穿棉袄，在地里给人家受！……"一提起换季，大家都抢着说起自己的事来了，二十岁的农会副主任郭义仓说：

"那，过去的事不要提了，提起来光想冒火，地主们把咱剥削干了，还说咱命不好。'乱五月'明明是他造下的，还说咱穷人们不守规矩。"他努力压抑自己心头的怒火，继续往下说，"俺家四口人，房无半间,地无一垄!俺爹跟俺哥在纸坊里做工,俺拾煤渣,地主看见了还骂说:'你就不抵个狗,狗看门,你却来检俺的东西',灾荒年摘点树叶吃也不叫,还说:'你们外住户没有资格吃咱骊山村的菜。'结果把俺兄弟给饿死了!"李有全说,那年五月端午,地主叫他驮煤,当时五块钱一斤不给钱,硬顶到八月里三块钱一斤才给钱:"你看坑人不坑人!""入他姑!"讲话的是工会主任吴凤其,他沉重地一字一拍往下说,"咱们工人们呀?过去一年忙到头,吃不饱,穿不暖,天阴下雨还不给发工钱,逼着你只好向主家'揭麦账',四块钱一斤揭,却要按五十五块钱一斤还。前两年俺村光雇工逃荒饿死的就有七八十个!""最可恶的是,"李有全接上说,"村里恶霸地主孙大炮、郭正民、霍贵芬、王珍、吴喜等,敌人来了还勾结上敌人,派狗腿郭文当汉奸保长,温赞成当汉奸书记,高兴怎个讹人就怎个讹。去年土匪杨四则每亩地要六两大烟土,汉奸区长李懋斋要三两,他们却按着二十两派。光杨四则派兵一项(派□十四个兵,不论大小户均得出'门头股'七百元),他们就贪污了八十万块钱,其余款项无数。""这次算了一下账,"李有全说到这里,突然把嗓子提得很高地说,"大家总算出了口毒气!"旁边的人都同意地点点头,或者随便地插上一两句。这时突然有人提议叫王久常谈谈他的痛苦,因为数他受苛榨得厉害,那个叫王久常的,是个四十来岁的壮年人,正在眯着眼睛,咧着嘴对大家笑,他说:"我翻身,全靠咱工会、农会和大家。"他原先是个富农,人很老实,结果在人吃人的社会里,被他亲哥哥王璧和另外一些恶霸地主,把三四十亩地和一串好院子都并走了,这会算账才算把一串院和五亩水地要回来。他说他明天就不在他哥那里当长工了,翻身,全靠工会农会和大家。"这世道真好,老实人算是熬出头了!"讲完话,王久常长长地吸了一口烟,坐在那里,露着满足的笑容。

后来又谈起负担的事。"全村三十来顷地，去年每两粮银出一万一千块钱、八斤麦子、四斤谷，杂七杂八每亩地平均总得出千数来斤粮。今年的负担却连往年出的看口子钱都不到，"中农□台的说："往年到这正是担心害怕的时候，不是土匪杨四则来抢，便是敌人便衣来讹诈，最可恨的是村里那伙吸血鬼，到城里勾来一批汉奸队长杜二旺等，名义上是'看口子'，实际上白天讹诈、夜里偷。"说到这里，那个过去吸料面现在红光满面的武其顺，简直气炸了，却用低沉的声音说："穷人就指望着地里两棵菜过时光，哪能等到三、六、九'放口子'。"他因为到自己地里摘了一袋豆角，被杜二旺看见了，连豆角带布袋扣下还不算，余外还罚了六十块钱鬼票，打得三天下不了炕，提起这些事他真起火。"'乱五月''乱五月'，全乱在他们那些吸血鬼身上！"今年的麦子白天黑夜堆在场子里，也没有人去动他一根。前两天特务分子偷偷去□民兵的麦子，也被儿童团抓住了，……

天气稍为凉快了一些，有人要去荫地，有人要去锄花，李有全几个人邀我到他们家里吃新麦做成的饭食，我谢绝了，独自一个人到武安城。登上古老颓废了的城墙时，城里已是万家灯火了，但城外还有人在扬着麦子。远处不知谁家的孩子又在唱着"毛主席，好比那高山红灯……"这胜利后第一个麦收时节，在新解放的土地上，到处洋溢着自由欢快的气息。

六月十九日于武安柏官村

（1946年6月27日）

吴哲卿

——记一个七三老人怎样参加共产党

吴象

我提起笔来写吴哲卿,却不禁想起韬奋,想起他弥留时请求加入共产党的遗嘱。这位挚爱人民的伟大战士,笃信共产党是中国人民的希望,因而愿望着把自己的命运交托给它,这愿望直到停止呼吸,还是同火一样地热烈。

吴哲卿与韬奋不同,他只是个粗通文字的人。然而他从光绪元年诞生于贫苦的农家,抱着质朴的善良的心,经历了一生的灾难和变动之后,竟以七十三岁的高龄,请求加入中国共产党。这却不能不使人同样的惊动与感动。

"他是个怎样的人呢?为什么他要参加共产党呢?"我带着这个问题去访问他。

那是三月间边参会在邯郸举行一届二次大会的时候。应该说明,参议员的时间是很紧的,大会之后,还有小组会和各种专门性质的会,晚上也很少休息。他又在主席团,事情更多。我在两个会的间隙中会见了他。

"不要紧,不要紧,咱们谈吧!我闲着反而不好受。"他打断了我没有说完的歉词,立即亲热地把我拉进了屋子。他是茌平人,满口响亮的山东话。

大家都坐定了,他很瘦,但是精神矍铄,时常用手去捋那一撮稀疏的胡子。黑布长衫上挂着一个小筢子。他的倒梳的斑白的长发,他的架在鼻梁上的老花眼镜,似乎还是前清的样式。我脑中浮起的第一个感觉是:古老的装束,蕴藏着一颗跳跃的、年轻的心。我们的谈话越继续下去，我这个感觉就越强烈，他耳不聋，眼还好，而且不知道疲倦，一句话、一个动作，都横溢着足够的精力和热情。

他家只有十几亩地，一直还是这么多，光绪年间，他从当兵升到骑兵营长。这是个肥缺，稍微多报点马料就可以盖花园的。但是他不但反对贪污，廉洁自守，而且把自己分内应得一些钱也都捐给公益，修桥补路，救济贫穷。他后来当医生、开药铺，直接去为苦于疾病贫穷的乡亲服务。

"还修庙呢——那个时候脑筋不同，迷信深得很！"他带点羞赧地笑了。

接着，他说到他的儿子，他两个儿子都为抗战牺牲了，大儿文庆，是财政科员，三九年被汉奸齐子修活埋了；二儿亚屋，是民选的抗日县长，死于四二年阳谷反"扫荡"中。

"他站在土岗上，用手枪打死五个鬼子，一个机枪射手，最后剩下一颗子弹，他自杀了。"他叙述着儿子壮烈的殉难，没有表现悲痛，眼里投射出□矜的光彩。

"难过吗？"他重复了一下我的问话，坦直地说，"当然难过了几天，但是他们为国牺牲，是光荣的呀！"他告诉我这消息对儿子母亲还是隐瞒着的。她现在也七十三岁了，和大儿媳及孙女在鞋工厂做工，二儿媳则在小学里教书。

他两次被捕。他开玩笑地说："要不是我这一把年纪，怕已经活不成了。"其实使他得救的，不是年纪，而是顽强和坚决，老年苍松劲柏般地顽强和坚定。

四一年六月反"扫荡"时，他转移到外线，住在济南附近西□庄亲戚家里，不久被汉奸发觉抓到城里去了。灌了许多凉水、辣椒面之后。他说："打死我也不是八路军，人家会要我这老头子吗？人家都是年轻轻的英雄好汉！"于是敌人改变了策略，宪兵司令森本请他去吃饭,叫翻译对他说:"不用瞒我,我知道你儿子在八路军当县长,资格很好,你写信叫他来,我给他当专员,你在省政府当参议,享福!"

"他是县长,不过不是八路军放的,是老百姓选的。谁也叫不动他。"

"写一封,试试看!"

"人家天天打游击,今天这里明天那里,写什么信?"

他始终没有答应任何一件事,然而森本也不放松他,派了一个汉奸,送他坐汽车到茌平城,要他在那里设法诱降那个当抗日县长儿子,他寻找了一个机会,沿着熟悉的家乡的小路逃出来了。他找着儿子,笑着把一切都告诉了他。骂鬼子的蠢笨,并且更坚决地坚持着斗争。艰苦地毫无怨言地跟年轻人一起在野地里露宿、在黑夜里奔波……那时候他在当贸易局长。

四二年反"扫荡"因为战争过于严重,他又转移到外线隐蔽活动,不幸又被敌人发觉捕去,送到济南宪兵司令部。这一回,敌人对他更残酷了,一次又一次地把他弄死,又用凉水喷活。最后,他还是冷冷地说:"杀了我吧!从我这硬骨头身上打不出什么话来的,我已经活了这么大,我决不怕死!"用手枪比着他的鼻尖,他被剥光衣服,露出瘦骨棱□的身躯,双手被缚着伸不出来。但是他不畏缩不发抖,清醒地吐着铿锵发响的字句,使黑良心翻译和刑手都不得不偷偷掉泪,敌人终于无可奈何地把他放了。

茌平的人民都赞颂他英勇的事迹,连续两次选举他为参议员。还要再说别的吗?还要再说他待人谦和和工作的刻苦吗?还要再说他在贸易局亲自过秤过平的那些事情吗?我想都不用了,谁也不能不对这位热爱祖国热爱人民、越老越年轻的老先生表示崇高的敬意。

"我从长大,在社会上奔走五十余年,没有见到真正爱护人民的人。而共产党是真正爱护人民。"他说这话时发生了感叹的!因为他和许多老一辈的人一样,多年的欺骗宣传使他开始对共产党也抱着成见和厌恶。一九三七年,他听到自己的儿子都变成了共产党员时,他生了很大的气,认为他们都喝了共产党的"迷魂药"。后来他在县里办给养,队伍来了都是一百人要三百人的给养,慢了一点就要打人。有一天,第一次来了八路。三十多人只要了五十斤馍,临走还把剩下的三斤多送回,开好条子,住的地方都打扫得干干净净的。以后不断地过来都是这样。他的眼睛明亮起来。这些人是怎么样的呢?他的质朴善良的心使他不得不怀疑自己是否应该厌恶共产党了。那时候县长葛栋华(后来当汉奸)下命令不准把粮食给八路军,他却说:"都是打日本,为什么不给?"这是个起点,他踏上这个起点就前进不息,不能也不愿再站住了。他看到国民党军队丢弃了祖国的土地和人民,而共产党八路军却向敌人后方挺进,依靠人民又领导人民,以低劣的武器战胜了顽强的敌人,用鲜血夺回了失去的土地,并且在战争的条件下逐渐把它建设为人民自己的乐园,几千年来的黑暗、压榨、愚昧,开始被光明、幸福、欢乐所代替。"我多少年前就想过的,我现在亲眼看到了,我过去费了全身的力气,救了几个人?坏蛋还是一样的坏,现在实行共产党的政策,到处的穷人都翻了身,坏蛋再也存不住了,跟着共产党走中国就有办法。"他的话,连同他说话时的表情和声调,深深地打动了我,如果没有对人民命运的深厚的同情,如果没有为共产党的人民的事业献身的决心,他的话,他的表情和声调能带有这么大的爱、这么大的热和力吗?

"中国的共产主义社会我是看不到了,但是总想看到中国快一点都好起来。不要看我老了,我有一呼一吸一口气,也要奋斗到底的!"谈到入党被批准的消息,他激动起来,脸因为喜悦而辉朗了,他兴奋地加着说:"找到这个光明大道,完成了我一生的志愿。"

美国大作家德莱塞在《我为什么加入共产党》一文的结尾说："对于人类的伟大与尊严的信念，一直是我生命与工作的指导原则，我的生命与工作的逻辑，最后引导着我请求参加共产党。"同样可以说，任何热爱中国人民为中国的光明幸福奋斗的人，最后也一定愿望着他自己的命运与共产党结合起来，因为共产党是中国人民的希望。

（1946年7月1日）

助收三日（部队通讯）

郭竟仁

太阳从早晒到晚，大地像黄色的海一样，麦子要熟了。驻防邢台的××团早早就派人到邢台县政府去接洽帮助群众麦收的事情。

六月八日拂晓，每个同志都怀着一颗热忱的心，分头向预定的方向出发了。一部分到一区的孔桥，一部分到五区会宁，一部分到四区东、南这、王先贤，还有一部分到邢台市南关。部队到目的地时，炊事员已经做好饭在等候着，帮收的群众也都布置好了。放下碗筷，领了镰刀，就由村干部带领各组分头动作起来。

战士们踏入一望无际的麦田，镰刀沙沙作声，一堆一堆的麦子躺在人们的后边。一位中年妇女带着一个小孩子，在一块很小的麦地里坐着休息，战士们看样子知道那是没有人手的，他们跑上去访问，她说："那边那块大地是俺哥哥的地，他硬逼俺改嫁，俺不愿意，俺愿意守着孩子，没有人，俺母子俩慢慢收吧。"战士被这种不平激愤起来，他们不要她再割了，把一伙战士都叫来，四亩麦子，转眼割得净光，那位妇女感激得说不出话来，同时也不知道要多少工钱，心里有一种解不开的疑惧。后来战士们一直把麦子给送上场了，说明了助收的意义之后，她才完全愉快起来。

战士们自动去调查，从贫苦群众口里知道：群众从来没有见过军队帮助群众做活受苦，既不要工钱也不吃饭，白白帮助，他们感激得不像样子。

第二天，太阳还没有发火，人们都带着笑脸下地了。妇女、男人、军队，一伙一伙地弯着腰从东到西、从北向南，捆的、背的、挑的、推小车的，把麦子送到场上。战士们的劲头十足，脱光上身，一气割到地头起。特务连张秀延同志割得又快,又不愿意休息,五连刘天榜同志、宋兴业同志、高志铸同志、陈子良同志、胡本龙同志、陈相诗同志、张元臣同志都是好样的。五连二班长高志义累病了、排长林廷和累病了、团直姚安太也累病了,但他们都不休息,病号张光玉也参加割麦,不割就在后面拾。陈思良是个病号,听说帮收他非去不行,割的又多又好,休息时帮助别人磨镰,手上打了泡,用手巾缠起来继续割,病号同志们说:"一年一季麦,不参加就过去了,咱病了几天的事,咬咬牙就过去啦。"五连邵□敏同志割麦回来不睡午觉,给抗属、穷人担水,三天挑水四十七担,李富贞挑了二十多担,全连共挑了一一四担;二排五班副邢永泰是个病号,一晌给抗属锄了一亩半谷子。

一连在王快给一家贫农割麦,他家里四口人(一个五十多岁的老汉),只种四亩麦地,我们一早晨就给割完了,老汉从家里挑来红白面卷子,炒的一碗过端午没舍得吃的蒜薹。战士们婉言谢绝,老汉心里有主意,把饭一直挑到一连的伙房,掀开蒸笼看了看,于是把菜锅掀开偷偷把蒜薹倒进去。伙夫发觉有人从菜锅旁边溜出去了,他猜疑着:"干吗?特务放毒吗?"他不放心,掀开锅才知道是谁倒进去了蒜薹。吃饭时,割麦的战士们都回来了,炊事员告诉他们这件事,一伙战士站起来争着议论:"一定是那个老汉,没有错。上一次平原剧团演《军民一家》,老乡给军队锅里倒羊肉,咱还不相信,这会可信啦。"大家哈哈笑了一阵。

三连四班四个人在孔桥给一家仅有两口人八分地的贫农割麦,老太太买了两盒烟给战士们吸,战士们谢绝了,老太太过意不去,偷偷装进放在地边上的张文堂同志的衣袋里。回来时,张文堂发觉衣袋里多了两盒烟,他知道这是老太太装进去的,没有说话,又偷偷把两盒烟放进老太太的水罐里,他们走了很远,老太太追上来了,手里拿着那两盒烟卷，张文堂同志说："老大娘，俺有烟，你拿这两盒烟还可以换两个馍馍吃。"

一营教导员郭益荣同志和几位战士，在树荫底下休息，一个贫农麦主，从口袋里摸索半天，抽出几支香烟给战士们抽，战士们都说："不抽，我们有。"这时恰恰一位衣冠整洁的地主走过来，用一种挑拨的口气插嘴说："兄弟们帮助你割麦子，你给本地土造烟，要是我，我一定买大条烟。"郭益荣同志连忙解释："我们割麦子不是为的抽烟，是为的帮助群众；有大条烟，我们也不吸。"沉默了一会，地主扭过身子走了。东旺村一个穿着长衫、干干净净的人问三连八班长胡宏清同志："你们吃的什么？""小米。"胡班长回答。"还不如我们呢，我们吃的还是红白面。"得意扬扬地自夸着。胡班长很快警惕到他是在说什么话，于是告诉他："俺是人民的军队，俺不喜欢和人家比□吃好的穿好的？"

五连四班长带着一组人走进一块正在收割的麦地里，互助组的老乡拉住四班长告诉他："这是地主的十七八亩地，是俺互助组包下的，他出工钱，还没割完。"战士们一听是互助组包了的，大家都下手了。"帮助互助组，帮他赚钱。"好多人这样说着。

大人小孩都认清了八路军，都舆论起来了，亲近起来了，妇女们大胆地给战士们拔着手上的刺，她们说："军队连咱们口水都不喝，互助组光喝军队的水。""同志们脱光脊背，脊背上晒得尽泡，一到家不洗脸不睡觉给俺担水，不做活就唱歌，真好！"互助组的老乡说："这队伍一问就是山东的，那地方麦子多，山东人做活做得好，会割。"战士们回到村里有许多十来岁的小姑娘小孩子们拉他们去吃饭："俺娘叫你去吃饭。"一位抗属在没有轮到给他割的时候，他着急地去找团长了："为什么不给俺割，俺是抗属。"一个十二岁的孤儿受他叔叔的气，要团长给公断……群众开始抬头了，受气的人敢说话了。对八路军不了解的明白了,坏人的欺骗造谣揭穿了。原来当我们去帮助割麦子的时候,有人造谣说:"八路军二八分红,不白帮助""先甜后苦""慢毒药""妇女们别出门,小心给拉跑"。……可是现在一位老太太说:"八路军比我的儿子还好,儿子分了家也不给我来割麦子。"会宁一位老太太作着揖要"孩子大了一定去当八路"。

第三天部队帮收任务完成了,大家都来欢送,太阳刚从东边地平线上升起来,村边集合了军队和从来开会也没到过那样多的群众,口号不停地呼喊,一位六十多岁的老汉点着头称赞:"开天辟地,没见过这队伍。从古到今只有百姓侍候军队,没见过军队侍候老百姓!"战士在归途上交谈着帮收:"给穷人割,我不觉着累,穷人是真心拥护咱们,觉得光荣,咱们在外面给穷人割,家里也有人帮助咱,所以帮助穷人割就等于给咱割。"

总结会上,帮收的模范劳动者都被表扬了。这次全团抽去参加割麦的一共三三〇人,共割了一七一五亩,平均每人每日割一亩七分强,三日割五亩二分弱。五连最多平均每人每日割二亩七分,三日割八亩四分,特务连每人每日割二亩。如果依工计算(按四区工价)共八五七个工,每工合五升麦子,总共能赚四十二担八斗五升,这就是给穷人省了这么多的粮食。

帮助收割了的群众,计有:抗属五七家——二九六亩半;村干二七家——一一〇八亩;贫农一二八家——六六三亩半;中农一一一家——五七七亩半;孤寡独四家——三〇亩半;富农八家——三九亩半。

(1946 年 7 月 3 日)

悼罗炳辉同志

钱俊瑞

昨晚听见了罗炳辉同志于二十一日病逝的消息,我当时就□愣住了,简直讲不出话来。继若飞、博古、希夷、邓发诸同志之后,今天又是一颗革命巨星陨落了。这真是中国人民的大损失!

差不多每个我所会见的外国记者,都会向往地问起这位名震世界的十分魁梧的罗将军,他们关于他的印象,一半来自史诺的《西行漫记》。每一个会见过他的外国记者,都会告诉你:"罗将军是个真正的军人,是个真正的中国军人。"他们往往特别赞美他的神妙的枪法:"他的确是个百发百中的神枪手"。夸耀他的战功和机智。有时,他们又会告诉你:"罗将军是个十分会讲故事的人,讲得那样娓娓动听。"

真正认识炳辉同志的人,首先会亲切地感觉到他真是中国人民的儿子。他热爱人民胜过爱他自己的母亲。淮南的老百姓,不问男女老少,那一个不知道罗司令。罗司令到一庄到一村,便是那一庄一村的最大喜悦和最高的光荣。在他的背后总有一大群的人,特别是小孩。反动派造谣说:"罗司令每天要吃一个小孩子。"可是偏偏小孩子顶喜爱他,个个当他是自己的亲爷爷。他在很多的照片上,抱着五六个小孩,臂膀上坐着两三个,看去真像一个弥陀佛。在他的驻地,说要想了解当地居民的情况和疾苦,你得先问问他,他准会一五一十说名道姓地告诉你。他也毫不避讳地在老百姓面前批评自己队伍的缺点,他要求老百姓要好好监督他的队伍。

炳辉同志又热爱他的战士,他是战士们最敬爱的司令员。他顶关心战士的生活,亲自到连队上去检查伙食。他常常说:"伙食要搞好,要叫同志们吃得好,才能打胜仗。"为了战士的文化娱乐生活,曾亲自编过几首军歌,新四军第二师全体战士都唱得很烂熟。在火线上,战士们只要看见罗司令的影子,就有十足的把握:"我们一定打胜仗。"战士们给他的称呼是:"常胜将军赵子龙!"

炳辉同志善于从群众自发的创造中,吸取高度的智慧,一九四一年他从历次对敌斗争中,创造他有名的麻雀战术,凭着他长期的经验,他曾创造出一套独特有效的练兵方法。他善于向群众和战士们学习,一九四四年淮南举行群英大会时,他同一个十三岁的神枪手小哑巴非常亲昵,讨论了好几小时。他向劳动英雄张性道、骆腾云学习种地、喂牲畜。他从一个侦察英雄那里学会一只手使用驳壳枪。

炳辉同志是一个出名的大胖子,身重二百二十多磅,不问可知,他的行动是不甚方便的,但是只要你到他家里去玩,他就可以拿出一大堆他所亲自种出来的大番茄、大南瓜、大西瓜,给你尝新鲜。他一有空,就到地里去除虫、拔草、剪枝,他前年生产的番茄,重的一个有一斤半重,在华中首屈一指的生产展览会中,得过头奖。他的驻地经常移动,但他一到,驻地周围的地,就给翻起来了,种子就给撒下去了。他很爱养鸡,也会养鸡。这几年来,炳辉同志的身体,一直不大好,他早该有长期的休息。今年二月间,他本来有个机会到北平治疗,再到延安来休息,但是工作与战斗不让他这样做,反动派以不断制造和扩大内战来困扰我们的炳辉同志,最后竟夺了他的生命!

现在炳辉同志与我们永别了,我相信他的死,将号召千千万万的战士,成为超等的炳辉射击手,成为炳辉式的战斗英雄。我们全军的同志,将以罗炳辉这一光辉的名字作为强有力的启示和鼓励,创造出我们人民军队的各种各色的光荣业绩来。

在炳辉同志去世的消息后面，我们可以听得到反动派幸灾乐祸的极端可耻的狞笑。但反动派听着在共产党领导的人民的军队里死了一个罗炳辉，由于对人民的爱和对人民敌人的憎，并由于人民伟大无比的创造力，必然会产生几百几千甚至几万个罗炳辉，且等着瞧，究竟谁能笑最后的胜利的笑！

（1946年7月4日）

罗炳辉将军墓前演说

陈毅

当我们与罗副军长永别的时候,我代表中共华东局暨山东八路军、新四军的全体指战员,向他致以沉痛与崇高的革命敬礼!

罗副军长享年四十九岁,但有三十二年是为革命而斗争,他参加过反对袁世凯的护国战役,一九二五年至一九二七年大革命、十年苏维埃运动和八年抗日战争四次革命运动。他是一个农民子弟,十六岁时入伍当兵。卅年来,罗副军长一直保持农民和士兵的革命群众本色,他从来没有忘本,他并不因为当了军官便带着兵掉转枪口去反对农民。相反的他曾经是国民党军队的军官,当北伐末期国民党举行清党反共之后又大举进行围剿革命武装时,他便从起义中转到人民方面来,反对反革命。罗炳辉同志是一个士兵出身的革命将军,又曾是一个国民党军队起义的革命将军,从组织起义之日起,罗炳辉同志便由一个民主老战士进而成为一个共产主义者。他在我党的领导之下,创造了中国人民的革命武装,并在抗战期间,有力的培植了新四军,开辟华中解放区。罗炳辉同志的名字,已为爱好和平的中外人士所传颂。罗副军长的病故,是我党一个重大的损失!

近数年来,由于敌后战争的极端艰苦与困难,致使罗副军长积劳成疾,患血压过高病,党曾数次通知他休养,但他却恳切拒绝了,因为他对于中国人民解放事业的高度负责,已超过他对于自己的爱护。最近病势转剧,再三相劝他才勉强的愿意休养,可是当国民党反动派破坏停战协定,再度挑起内战,向解放区大举进犯时,炳辉将军又不得不亲自出马,奔走于自卫战争的最前线。当枣庄伪军在他英勇的指挥下消灭□□□□,十万矿工及附近居民,乃得重见天日,申诉冤苦。可是，当此军务繁忙、夏日炎炎之际，罗炳辉同志不幸旧病复发，十六日突患急性胃炎；二十一日由前方返临沂休息，东行兰陵途次，又患脑充血，多方急救无效，终于下午五时与我们永别了！

同志们，多灾多难的中华民族及多灾多难的中国人民，对于他的先锋战士革命领袖的死去，是比失去任何亲人都要哀痛而难受，但是罗炳辉同志的亲密的战友们，应该知道国民党正在向我们狞笑，正在计划消灭我们，反动派正要中国人民撤回一切民主要求，承认法西斯封建独裁，要中国人民服从他的反动命令、放下武器，为他消灭。因此，我们应进入自卫的准备，千万不能让法西斯反动派得手，我们今天要擦干眼泪，勇敢地坚定地站在自卫的岗位上去，承继死者未竟的事业，伟大的中国人民的革命斗争，是万分艰难的，第一批倒下了，第二批冲上去，第三批冲上去，以头颅热血换取人民的自由和保护民族的独立，最后胜利之券，是操在我们人民手掌中的。只有这样，才是纪念先烈的最好办法，也只有这样，革命的先烈才喜欢我们来纪念他。

罗炳辉同志在十九日和二十一日动身回临沂的那几天，都再三再四的和我谈滇军的革命光荣传统，他为潘朔端师长在南满的起义欢呼，他亲手拟具贺电，并分函他所有的云南故交。罗炳辉出身于滇军，在滇军中深受革命民主的教育，一生最关心云南人民及其军队，罗炳辉同志代表滇军的革命光荣传统，他致贺潘师长的电文是他对滇军将士的热望和他留给他故乡军民的热望，我们应该负责将他的遗志之一加以传达的。

最后，我们说："罗炳辉同志你好好的安息吧，我们今天在你墓前宣誓，在你墓前许愿，值此内战威胁极端严重之际，我们誓以胜利地保卫民主和平来纪念你。同志们，全中国的和平进行了数月的谈判，现在证明我们人民的和平不能由反动派恩赐，反动派也绝无诚意放下他对中国人民的鞭子,我们不能向人乞求和平、恩赐和平,我们只好准备自己的自卫力量,如果反动派敢于进攻我们,一定将他击退,让我们在取得和平民主的最后胜利时,再为罗将军举行隆重的追悼大会"。

(1946年7月4日)

从一个人看共产党与农民

——圣佛堂村农会主任耿兰玉的思想变化

盘江

【冀南通讯】耿兰玉,长着一副劳动的身手,经年累月的与土地为伴。年轻的小伙子们都称他为"牛",逼真地描绘出他生活的艰辛。

在灾荒以前,兰玉并不为人所重视;生活的鞭子,长年驱策着他过着捎地和打短的日子,地主们无尽止的压榨,使兰玉几乎成了哑巴,如果用兰玉的话说:"大路以东,那是老财住的地方,咱穷人不愿凑那边,犯不着落个嫌疑。村里有啥事,咱是轻易不到,非到不可时,咱就挨墙角蹲下,问不到咱,咱就不哼。啥事都是老财当家,咱拙嘴笨舌的,说的要有一差二错,即便不挨骂,也得看个难看的嘴脸。"

卢沟桥的炮火对于他并没有多大的震荡;他想:"日本鬼子不好,不叫老百姓过安生日子,而官家(指事变前国民党统治时的政府)对老百姓也没啥好处,咱一个穷光蛋,鬼子来了,拔腿就跑,他也不一定烧那两间破房,缸里没有隔宿米,也不怕抢,两样货色一样行市,不管谁来了,反正咱是一个穷捎地的。"到后来,一个姓刘的工作员到他村去组织自卫队,教唱《不抗日活不成》的歌,可是,兰玉对这个歌是不相信的;他想:"咱穷人反正是穷,鬼子来了跑,有啥活不成的。"

三八年,八路军来到平原,当路过他村时,人们都认为"穷八路"不沾弦,穿得既不整齐,家伙又不好,还能打日本?兰玉自然也是这么认识的。后来香城固一仗烧了鬼子好几辆汽车,人们的看法变了,兰玉的看法也变了:"别看穿得破、家伙孬,打起鬼子来怪有准。"从此,人们对八路军的议论便多起来,有的说:"八路军不打人不骂人。"有的说:"八路军一来土匪就没了,治化得真好"……虽然如此,兰玉对共产党八路军仍是半信半疑的。三九年他村成为根据地后,工作人员不断到他村开会,兰玉仍和从前一样:蹲在墙脚,一声不哼。他认为"八路军光会开会"。

可是,有一桩事他非常赞成,就是实行了公平负担。因为实行公平负担,地主们都阴谋分散土地。兰玉的主家陈廷章,打主意给兰玉三十亩地、一头牛,明里是当三年,负担上在兰玉名下,暗里则私立文契,对半分成。兰玉合量合量不上算,没有干。地主们猫哭老鼠似的说:"怨不得你穷,不识拉补。"兰玉心里想想:"地主们嘴甜心苦、狼心狗肺,反正不上他们的当。"结果捎地的胜利了,地主们和捎地的对半分成,自己掏负担。

四三年的大灾荒,自然先降临到穷人身上。为救活群众,共产党抗日政府帮助穷人向余粮户借粮。从此兰玉才体验到:原来共产党最关心穷人。不久,兰玉觉悟逐渐提高,便加入了中国共产党。

灾荒愈来愈严重,人们都在死亡线上挣扎着。到冬天,政府贷给兰玉五百块钱买小车,他参加了推公粮的运输队。车还未买到,敌人把村围住,他被捕了!

不管野兽般的日寇如何百般拷打,要兰玉招认是共产党,兰玉至死也不承认的。吊、打、灌凉水、刺刀顶胸膛,兰玉没有暴露一点党的秘密和公粮的储藏地。他想:"日本鬼子反正是不讲理的,说也是死,不说也是死,干脆不说,一人死了不打紧,千万别连累了别人。"鬼子见到他这么倔强,几番暴跳地把他弄得死去活来,却仍然得不到半句实话,结果把他释放了。

兰玉带着满身的伤痕回到自己的村庄,他燃起了复仇的火焰,老刘教的《不抗日活不成》的歌子回萦于他的脑际，懊悔当初不听老刘的话。他想：欲报此仇，非参加八路军不可，遂决心参军；但饥饿的老婆孩子拉着了腿，未能如愿。

身体没有参加八路军，脑筋可是参加八路军了。兰玉想：凡是八路军说的话我就听，办的事我就赞成，用着老百姓的时候我就去；叫他们痛痛快快地打鬼子，出我这心头之恨。此后，从不多事的兰玉便常常在抬伤兵、带路等场合下显露身手了。

话又说回来，兰玉逃出了敌人的虎口，却仍未跳出饥饿的苦海。家里的破东烂西，折卖折卖买了辆破车，他就一趟趟地运起公粮来；救活了大家，也救活了自己。

暖和的春风吹开了凝冻的田野，广大群众忧虑着，认为长久灾荒，种地吧眼前就没得吃。这时候，共产党和政府发出了号召，政府发支持粮，并贷种子，要大量种地。毛主席号召"组织起来"、提高生产。这两个号召深深打动圣佛堂农民的心，都觉着几千年以来，从没有过这样的党和政府。兰玉和石德才一起，由运输队变为互助组。兰玉想：共产党毛主席真是穷人的救命星啊！操持得又周到，想的法又高明；好好地当个党员吧，党说啥我听啥，毛主席号召啥，我做啥。

岁月如流，四四年忽忽过去了，兰玉和石德才在民主政府的领导下，凭着自己的劳动，跳出了饥饿的深渊。在一年的生产当中，得到一些互助经验，锻炼出一批坚强的互助组长，兰玉便是其中之一。

兰玉的互助组是得过奖牛的模范组，因此，四五年他就被大家选为互助队长了。有一次村里两个队都到马落堡去刨树，兰玉操持得周到些，带米做饭，没有挨饿。高文槐队未带去米，找着兰玉设法，兰玉说："我不是你那队的队长，我不管。"闹得文槐队里的人很不满。兰玉今年对此事虚心地检讨说："那是我的心眼窄，犯了这个偏向。"

接着他又说,"那会咱不知道这些,又不出村开个会,又没人说;满以为把咱那队搞好就得了。今年当了农会主任,不断到县里、区里去开会,心眼明白了,那可是一个大偏向,今后凡是农会的事、村里的事,只要找着我,我都得办。"

去年八月鬼子投降的时候,兰玉高兴得不知说什么好,为了反攻,解除日寇武装,上级布置了扩军任务以后,兰玉便到东葛村找对象;葛村没希望,又到李园,还是没希望。他想起油房姑姑家的小孩子,年轻力壮,可以参军,便一气跑到油坊姑姑家去。

当村里进行减租减息时,耿玉年是个高利贷者,他死后家产由后娘生的第三个儿子继承了,大儿二儿是凭劳动起家的殷实中农。在清算耿玉年的退息中,人们都是主张三个儿伙摊。兰玉认为玉年的家产既是后娘的儿子承继了,就应该他一人摊。这个意见虽当时未为大家所采纳,可是区里检查的结果,还是照着兰玉的意见处理。

两年多的生产互助和去年的减租减息,兰玉的生活大大改善了。今年盖了三间西屋,满共才三口人,地已够五十四亩了。他不是吝啬的人,他想:要不是共产党、毛主席、八路军、民主政府,哪能过到这样光景。交公粮的时候,兰玉率领他的互助组半夜敲开村长的门,将搞副业挣的一沓沓的票子交给村长,战士张百林叫媳妇没盘缠,兰玉慷慨地帮助他六百块。

兰玉说:"思想一年一年地变,有吃有喝有住有穿,不干工作干啥?咱的地是从哪里来的?是谁叫咱翻身的?要不是共产党、毛主席、穷捎地的八辈子也休想翻身啊!"的确,兰玉自从去冬被选为农会主任后,对一切工作都是兢兢业业完成了的。

"七一"党的二十五周年到来了,兰玉对于自己的党是充满着光明的胜利信心。他说:"咱共产党光给老百姓办好事,谁也拥护;不拥护的只有那些少数吃人的大恶霸地主和汉奸;只要有老百姓赞成,又有毛主席领导，咱共产党一定会成功的。"

当我麦后访问他的时候，他问我南边和国民党打得怎么样？我故意地逼他说："咱害怕吗？"他正颜厉色地说："别说他（指国民党反动派）来不到咱这里，要是来到，咱拉起来就和他干，不愁把他消灭不了。"

（1946年7月5日）

魔爪血影

——记南京下关惨案

"他们的血是不会白流的,它将在未来和平民主运动里,得到应有的代价,这不只是对代表团的殴打和侮辱,而是对上海人民、对整个中华儿女们的殴打和侮辱。这是现代中国的一件不幸的流血惨案。"

——六月二十五日沪《联合晚报》语

二十三日上午十一时,沪市各界人民反对内战晋京请愿代表马叙伦等十余人,在二十万群众的热烈欢送下,搭着京沪车,由沪起程了。下午五时车过镇江,他们就被一批特务暴徒包围、留难、辱骂。这批特务暴徒想把他们扣留在镇江,然后"收拾"他们。但在代表们的严词斥责下,这批宵小之徒,终于悻悻地爬上车去了。

下午七时车抵下关车站,国民党当局已在车站上布置好残害请愿团的陷阱,禁止挑夫们上车去搬运代表们的行李,阻延他们下车的时间。等到马氏一行下车踏上月台,预伏在站上的大批特务暴徒,立刻将他们团团包围,有两个自称"苏北难民代表"的特务,出面向请愿团提出许多荒谬的要求。请愿团秘书胡子婴女士说:"只要中国国内战争彻底停止,离家的难民就可以回家了。……"话犹未了,四周骂声大起,跟着一个穿着黑衣的彪形大汉一声喊打,这批法西斯野兽就一拥而上,拳足交加将马氏等一顿殴打。

参加行凶的特务暴徒愈来愈多,而照例在车站上"维持秩序"的宪警,却变得寥寥无几了。代表们由月台上退到候车室。马先生被打得有气无力地坐在沙发上,特务暴徒把候车室严加包围,大声叫着"非叫姓马的出来不行""打倒马叙伦""打倒周恩来""打倒共产党"……在场的宪警亦配合特务暴徒强迫马氏一行,立刻乘夜车返

沪，当为马氏等严正拒绝。

代表团看不下去了，派大明公司总经理阎宝航先生出来讲话，特务暴徒高喊"不要听"，并狂吠"跪下来""共产党跪下来！"。阎氏愤慨地说："我和日本人打过几年仗，在日本人刀枪下我也没有下过跪，要跪办不到，要枪毙枪毙好了⋯⋯"

喊打的声音突然从车站门口的广场上涌起了，一群法西斯野兽在那里包围与殴打着前来采访的几个记者。里面有《大公报》记者高集、《新民报》女记者浦熙修、《益世报》记者徐斌，与《大刚报》记者徐士年四人。特务们叫着"打那个女的""那个男的也不是好东西"，拳脚向他们乱挥。

高集和浦熙修两人从重围中冲了出来，转到了候车室里。这时《大公报》下关分销处职员戴有龄赶到，想拯救高集出险。高集刚跟他走出候车室，又被包围起来，在拳打脚踢之下，只得再退回候车室。

市政府新闻处专员钱江潮闻讯赶到车站，和行凶头子接洽，放记者出去。头子答应了，高浦二人便跟着钱江潮出站。但是走到广场上又被特务暴徒围住痛殴，钱江潮也未幸免。

一辆满载宪兵的大卡车开到车站，高浦两人就趁机再图突围，重返候车室，但已被打了三次。这一批开来的宪兵，奉命分散地站在距离候车室很远的地方。他们是这样的"镇静"，好像根本没有看见请愿团被围在候车室里。

深夜十一时了，候车室仍被重重包围。马氏等的处境更加险恶，特务暴徒愈来愈多，宪警愈来愈少，最后在候车室附近只剩一个宪兵在那里"观阵"了。于是再一次的凶殴又开始了。特务暴徒在喊打声中，冲进了候车室，其他一群是打破了候车室内的玻璃窗而跳进去的。他们拿起桌椅板凳等作为武器，向马氏等痛殴。

六十二岁的马叙伦老先生，头部胸腰部均被殴，受伤甚重。阎宝航氏遍体鳞伤，面部最重，雷洁琼女士头部受木棍重击，胸部被皮靴踢伤。陈震中头部胸部均受重伤，其他请愿代表亦多被殴打。记者马集，头部伤最重，血流满面，右眼球突出；浦熙修头发被扯去了一大把，腰部、胸部、头部都挨了打。南京民盟代表团，派赴车站欢迎马氏等的代表叶笃义，亦被打重伤，所有受伤诸氏，衣服都被撕烂，满身血污。

在被打时，马氏等身上所带的钢笔、手表及钞票等物，都被特务暴徒一抢而光。当雷洁琼被打昏时，一群特务暴徒都拥上前，争着抢劫她手中所握的一个皮包（内藏钞票十余万元）。有一个匪徒因她握得很紧，竟用嘴咬掉了她手上的一块肉，然后将皮包抢走。

南京中国银行女职员路芝女士，因公前往车站，亦横遭这群法西斯野兽围住殴伤，身上衣服竟被撕得一丝不挂。后来向一老姬借得长衫一件，才得离站返寓。

这批法西斯匪徒自上午七时一直打到夜半十二时。最后在民盟与中共代表经数小时之转辗交涉，及冯玉祥、李济深等氏的努力，好容易才有一批宪警从城里姗姗而来。这批宪警到了车站，他们不去搜捕特务暴徒，倒想把和平请愿的代表们"招待"到宪兵司令部去。当然他们知道代表们中间有几个伤势已经非常严重，经过各代表据理力争，才算免了这一"招待"，而被押送到医院里去了。

人民代表的血，不会白流的，法西斯匪徒想用武力，把反对内战运动镇压下去的企图，是失败了。全国人民要求和平的声浪是更加高昂了。

（1946 年 7 月 6 日）

中国共产党中央委员会为"七七"九周年纪念宣言

全国同胞们！一切爱国志士们！

今天是我国人民抗日爱国战争胜利结束后的第一个"七七"纪念日。我全国的爱国军民，在九年以前迫使国民党内反动派停止内战和不抵抗政策，开始了全民族团结一致的抗日战争；在此后的八年战争中，又坚持抗战、团结、进步，反对投降、分裂、倒退，终于挽救了由反动派消极抗战政策所造成的国家民族的危机，协同欧亚战场的盟军，取得了反法西斯侵略战争的胜利。我几万万人民和将士在八年中间，流血奋斗，历尽牺牲，是为了什么？是为了实现民族解放、消灭外国侵略、巩固远东和平、使我国不再做帝国主义的殖民地保护国和国际侵略战争的工具；是为了实现国家的民主化，消除国内封建的法西斯主义，不再让法西斯独裁者、军阀、特务、贪污、土劣骑在人民的头上，吸尽人民的膏血；是为了确立国内的和平团结，终止自相残杀的内战；是为了发展民族的经济，迅速实现我国的工业化。一言以蔽之，是为了我国的独立、和平与民主。但是抗战结束以后，一方面固然是人民力量空前高涨，一致奋起，要求独立和平与民主；但是另一方面，我国反动派却在日本法西斯残余的拥护与美国反动派的支持之下，利用各种条件篡□胜利的果实，坚持独裁和内战；而美国反动派也在中国反动派的合作之下，企图代替日本的地位，变中国为美国帝国主义的殖民地。因此人民爱国战争的胜利，并未达成全国的独立和平与民主。民族的危机仍然严重存在，抗日战争所没有解决的神圣任务仍需要我们继续努力，加以完成。

在日本投降以来的十一个月中，人民的独立、和平、民主的路线，与反动派的卖国、内战、独裁的路线，曾经进行严重的曲折的斗争。去年八月二十五日中共中央的宣言,首先提出了独立、和平、民主作为战后建国的根本方针。中共主席毛泽东为了实现这个方针,亲赴重庆与国民政府主席蒋介石作了四十多天的谈判,结果是在十月十日签订了《国共会谈纪要》。国民党当局虽然迫于全国民意与世界民主潮流,在《双十协定》中公开接受了中共关于长期合作、避免内战、结束训政、召开政治协商会议、保障人民自由、保障各党派平等合法地位、严禁特务活动、释放政治犯、积极推行民主的地方自治、改革和裁减全国军队、严惩汉奸、解散伪军等项重要主张;但同时却又依靠美国赫尔利、魏德迈集团的武装干涉政策,向解放区实行了连续三个月的大规模进攻。然而我国人民击退了反动派的进攻。美国人民和世界民主力量,也斥责了赫尔利、魏德迈政策。因此,在全国人民的努力之下,在去年十二月莫斯科三国外长会议的要求以及美国特使马歇尔的参与之下,今年一月十日,国民党当局又被迫与中共共同发布了停战令,并召开了有国内各党派及社会贤达代表参加的政治协商会议。政协会议以全体一致通过了在民主基础上改组政府、改组国民大会、实行《和平建国纲领》、改革和裁减全国军队、修改宪法草案的决议,使国家民主化的前途表现了极大的光明,全国人民、中共、民主同盟、国民党内的和平民主分子,美国和其他盟国的人民都一致欢呼和拥护停战令和政协决议,惟有国民党内的反动派却宣布这是他们所必须"补救"的失败。从政协闭会后第十天的二月十日重庆较场口惨案以来,特别是从三月间国民党的二中全会以来,反动派就一步一步地撕毁了他们的全部诺言。当反动派发现美国政府并未忠实执行莫斯科会议的决定,对于他们的反动行为继续加强军事援助,而使马歇尔的和平努力事实上成为陪衬而归于无效的时候,反动派对于人民的进攻就愈加猖獗。他们在过去半年中间攻占了解放区的四十几个县城,两千多个村镇,向华北、东北调动一百万以上的军队。他们继续征兵继续使用伪军，公开号召全国的内战而禁止人民反对内战，公开要求夺取解放区更多的地方，并要求推翻整军方案，以便扩大内战和保存军阀制度。他们有时也宣称政治问题应用政治方法解决，但是事实上一切他们是用武力解决，就是对于学者、工业家们的温和请愿，也都实行武力解决。他们实行了比以前更野蛮的法西斯恐怖统治，在重庆、北平、西安、南通、西康、云南、广东、上海、南京各地制造了无数骇人听闻的血案。他们公开要求推翻政协决议以便制定独裁的宪法，并公开拒绝重开政协会议。在他们的黑暗统治之下，成千万的人民被饿死，大批的工厂在官僚资本与外国资本的联合压迫下倒闭，连政府的中下级官员和大学教授也因不能生活而罢工；但是反动派却继续贪污，继续向农民勒索粮食，并继续通货膨胀以供给内战。反动的潮流是暂时在广大范围内蹂躏着我们的国家和人民。

我国反动派为什么能在人民爱国战争胜利后继续独裁和内战？举世周知，这仅仅是因为美国反动派的军事干涉。举世周知，没有美国反动派的所谓"援华"，我国就早已得到民主，而内战也根本不可能发生与继续。美国反动派一切所谓帮助遣送日俘、帮助我国复兴、帮助我国全体人民等等借口，实际上无一不是帮助了我国反动派的独裁和内战。但是，美国反动派又为什么不顾中美两国人民的无数次责难，如此神秘地热心于义务式的"援华"呢？举世周知，这是因为美国反动派有其不可告人的帝国主义侵略的目的，这是因为善于出卖国家民族的中国反动派，允许美国侵略加以实际上操纵我国的军事、经济、财政、内政和外交，毁灭我国的民族生产，自由侵入、占据和使用我国的领土、领空、领海、领内河。由于美国帝国主义比日本帝国主义更强大，它的侵略方法表面上似乎更"文明"而"合法"，并且利用着反法西斯战争的资本和中美人民传统友谊的资本，它就可能影响更多的汉奸和带有更大的危险性。因此，很明显的，中华民族的生存现在是已经受着中外反动派的共同威胁：他们正在同谋着把我国变为尸横遍野的地狱，变为浩大的集中营，变为殖民地和帝国主义新侵略战争的基地。一切爱国的人们，一切抗日战争中的英雄，一切孙中山的信徒，必须警惕起来，团结起来，击退外国帝国主义与中国反动派的联合进攻，为完成我国的独立与民主而奋斗，为实现我国的和平而奋斗。独立、民主与和平，这已经为我国人民三位一体的斗争任务。不让我国独立民主的人们首先不让我国和平，因为只有内战才能压制我国人民要求独立民主的力量，便利于他们的军事独裁和军事干涉。没有民主，中国就不能有真正的独立与和平，而中国如果不能完全独立，和平与民主就更是空话。

中国共产党决心坚持中国的独立与民主，决心坚持中国的和平。在今天的严重时机，为了挽救祖国的独立和平与民主，我们谨向国内外各方作以下的紧急呼吁：

（一）立即重行发布全国（包括东北）无例外无条件无限期的停止冲突、停止运兵、停止建立工事、停止征兵的命令。

（二）重开政治协商会议，实行上届政治协商会议的一切决议，改组国民党一党专政的各级政府成为各级民主联合政府，改组国防、外交、财政、经济、内政、交通、教育等部，解散一切特务机关、清洗法西斯分子、好战分子与贪污分子，取缔官僚资本，实行保护关税，没收大汉奸大贪污的财产，救济民族工业，救济失业工人、灾民和饥饿线上的公教人员。

（三）在政治协商会议的监督之下，实行最大限度与最高速度的复员裁兵，彻底废除军队属于少数个人的军阀制度，立即停征并发还军粮，裁减军费到最低限度，移军费作救济费和教育费，封存一切剩余武器，停购军火，送还美国一切租借军火，谢绝美国军事顾问团，通知美国立即撤退一切在华海陆空军，并声明在我国民主联合政府成立以前美国对华一切贷款我国人民概不负责。

（四）要求美苏英三国重申忠实执行莫斯科会议决定，要求美国政府停止武装干涉我国内政，停止助长我国内战，取消对华租借法案，停止派遣军事顾问团，并立即自动撤退一切在华海陆空军。

同胞们！一切为祖国独立和平民主奋斗的战士们！目前民族的危机虽然严重，我们的奋斗虽然还要经过许多曲折，但是我们的前途却是无限光明的。历史永远不会再重复。一百年来我国人民为独立民主的斗争，从来没有像今天这样强大实力，这样充满光明的希望。八年的爱国战争曾经比今天的形势更困难更危险得多，但是我们胜利地渡过了严峻的考验，我们在日本帝国主义与本国反动派的夹击中间建立了并保卫了我国独立民主事业的强大壁垒——一万万四千万人口的解放区。今天的要求独立和平民主的斗争，仍然是全民族性的爱国主义的斗争，而人民的力量却比抗战时期强大了很多倍。解放区人民的斗争和国民党统治区城市乡村各阶层人民的斗争，正在联为一片燎原的怒火。我们不但在国内有全民族的联合战线，在国际也有广大的同盟军。无论如何，法西斯德意日即国际法西斯主义的主力是已经灭亡了，各国人民的民主力量是已经兴起了，他们终将消灭一切法西斯残余并战胜亲法西斯的侵略主义的反动派。我国人民的斗争已经得到并将继续得到他们的兄弟般的帮助。美国人民和美国民主派人士已经并将继续和我们站在一起来反对中美两国的反动派，因为美国反动派的军事干涉，中国反动派的军事独裁，中国的内战，这些也都严重威胁着美国人民自己的安全和利益。而在我国反动派方面，他们甚至再加上外国援助以后还是没有可能克服自己的各种困难。目前中国反动派的猖獗，不是表示他们的强大和有生命，而是表示他们的软弱和回光返照。任何国家的法西斯统治，都具有这种性质，中国不能是例外。法西斯主义是最丑恶的，因而又是最软弱与最无生命力的。因此，中国反动派要想消灭人民的力量，实现永久的法西斯统治是做不到的与不可能的。同样，外国侵略者要想把我国变为殖民地，变为菲律宾式的"独立国"，也是我国人民永远不会允许其达到目的的。同胞们！全解放区和全中国一切爱国志士们！祖国的灾难催促着我们，胜利的信心召唤着我们，过去不久的神圣爱国战争的伟大精神鼓舞着我们，让我们更坚强地团结起来，更勇敢地行动起来吧！我们毫无别的要求，我们只是要求独立、民主与和平。在最近的谈判中为了和平，我们已经作了足够的重大的让步。但是如果贪得无厌的反动派一定要挑战，那么，就让我们准备着把一切敢于挑战的反动派打回去！全国同胞应该懂得，中外反动派的反动企图是可以被打败的。我们一定要打败中外反动派的一切反动企图，我们一定要实现独立、和平与民主，我们一定要实现停战令、政协决议与整军方案。凡愿意实现这些的，不论什么人，我们就表示欢迎。凡属反对这些的，不论什么人，我们就表示反对。全国同胞们，我们的要求是这样的合理，我们的事业是这样的具备正义性，那么，我们的要求是一定要实现，我们的事业是一定要胜利的。

反对内战，坚持和平！反对独裁，坚持民主！反对卖国，坚持独立！拥护停战令，拥护政协决议！拥护莫斯科三国会议决定！加强中美人民的友谊与中美民主派的团结！反对外国武装干涉，反对外国侵略者！抗日爱国战争的胜利万岁！爱国主义的民族大团结万岁！独立和平民主的新中国万岁！

中国共产党中央委员会
民国三十五年七月七日

（1946年7月7日）

边区两万人集会邯郸纪念"七七"反对内战

杨主席号召：提高信心，准备力量，坚决自卫！

【本报邯郸特讯】国民党反动派积极准备与挑起全国范围的内战，引起边区各界人民不可遏止的愤慨。本月三日，边区各界两万余人，在邯郸体育场举行盛大集会，提前纪念"七七"，并向国民党反动派实行反内战示威。午后四时，连绵不断的人流从邯市每个角落里涌入会场，人们手执各色小旗，上书"反对内战""反对美国帝国主义分子支持国民党进行内战"等字样。大家晓得，国民党挑动这次内战不但是向全国人民实行空前大规模的屠杀，而且是想把中国变成美国的殖民地，他们为了保卫中国的独立、和平与民主，不顾七月炙人的太阳，纷纷赶来表示自己的意见。

王悦尘市长宣布开会后，边府杨主席在雷动的掌声中登台讲演。他那严肃的态度、沉痛的声音，激起全场海潮般的愤激和怒吼。他说："今天我们又来反对内战了，我们开这样的大会是很沉痛的。因为打倒了日本，我们都希望和平，可是今天国民党蒋介石又要打内战，我们听到这个消息是要掉泪的……""反对国民党蒋介石打内战"的口号，从人群中不断地喊出来，他又说："内战已经打起来了，国民党用二十五个师把中原军区包围起来了，我们要起来反对扩大内战！"当述及美帝国主义分子将中国当成殖民地，帮助蒋介石打内战，打老百姓时，他激愤地高呼："我们要求和平民主！反对蒋介石的秦桧政府！反对儿皇帝！反对美帝国主义政策！要求美国军队撤出中国去！"到会的两万多人，也跟他从心底里发出震天动地的吼声！最后他以百倍胜利信心指出："如果反动派要打来，我们坚决自卫,我们武装同志们是经过很好锻炼的,是一定能够打胜仗的!"全体群众至此报以无限信赖的掌声。他又强调说:"老百姓还要相信自己,老解放区的老百姓在抗战中、反攻中、自卫战争中,都有着千千万万的人上前线,这个力量是伟大的。"群众跟着高呼:"我们的力量是伟大的!我们要学习老解放区的老百姓,帮助军队打胜仗!"(杨主席演讲见另文)

洋车夫贺兆勋说:美国帮助蒋介石夺取解放区我们要把他打回去

在共产党、民主政府领导下翻了身的洋车夫贺兆勋抢上台去说:"蒋介石和永年城里的铁磨头一样,都是压迫老百姓的。"他举起粗壮的拳头,放开粗亮的嗓子喊道:"美国帮助蒋介石夺取我们解放区,我们不能让他,我们要把他打回去!"

农民李青山说:老百姓要团结在毛主席领导下
把进攻的反动派打个稀烂

市外区东小屯的农会主席李青山更加激昂地说:"美国帮老蒋打内战,就和日本帮汪精卫一样,要想侵略中国,讹诈我们老百姓,吃我们的肉,喝我们的血,不让我们翻身。我提议给美国的好老百姓打个电报,叫他们反对他们政府里的坏家伙,反对帮助蒋介石。再给毛主席打个电报,叫他好好领导我们翻身。告诉他:我们在他面前发誓,愿意在他的领导下,坚决反对美国和日本一样地欺侮咱们。咱们过去受日本、受汉奸的罪受够了,毛主席知道咱们的心思,只要他下个命令,叫咱们干啥,咱们就拼着死命干啥。咱们和日本、和汉奸拼了七八年,咱们有办法、有力量,和帝国主义和反动派干到底。"接着是一阵雷动的掌声和口号声:"对!我们跟着毛主席,和反动派干到底!"他又说:"我们老百姓还要团结,不分东村西村,在毛主席领导下,成一个铁块子,帮助军队,运子弹、抬伤兵、送水送饭。把向我们进攻的反动派打个稀烂!"

最后,商联会李副主席提议声援上海五万市民反内战的正义行动,致电慰问被国特殴伤的请愿代表马叙伦等,当经全场一致通过。

在夕阳傍山的时候,开始了两万余人的示威游行。雄壮的行列在广阔的街头缓缓而过,许多商人、市民临时卷入示威的行列中。高喊如雷的"反对内战""反对美国干涉中国内政"的口号震动了邯郸的大街小巷。直到暮色苍茫的时候,反内战的义愤之火仍然燃遍邯郸全城。

大会通电全国

延安毛主席、民主同盟张主席、国民参政会、政治协商会议、全国各报馆、各法团暨全国同胞公鉴:

溯自日寇投降,八年抗战之胜利既得,三大协定又继之签订,全国同胞方期和平民主可待,休养生息,建设独立自由民主统一富强之新中国有望,乃国民党反动派恃美国军事经济等之资助,置国运民命于不顾,妄图独裁,好战成性,假复员以动员,借休战以备战,近更悍然挑起全面大内战。对外则出卖主权,不惜屈膝为儿孙。对内则实行屠杀,视人民为鱼肉。使全国方庆脱日寇之侵凌,又陷入内战之恐怖。几年来吾人流血牺牲,所望无他,和平民主自由而已,今竟又遭破坏矣!当此严重关头,本区各界人士郑重表示:我们坚决反对国民党反动派之内战政策,要求实现全面和平民主,尊重人民公意,彻底实现三大协议,并警告国民党独裁政府,停止一切卖国行为,收回已失主权,确保民族尊严。设国民党反动派肆意妄为,不知戒惧,我全区人民誓坚决自卫,使好战者玩火自焚。

晋冀鲁豫边区各界反内战大会叩

致美总统暨全美人民电

南京三人委员会转杜鲁门总统暨全美人民公鉴：

中美两国人民，友谊素著，在过去反法西斯斗争中曾经携手奋斗，获得胜利。我们拥护莫斯科三外长会议关于协助中国之协议，我们欢迎杜鲁门总统过去支持中国和平民主不干涉中国内政之声明。因为这些是与长期渴望和平民主之中国人民的愿望相符合的。

近来贵国政府，言行相违，从军事以至经济各方面，帮助中国国民党独裁政府，进攻主张和平民主的人民，并进而侵犯中国内河航行、领空、领海诸权，大军不撤，反图久驻以武装干涉中国内政，凡此种种，违反国际公法与信义之行动，均彰彰在人耳目。

于此我们特向贵国郑重声明，中国人民已经过了一百年反不平等条约的斗争，又经过了八年最艰苦的民族抗战，在斗争中已经锻炼得更坚强、更聪明，善于辨别友谊与仇视，也善于表现我们的热情与愤怒。因此，希望贵国政府，珍惜中美传统友谊和贵国的荣誉信义，立即撤退驻华美国军队，停止干涉中国内政，使中国全面和平民主早日到来，则不只中国人民之幸也。

中国晋冀鲁豫边区各界反内战大会叩

（1946年7月7日）

遥慰马夷初（叙伦）先生

杨秀峰

多年来为民族民主斗争的老战友，这回又为反对内战呼吁和平在南京下关车站与阎、雷、陈诸先生同遭毒手，负伤就医于中央医院了！刹那的怆怀，无限的敬慰，谨在遥远的赵国故都，虔祷先生早日康复！

反动党徒之无耻伎俩可谓每况愈下。光天化日，特务打人，而竟嫁祸于难民，比之不久以前将军们高叫"你们在校墙内有开会自由，我在校墙外有打枪自由"的无赖腔调固然愈显其卑鄙；即比之较场口之假装与会群众登台凶殴主席团，比之成都之伪装学生，捣毁报馆，比之中山公园假托争夺会场，大打出手，甚至比"特殊学生"打燕大座谈讲演之教授，也是更为下流。中国法西斯党徒制造了十九省空前的大灾荒，制造了几千万的难民，而戈贝尔之流竟忍心害理到这种地步，说得出这样"栽赃"的话来，不能不令人感到意外。这显示出法西斯分子是何等狠毒，也显示出他们之"黔驴技穷"，与在全国人民大众前战栗的软弱。伤榻中的夷初先生！你会发出沁心的微笑吧？

夷初先生！你不是孤单的。

伴着十九省难民的哭声，有弥漫大地的"时日曷丧，予及汝偕亡"的高亢音调！

随着法西斯特务之每一次无耻行为而来的，是千千万万人"冷嘲"与铁拳的回报！

袁世凯、曹锟、段祺瑞之时代早经过去，希特勒、墨索里尼分子也正在人民法庭前哭泣；冶中外专制于一炉的"中式法西斯"纵有富强的帝国主义分子营救，然而他们对外靦然"称臣""称儿"，既太为其外国祖师丢脸；而对内可怜到以难民为"影壁"，亦太不为其外国主子争气。穷相毕露，人民民主狂澜中一缕法西斯游魂而已。

中国人民大众力量生长发育得这样快，和平民主的喊声响彻大地，在一亿三千万人的国土上滋长起繁茂的民主自由之花，任何野兽践踏不掉。夷初先生！今天与"一二九"当年，我们在北平携手奋斗的时代大不相同了。亿万人对民族民主斗争的老战士的同情，不是流泪、不是徒然的呼吁与愤慨，而是具有真正足以遏止逆流，教凶徒们俯首服罪的伟大力量了！想到这一点，先生的伤会因衷心快慰而早愈了吧？

无数的人在关怀，无数的人在祝祷，无数的人在高擎着民族的独立自由，和国家的和平民主大旗向那辈无耻已极的假难民们和帝国主义分子苦斗。

夷初先生，你不是孤单的，安心地静养吧！

北地南天，简陈衷曲，以慰故人，言不尽意，诸惟神会。并代致慰问阎、雷、陈诸位先生。

六月二十九日

（1946年7月7日）

恶 政 府

威廉·格雷 作

发表于六月十日的素以反共著名的《时代》杂志上的这篇暴露国民党政府现实的通讯，曾在南京引起轩然大波，宋子文六月十九日为此专门招待了一次外国记者，强说它是"昧于实况，仅系出于猥亵的思想。"

——编者

一个老的难题

"在银行快要倒闭的时候，还能讲什么呢？"——这句话正好应用到中国来，如果要说实话的话，就会掀起一种经济界的恐慌，美银行也就势必要倒闭了。如果不说呢，又会使自己在这骗局中当一个同谋者。也许最好的希望，就是在这机构还没有遭难之前，把真话讲出来，好重新改组它。

对于中国最重要的事实，就是在中国几乎没有一个人对于目前的政府还有什么信心、认为他还有能力很聪明很好很公正地来管理整个国家。

经济上，中国正在衰微之中，它借一种荒唐的经济来维持，这里面当今一切令人疾首的商业风气，纵非政府官吏所领导，至少也是他们所批准的。现在的经济是一种印制品的通货膨胀，和政府支持的黑市交易。通货膨胀影响及于全国，这可以从今天南京中国最高法庭法官决定罢工要求更高工资上看出来，他们要求政府提高公役基薪一千倍。

主权究竟为什么？

现在似乎停战谈判（与共产党的）能否成功已经没有多大关系，真正的和平，什么地方都看不到……"主权究竟为什么"这一问题，最后开始烦扰着在中国的美国人了。到目前为止，主权就是贪污不合理和用武力来维持政府，而且这绝不是过激的见解，实在是相当现实公正和温和的看法，就是在有礼貌的资本家朋友之中，也可以用来表白的。

抓了就跑！

上海有一个激烈反共产党的美国律师，在某一个晚上这样向我批评道："政府算不得政府，简直是一群丑恶的唯利是图的官僚，什么东西能赚钱，能抓就抓，他们已经失掉了信仰。""唯利是图"，我们必须加一句，也伸展到了美国人身上。在今天的上海来说，抓了就跑的这种欲望，超越了种族与国家的界线，鼓励长期投资信心已经缺乏。一个美国牙科医生本来是预备到中国来行医的，结果把他那一套医牙家具卖掉之后，就回家去了，因为这比他在几年之内行医所可能赚的钱，还要多一倍。一个外国商人去年秋天用一万三千多美金买了一所房子，最近以十三万六千美金售出，回国退休去了。第一辆一九四六年式克莱斯拉轿车到上海后，由一个好心肠的美国商人以三千元美金卖了出去，得了颇大的一笔进款，可是他现在却觉得自己简直是一个傻瓜，因为最近别人已经以二万四千美金，第二次转卖出去了。

中央政府把从日本人手上接收过来的纺织工厂改成国营，因而垄断了整个的纺织市场；政府的贷款，使一个私人企业公司统治了整个的上海黑市米价。政府同时还以"暂时"停止输入美国新卡车，封锁中国的卡车市场，政府想要抛出一万五千辆卡车。这些卡车，原来都是为了滇缅路和雷多公路用的，每一加仑只能很不经济的跑四里路。

……孙科立法院院长邀请"行政院"院长宋子文，在这星期出席立法院的例会，并答复一些关于经济困难方面的问题，但是宋子文并没有露面，后来孙科派那被人尊重的国民党经济学家马寅初先生（他在战争中曾因为批评中央政府而受监禁）到上海去，继续攻击"官僚资本"，马先生在那些半官半私的机关面前，如中国银行研究所、农业经济研究所等，谈到政府集中资金与利用公款做私人的商品，或金条囤积等问题，这事在今天中国来说，已经从可耻的行为变为正常的了。上海的中国报纸在星期五报道，说警察已禁止马先生按照预定计划做下次演说。

只许有一个好政府

怎样才可以改变这一切？而且美国的地位应该怎样？我们在中国的地位，无可否认的是和我们在全世界的军事据点联结起来，而且由于和苏联关系的逐渐恶化，更会不断地增加，也许由于这一事实，给予国民党死硬派以信心，这些人沾沾自喜地自问：由于苏联与中国共产党之间思想上的联系，美国人有什么办法呢，除了继续支持中央政府。他们认为因为我们的军事战略据点把我们和中央政府联系在一起了，不管我们喜欢不喜欢他们的态度和经济政策。

另一方面，在国民党的自由主义圈子之内，又在讨论着另外一种建议。……国民党现在有足够的兵力保护他自己，但是他不能永久把盖子压在四万万不幸的人民头上，如果美国并不能促成一个自由主义的革命，那么最好还是退出去，对于中国共产党不见得可以用任何方法来停止他们的革命道路，除非有一个好政府。

目前这个政府已经在自私地而且是完全不仁地消耗美国的供给和

金钱。一个外国运输人员告诉美国朋友这样一个故事，他曾经做过政府的代理人，收购大硫黄岛美国剩余的医药品，在这些物品转交政府一星期之后，已经变为某一个上海堆栈中的私人货物，在等待着黑市的营利了。

唯一的希望

中国目前的政府既没有得到和平，也没有得到经济福利……解决的办法，就在于来一个内部的大清除……改良后的政府，必须给人民一个公正的好政府以及和平，这是我们所能看到的唯一的长期的希望。

（延安新华社，周译）

（1946年7月7日）

我所爱的北方大学

予沙

这是一个大家庭

一个同学的诗上写着：

"北大是自由的海洋，

各处的水，不停息的汇集到这儿来！"

是的，这里有一千多同学，有从大后方来的，有从平津一带及东北来的，有从老解放区来的，也有从新解放区来的。这些同学在一起生活，一起学习，真像兄弟姐妹一样！尤其是老解放区的同学和有着八年抗战历史从工作岗位上来的同学们，像老大哥一样，诚挚而亲切的，用各种方法来关心新同学，帮助新同学。一个从北平来的同学说：

"若不谈起话来，根本一点儿也看不出谁是工作八年的老干部！可不像国民党区，一到北平就管学生叫伪学生。"

学校对外边来的同学，特别关怀。因为他们冲过了国民党的封锁线，有不敢带行李的，有丢了衣服的，有没有钱的，学校尽量给想办法。给做被子也给提前发衣服，无论如何都要使他们精神愉快地来安心学习。

我们学校的事务，完全由杂务人员来管理，这里值得我们特别提起的，便是我们的范校长夫人戴冠芳同志，他是被我们公认的"老母亲"。记得一天早晨刚上完早操，我和新从陕西汉中中学来的一位陈光同学，准备到门外麦地里去看书，刚一出门，便碰见她正在吆喝着往院子里赶猪。她看见我们便笑着说："刚一开门，猪就跑出来了！"我们放下书，帮着她把猪赶进院子。她指着一个大猪对我们说：

"再养些日子，我们就吃了它。"我们都笑了。他又继续对我们说：

"现在吃得不好，慢慢地改善，将来生产多了，就好啦！"她虽然年岁很大了，走路又有些不伶俐，但她却从早到晚，老是不闲；帮着喂猪，帮着在厨房里做饭……记得李宗唐同学在壁报上写的"我有了妈妈"中说：他又回到了温暖的家，虽然生身的妈妈死去了！但他现在的妈妈却比原来的妈妈更爱他，更关怀他。

走出了校门，陈光同学很感动地对我说：

"要是国民党区里的大学校长太太，哪有做这些事的！"他接着又说：

"我们在汉中的学校里，谁管什么改善伙食！校长为了揩油省雇伕子钱，叫学生到离学校二十多里的城里去背米，你若有病不去背这一星期的米，就扣你这一星期的伙食，不叫你吃饭！同学们多半都是家庭没有接济，有的连剪头钱都没有！冬天没被子睡在厨房的灶炕旁边。吃不饱、穿不上衣裳，根本没人问！但是校长当了一年就揩油两千多万……"他的眼睛闪着愤慨的光，停一会儿，又缓和地笑着说：

"现在咱学校的同学们真像一个大家庭的兄弟姐妹一样，我自从来到这里，精神不知为什么这样痛快！你看我一天比一天吃的多了。"他嘴角上露出了掩饰不住的微笑。眼睛望着远方——好像庆幸着他逃出了国民党统治区，投身在这自由温暖的大家庭里。

民主作风，相互学习

范校长说："我们是革命的学校，一切都要以民主的作风，走群众路线的。"譬如我们生活方面：如何使生活严肃起来，如何克服一切不良现象。学习方面：怎样订课程，怎样规定学习时间，都要经过同学们的讨论，然后校方再综合同学意见来制定公约或课程表，再分别的按照这些规程去实行。

我们的学习,以学习小组为单位,毫无拘束地去发表意见、去研讨。除了学校编定的小组外,同学们更分别按自己志趣,组织起来去研究,如哲学、文艺、外国语、数学等等小组。无论清晨或黄昏,一组集中在一起,或寝室里或操场树荫下或麦地里,展开热烈的讨论,无论意见如何不同,讨论一天或半天,终要认真地得出结论来。

有一次我们开讨论会,讨论到什么是"真理",有的同学说:"真理有相对的,也有绝对的。"有的同学说:"真理是随时代演变的,只要在那个时代大多数人认为是对,那就是真理。"还有的说:"不对,要是变就不能叫做真理,社会前进一步而是更接近真理一步,那个时代所认为是对的,并不能说它是真理。"三种不同的意见展开热烈的辩论,讨论了一上午,一直到打了吃饭钟,还是三个对立的意见。后来一个同学提议说:

"我看咱们这矛盾难统一了,最好把陈唯实教授请来……"结果,有的去请陈教授,有的跑到厨房叫伙夫给留饭。一直等陈教授详细的解释后,同学们才放下紧张热烈的心情,轻松了一口气,好像做完了一件大事似的,微笑着散了会。

我们的课外活动,有唱歌和演剧,……除了这些文化娱乐外,便是出壁报。如《生活墙报》《学习报》《学习生活》《北方吼声》《绿洲》——共十多种。有综合性的,有纯文艺的,这些大众园地充分发挥了毛主席所说的"知无不言,言无不尽",自由地向同学、向学校提意见。互相展开批评、检讨,这样自己学习,并帮助别人学习。所以这里的同学,无论政治水平与文化水平怎样,进步都非常快。

范校长来校后第一次讲话便对我们说:"我们千万不要犯啃书本子的毛病,我们要实事求是,不骄不吝地去相互学习。不光是记住'全心全意为人民服务'的话,更重要的是贯彻到实际行动中去。譬如我范文澜要有不好的地方,你们可以在壁报上随便提意见,我一定要诚心地去接受改正。如果我要真不能全心全意为你们服务，那你们可以把我赶出去……"那时同学们都感动地鼓起掌来。

我们都是生产战士

我们的校舍，是过去敌人的兵营，敌人走后房子大部被破坏了。为了早日重新建筑起来，同学们在课余时间都去那古老的顺德府城墙上挖砖，男女同学在城墙上用□头把砖挖出来，又一块一块地从上边扔下来。底下的同学拾砖的拾砖，装车的装车，十来个人拉一辆车运到新校舍去。

学校号召大生产——开荒。因为我们的新校舍有两顷多荒地。我们这次动员了全校的职员和学生一起去开荒，因为这是一笔很大的收入。

星期一的早晨，生产委员领着男女同学带着犁和镐、锹，一支生产大军浩浩荡荡地向新校舍进发了！

这一次生产，是我们来校后比较最大的一次，日子大约延续五六天。不但开荒，并要很快地下完种。

一片长满了荒草的土地，我们必须先把土翻起来才行，还有敌人掘的防空沟，也必须填平。于是男同学拉犁，女同学填坑。一声长长的哨音，便这样动工了！

有的拉犁的同学喊着"喂！保持九十度……"还有的同学一边拉犁，一边合着唱起来："不怕那艰苦似海，不怕那困难如山，我们朝着太阳，永远向……前……"这声音带有一种不可战胜的力量，直波到很远的地方。

第一组的周予同学，工作精神最好，同学都很佩服他，伸出大拇指头，叫他"劳动英雄"。

工作是替换着休息的。休息时间有好多同学把乱砖堆起来，横上木杆，跳高。三十多岁的同学，也和十八九岁的同学在一起打闹，拿拉犁的绳子，来"飞绳竞走"！

绿色的荒地，刹那间变成了褐色的新土——整个的大地，完全浸浴在愉快的气氛里！

一九四六年六月

（1946年7月12日）

鬼魅的世界（昆明通讯）

徐静凡

胜利后的今日！欺压、侮辱、损害、恐怖的魔影，还在紧压着人们的心！魔影的足迹在追踪着人们的路子，威胁着人们的生活！魔影的巨掌在攫夺着人民的自由！

荒谬的自由

春节期间一个热闹的日子，小东门外平时广集着马车的广场上，这时只见是人，而稀见马车。

人群里，一辆车刚套完了车轭，正欲起行，被走前来一个伞兵部队的军官喝住了。

这时，车子里的坐客已经挤得促膝在一堆，但军官并不理会，就吩咐他身旁的二个女人登车。她们不但占去了车夫的座子，另一个女人简直就有半个屁股坐在别人的身上。

劳动过度的马原就够衰弱，这时经不起突然的重压，腰杆一软，前膝就跪了下去。

车夫虽然再三诉说着马车的能力，无法增多负荷。但军官的理由却是一连串的：

"他们坐，我不能坐？"

"妈的，我不给钱？"

"不走？大家走不成！"

由于这种横蛮，坐客之一开腔了：

"你不能也叫我们走不成呀！"

"什么？"军官顿然恼怒了。

"你能干涉我的自由吗？！"

于是车斗里沉默了。马车夫的脸上堆满了苦笑和疑惑，随即把马吆上了疏散道。

威风和吃豆腐

疏散道长约十公里，中间有三个村子，曾经行驶过公共汽车。但自从驻村的鸿翔部队运用了这种"自由"以后，现在就只剩了马车在维持着交通。

公共汽车停驶的原因很多，但主要的原因还是由于这般伞兵的威风所致。"要发挥天兵神将的威风"，这是他们的口号。

那是一个星期天，公共汽车自郊外驶进城去。经过江头村站时，车子浑身都沾满了"天兵"。虽然经过司机抗议，但终因无法干涉他们的"自由"，不得要领。

车子开动后，"天兵"们不但不购票，并且吃尽了"豆腐"；被挤在那罐子似的车厢里，女售票员备尝了摸、捏的侮辱。

过了村子，查票员挤上车来执行任务。但争执随即发生了。查票员被众多的武装拳头压在底下。车厢里骚乱了，就在此时，汽车向山沟里滚了下去。

从此，人们进城就更难苦了。他们得在那缓慢的马车上熬过一二小时的颠簸。

搭车术

但能顺利捱过颠簸的还是幸运。往往马车经过驻军的村子时，人们要受到无理检查。有时候，汽车也不得不在那美国式的冲锋枪跟前留步。万一你问：

"查什么？"

"看看。"

他们原没有执行这项任务的权利,所以也只能含糊其词地回答说"看看"。实际上又并不看,却在说看的时候,成群的"天兵神将"就拥上了车。而且还不能阻止,否则他们会厉声地质问你:

"干什么?"

然更甚于此者,马车尚未抵达终站,人们就被"天兵"们赶下来,管你死活,他们就逼车子往回跑。

溜之大吉

虽然如此,崎岖的山道上早晚还能看到那些瘦骨棱棱的牲口来往。可是近来,天色薄暮,马车就不拉了。因为他们怕亏本,尤怕挨揍。因为在暮色苍茫、天光将尽的山道上,这些"天兵"们坐车还要摆威风,时常不付钱,就一溜烟地溜跑了。有时强迫载米,车资却"自由"给多少,稍有违抗,即老拳填胸,甚至撤了车夫,竟自吆车而去。

充壳子的阔佬

村子周围的居民,不能以交通困难而怨艾,同时更感觉得生活里渗进了烦恼,由于这种无边的烦恼,白天黑夜都不得安宁。

开铺子的,哪怕是小本经营,也都给那些驻军硬搞上一篇拖欠。当他们走进馆子,那副看座儿的气派,就十足够得上是吃客。可是这些吃客临走,多多少少总是要给挂上账。这一挂,就好比铁圈扣住了铁环,坚固而经久不脱。若说不挂,东西早已进了肚,你有可奈何?何况谁的眼睛能像 X 光呢?谁有本领先透视出吃客们荷包里的情况呢?!

空手妙术

正因此，眼睛不是 X 光，也无法透视出别人的心里在想什么。所以村民们不见东西就成了常事。那些村子邻近的工厂，则更是顺手牵羊的最好场所。

因为乡间地旷人稀，一家汽车修理厂于停工期间，工人宿舍里的床桌设备全被砍走了。之后武装的"天兵"又去厂里施行空手妙术，经人发现遂怏怏而去。可是当晚，那堆木料还是不翼而飞了。

血淋淋的活靶

"天兵"们除了会跳伞兼有如此的本领，已够人心惊，但还要叫人胆怕的，却是他们的"突击"——鸿翔部队一名突击总队。

他们最嗜好突击活靶。随时随地，手枪、步枪的子弹会在人的背后呼啸，从人的头顶飞过，树上的鸟、地上的狗，则是活靶的普遍对象。狗的目标究竟较鸟为大，所以村子里狗的命运也更悲惨。狗肉时常被视为上品而端上桌面。纵或能够逃脱的，不是被射击得血淋带地，就是不敢出外觅食。

损害与侮辱

这种突击，他们不仅用于禽兽，且施于人，尤其是女人。不过武器不同；一是枪弹，一是猥亵的言语的调戏和下流的侮辱。

假使妇人姑娘们经过村子，而被这里突击兵发现，于是你先会听一阵鬼喊，继着：

"奶子大得妙哇"；

"屁股摆得好"；

"喂！开那家旅馆？"；

"……………"

同时,一铲铲的泥灰就向那些女人身上脚上洒去。

国产的日寇

并且,这种突击有时还突击到人们的家里去。

一日,村民周姓的家里没有男人。中午时分,忽然有两个突击兵闯了进去。后门进前门出。经过院子时,大皮鞋蹬得震天响。那副横行直撞的神气孩子都骇哭了。

一个在香港待过的广东太太说,这种自由地进入民家,只有香港沦陷时,日本鬼也这样做过。想不到没有敌人的地方还是一样的情形。

恐怖的突击

在这前一日,上庄村另一家姓田的新婚夫妇却遭到更恐怖的突击。

是一个深沉的夜晚,男人忽发觉窗外有人影浮动。正待出声,门就被三个突击兵狠狠地踢开了。随即他夫妇俩被反绑在一堆。男人挨了一顿"惩戒"临去,他们的门也被倒锁了。

事后,他夫妇俩还是摸不到底细。不知犯了什么要受到这样的迫害。不过他记起了一桩事,白天为了他妻子被人欺侮,曾与他们吵过的。于是夜半就遭到这恐怖的"突击",并且被迫而迁徙了。

这是什么样的世界啊!

欺压、侮辱、损害的恐怖魔影,还在紧压着人们的心!魔影的足迹在追踪着人们的路子,威胁着人们的生活!魔影的巨掌在攫夺着人们的自由,在遮断着晴空上的阳光!

胜利后的今日,昆明还是鬼魅的世界啊!

三月十日昆明

(1946年7月15日)

又一笔血债

钱俊瑞

突然得到消息,中国人民救国会的重要负责人之一李公仆先生,在昆明被蒋记法西斯特务暗杀了。

这样在我们这个血腥的国度里,又由法西斯匪徒最卑污的手段,添了一笔已使人们永远记住的血债。

也许,中国法西斯的头目及其徒子徒孙们,满想靠着他们的一双血手来吓倒人,使人从此不敢动弹吧?但是在全部历史上杀人不眨眼的专制魔王,从未曾压服得了人民的反抗。即如国民党反动派在这二十年来,他们屠杀了成千万的共产党员和善良的老百姓,在最近他们还杀了李兆麟、孙平天、王任农,但是共产党员全中国的老百姓曾经有哪一次给他们吓倒过?在他们的屠刀面前表示屈服过?古话说得好:"民不畏死,奈何以死惧之。"中国人民为了求得自己的独立自由和解放,为了这样崇高和光荣的目标前仆后继地奋斗了这许多年,难道还怕他们这批法西斯宵小的毒手不成。

也许中国法西斯的头目及其徒子徒孙们,以为杀了一个李公仆就可以灭掉民主分子的口吧!但是这些法西斯匪徒难道连这一点点子常识都没有?"防民之口甚于防川。"人民的嘴是灭不掉的,杀了一个李公仆会有几千几万个李公仆站出来讲话,这声音将最终淹没一切历史的渣滓,让他们荡然无存。

也许中国法西斯的头目及其徒子徒孙们这样打算着,杀了一个李公仆就少了一个民主运动的领头人。但是残酷和愚蠢到极顶的法西斯害虫们,就不会了解这么一条真理,由于人民运动的正义性和伟大的创造力,无数的领袖和新干部必然源源不绝地产生出来。李公仆先生的死,将号召几千几万个民主战士更加警惕并挺身而出来接替公仆先生的岗位,为公仆先生的遗志而斗争。

因此法西斯反动派的一切打算,对于中国人民来说,对于中国现在强大的求取独立和平民主运动来说,都是枉然的。

因此法西斯反动派的暗杀公仆先生,只能更加明白地暴露蒋介石及其法西斯党羽的极端残忍和险毒,只能说明中国人民从法西斯反动派手里不能得到任何他们在口头上也曾允诺过的自由。如果有,那就是他们实行恐怖的自由,只能说明蒋介石的"恶政府"今天不仅在向解放区继续扩大内战,而且也正在向国民党地区手无寸铁的和平居民进行血腥的作战,只能再一次说明蒋介石所说的"只要共产党交出军队,放下武器,便可以得到安全与民主",是何等可耻和可笑的撒谎。公仆先生既无武器更无军队,为什么你竟要加以残害?最后这一惨杀只能证明美国帝国主义分子的反动政策和军事经济援助,是如何有力的支持和助长着蒋介石"恶政府"的杀人事业。

这又是蒋介石在全国实行法西斯大屠杀的信号,现在公仆先生是被杀害了,他光荣地死在一个民族战士的岗位上。在蒋介石的谋害下,他在自己的沸热鲜红的血泊中倒下了,由于他这鲜血的灌溉,在祖国的原野上,必然会开遍正如他所最欢喜唱的"五月的鲜花"。这战斗的孕育着无限光明前途的鲜花。不管反动派如何凶残,中国独立和平民主事业是一定要胜利的。

对于公仆的死,作为一个亲爱的朋友来说,我没有眼泪,只有憎恨。我们要向全世界控诉中国法西斯反动派这样滔天的罪行,这是一笔多么沉重的血债呀!我们和一切民主人士是都懂得了应该用什么来偿还的。

七月十三日

(1946 年 7 月 19 日)

杨彩凤与子镇的纺织

张培礼

麦子刚刚收完,我到了子镇。

在一进村口的砖壁上,写着白白一条标语:"男耕女织,组织起来大发财!"

迎面传来的是一片织布机的响声,凉棚下、树底下、大门洞里,妇女们摇着纺车说笑着。

子镇村,有一百三十多户人家,从去年冬天到现在,全村没有一家背上粮食到集市上换布,相反的,都是赶上毛驴驮上布到黎城、东阳关去卖。这正如子镇村池塘岸上白胡老头杨老四说:"毛主席好领导,世道也变好啦!"

的确,子镇村现在和过去不同了。

现在村里有一百八十多名妇女,组织了二十三个纺花小组,全村有一百三十八辆纺花车,每天一辆纺车平均能纺半斤线;有三十七架木织布机,两架铁机,每天一架机平均织布二丈(老乡们的大尺);有二个纺织英雄、四个纺织能手、六个模范小组。能上机织布的妇女有七十三名,能纺能织能修机全把式的妇女有三十四个,最快的一天能织二丈五至二丈八尺(老乡们的大尺)。纺花有的一天能纺一斤花。

当你要问子镇纺织是怎样发展起来的?妇女们都会异口同声地说:

"俺村纺织,是杨彩凤领导起来的!"

我走近一个很小的院子里,这个院子的上空完全被树叶遮蔽起来,在这个树底下有一个模范组,这个组是杨彩凤开始创立的第一个小组,组长叫李爱枝,她是在杨彩凤动员下第一个参加纺织的妇女,现在她是纺织能手。她告我说:"俺村开始提倡纺织可困难哩?男女老少都反对,你就拿我自己说吧!在去年六月我认为公家号召妇女纺棉花,是给俺们找麻烦!从前根本没纺过,那还能纺起来,可不行?!可是杨彩凤一个人纺起来,天天跑来劝俺们,'本事是学哩,谁家娘生她就会。'

俺们对人家可不好,常常'碰'的杨彩凤连气都不能出,有人还讽刺她:'俺们没有你进步,俺们都是笨人,你那手儿可是灵巧哩!'可是杨彩凤只是笑着。

过了不到半个月,杨彩凤纺花赚了钱,俺们妇女心里有些儿动啦,去年六月十七杨彩凤动员俺们六个人参加了纺织组。

合作社借来了纺车,杨彩凤给我们每个人领来一斤花,大家纺起来。开始纺怎样也不安心,一天纺车就坏十几次,使得俺们满头大汗,绽子上也没有半两线,一段粗、一段细,忽儿就断啦,有时火上来,就把纺车摔倒一边,骂起杨彩凤来。可是杨彩凤马上就把俺们坏了的纺车又修理起来,并劝着说:'不要心急,铁梁磨绣针,功到自然成!'

就这样,经过半个月的光景,俺们都学会了,每个人都赚了八十块钱。"

在她旁边一位五十多岁的老太太也插嘴说:"俺村是由杨彩凤一辆纺车变成了全村都有纺车的,她整天价由村东头跑到村西头,又说服,又动员。去年冬天下着雪她也要各组都跑遍,俺们叫她铁打的杨彩凤,她可为大家受罪来!"

我过去曾经见过杨彩凤,那还是春天的时候,在黄须选区大会上,她含羞地红着脸站在会场的讲台上宣布自己的竞选纲领:"愿动员黎城每个妇女都参加纺织,为黎城老乡都有衣穿而努力!"

她是一个纯朴的农村妇女,有着健壮的身体,一双粗大的手,对人的态度很和气。

她过去没有念过书,娘家很穷,十八上嫁到子镇来,婆家的光景也是"吃了上顿愁下顿"。但幸而黎城是共产党的地方,穷人才翻了身,现在她有十几亩地,喂一头驴。婆婆去年死啦,没孩子,全家只有两口人;丈夫是子镇村民兵指导员,是个很好的干部。

去年秋天她被选为子镇的妇救主席,工作更积极起来。合作社为了扩大资本,使纺织更搞得好些,她建议村长开了个家长会议,老汉们都愿意叫妇女纺织,他们认为纺织是好事,都愿意投更多的资,结果合作社在家长会之后不到半月资本增加了三倍,总计资本二十四万元,现在资本将有五十万左右。

随着全村纺织的发展,人工弹花不合账,于是杨彩凤积极建议合作社买了一架弹花机,这架弹花机刚好供给全村妇女纺花的数量。杨彩凤告诉我说:"如果俺们妇女再努力提高技术,还有一匹马拉弹花弓。"

六月初她们都又订了计划,保证在今年八月底每辆纺车一天要纺十两花,一架织布机每天要织二丈五尺布(老乡的尺子)。

她不仅是个纺织英雄,她从去年到现在还改造了四个好吃懒做的坏妇女,调解了三个妇女主动的离婚事件,重归和好,村人都叫她"能说能干的女状元!"

从前她认为妇女在世界上就是养孩子、做饭、侍候男人,当妇救主席从来也没想过,可是她现在被选为黎城县参议员,她的名字在附近各村的人们中间特别的响亮。

(1946年7月19日)

杀人犯的统治

（解放日报社论）

李公仆先生的血迹未干，另一位和平民主战士青年运动的导师和第一流诗人、名教授闻一多先生又惨遭蒋记特务的乱枪射击，惨死在昆明的街头！

闻先生的被害，是极端严重的罪恶行为！这一点，连国民党昆明警备司令部和宣传部的发言人，都无法加以否认。国民党当局深恐这一罪案必然更加激起全国正义人士的愤怒，因而不得不假惺惺地声明"严缉凶手"，企图掩盖主凶，推卸责任。但是，谁不知道在军警林立的通衢大道，肆无忌惮的行凶，除了以蒋介石为首的法西斯特务组织以外，还有什么人呢？不管国民党当局怎样狡辩抵赖，决然掩盖不了这一个人人皆知的真理，这个真理就是：谋害李公仆、闻一多两先生的杀人犯，正是蒋记法西斯统治集团。这个集团曾经谋害了廖仲恺、邓演达、杨杏佛、史量才、李兆麟、王任、孙平天等成千成万的民主志士。十九年来的历史，日益证明蒋介石的统治是法西斯杀人犯统治，蒋介石的所谓"军令政令"，就是法西斯杀人犯的军令政令，蒋介石的所谓"国家统一"，就是法西斯杀人犯的国家统一。正因为如此，蒋介石坚决反对人民的政治，坚决反对人民的军令政令——停战协定与政协决议，坚决反对人民的民主统一。试问今天如果没有解放区为中国留下一片光明净土，如果让蒋介石用武力统一中国（李、闻两先生被害地方——云南，就是不久前被蒋介石所"统一"去的），那么全中国将成为杀人犯的世界，各界人民及一切有思想有文化的人士，还能有安全生存的地方吗？

李公仆、闻一多先生的被害，相隔不过三天，表示蒋介石统治集团的恐怖行动的步骤，是如何迫促！蒋介石的一只血手，对其所统治区内的和平民主人民，肆行杀害；另一只血手，则向解放区进行疯狂的内战。全国人民应当清楚认识：李、闻两先生的被害，是内战的信号，应当以千百倍的加强全国爱国主义的大团结，来粉碎这个计划！正如中共"七七"宣言所说，"解放区人民的斗争，和国民党统治区域人民的斗争，正在联为一片燎原的怒火！"一小群法西斯分子，在这燎原的怒火前，是极其渺小的！他们不自量力，想以血腥恐怖，来镇压全国人民的和平民主运动，适足以表现他们日暮途穷的窘态！不管他们怎样挣扎，中国的封建买办法西斯主义，是注定了要被人民的燎原怒火所焚毁干净！中国人民的独立和平民主事业，必然胜利！

最后我们还想对美国友人说几句话：闻一多先生是在美国受教育的著名的自由主义教授，对于中美文化的交流有光辉的贡献。蒋介石统治集团杀害闻先生，不仅是少数独裁者对中国人民的挑战，而且还是德意式的野蛮法西斯主义，对中美人民的民主主义和中美人民友谊的挑战。对于这个挑战，美国友人亦要一致起来，予以坚决的回答！那就是：要求美国当局立即停止对蒋介石杀人犯政府的任何援助，撤回军事援蒋法案，撤回驻华美海陆空军。

（1946年7月20日）

周保中将军

刘白羽

我第一次看到周保中将军,是一个夜晚,在长春原"关东军司令部"那深灰色的巨厦里,他正在他一间不怎样宽大的办公室的案前一只转椅上打电话。他刚把左边的电话听筒放下,很快地转过身子,用那愉快微笑的眼睛望着我谈了两句话,他右边的电话铃又响了。我从侧面观察他,他有一张长圆面孔,宽厚的嘴,显得机警而又殷稳。他还有坚实而精力丰沛的身体,他穿的黄色军服,把裤腿塞在黑的长筒皮靴里。深灰色的办公室中显得紧张、严肃。当时曾经有这样一种想法掠过脑筋——他现在怎样想呢?他会愉快吧!十四年冰天雪地,现在他坐在他的敌人以前的司令部里面……自然,这是我的一种好奇,一种快感,而他呢?他在东北解放斗争的新阶段里,一如从前一样,他在不懈的劳碌中生活。

他的老部下张江旗是一个活泼的青年,他做过周的机枪射手。一次跟我说:"他事情太多了,可是他总要找着做很多事情。我在从前钻树林子的时候,司令员一天还教我们认几个字。"

远在一九三二年,他从上海来东北工作,被派到敌占区秘密活动。他原名奚绍黄,是云南大理县人,父亲是鞋匠,母亲是农妇。他从云南讨袁起义开始他的军人生活,后来在云南讲武堂学过工兵。一九二五年,在黄埔军校担任过区队长,北伐时在程潜及林祖涵同志的第六军任过团的参谋长。大革命后,在上海做秘密工作。可是,从那以后——他深入东北与群众结合,从最艰苦情况下做起,特别是他首创了最坚强的抗日联军第五军。后来在三七年,全东北抗日联军编为三路,他是第二路军的总指挥,给了日本人很大的打击和杀伤,因此日本人非常仇恨他，也非常怕他。他们悬赏说："拿周保中的肉可以换金子，一斤换一斤。"到处贴满图画，画他在大树底下啃马骨头。

周保中将军讲了三八年他们在极端困难之下，如何斗争的情形：

"冬天十二月，我们从西南方回到伊兰、勃利寄居起来，这时天气极冷，没有粮食子弹，也没有一挺机枪，剩下百来粒子弹，有的没有了就把枪埋藏起来。冬天大家还穿着单衣，战士站岗用麻袋围在身上，一个个还是把一点钟站完下来。夜晚就到土地里去发掘土豆，那是老百姓故意分散埋藏在那里，供给抗日联军的。没有工具，用木棍、用手，掘得大家老是双手鲜血淋淋。在这种无粮无弹情况下，一遭遇敌人，就会全部瓦解。到了十二月底，我决心通过莽然无际的老爷岭山岭。这岭，东西二百里长，积雪三四尺深，遍布森林，人倒下去就爬不起来……

"我们当时或者拼死命以求生存，或者全部瓦解。在这关头上，为了吃饭，必须往东面流寇松树林里去。因为我知道，那里有很多木厂，有上万工人砍伐木头，有上万匹马。

"可是，老爷岭里有二百多日本鬼子守住必经之路，他们都是很能打枪的，我们得绕路。有的有棉衣，有的是单衣，冻得很厉害，从四道河子快到山顶，大风把十来丈高的大树纷纷折断，许多人被打死。火堆不能打，帐篷不能支，这一阵就冻死四五十人，携带的马匹，连杀带冻吃完了。四天爬到山峰上来，再走三天，慢慢侦查着走，白天夜晚只听见一点点小鸟叫声，连野兽都看不见，进了森林就如同进了海一样。第三天突然听见远远砍木头的声音，这时侦查队轻轻前去——只要捉到一个人就有头绪了。

"几个钟头后回来了，证明这就是流寇。松木棚工人见我们来了，热情极高，紧紧拉着手，把木棚里实情告给我们，愿意帮助我们。木棚里有五百伪警察、二百日本兵。我想了想，我们一人十几粒子弹，敌人筑有工事据守——硬打有什么把握呢？可是已经到了，结果不打也不行。

"夜间分三路去袭击木棚，五里地就走了四个钟头。没有路，一个人跟着一个人脚印走。半夜望见烧火，听见马叫声。我们一下来就猛烈袭击，最后和日本兵拼刺刀，打死一百多。天亮了，工人帮忙把马套上，从仓库里拉出白面，一匹马四口袋，拉了二十匹，就沿着旧路撤上山来。我们补充了十万子弹。在山林羊肠鸟道上，跟来追击的敌人打了几次仗，然后撤回岭西。

"到岭西后，我抽出一部分粮食，把冻坏的几百人隐藏在森林里，自己带了八百人，冲过五道河，到勃利县境，经过一两个月的战斗，我们剩下一百多人，被敌人挤进夹皮沟，那是两条大河之间的层层大山，到处是错综复杂的沟，敌人飞机十几架飞得跟树顶一样低；盘旋搜索。一次，我们到了一个叫小地房地方，用木头砌成房子，用雪盖起，在屋里锯木烧火，一点动静不露，住了十天。又打了一仗后，继续行军，我们愈走愈高，上去全是大石岩、石洞、怪石堆、刀尖一样的石壁，整天就是狂风呼呼，偶然听见飞机声，也看不到影子。后来在地图上，才知道这是完达山岭极峰。粮食完了，我们一个炮手毕洲信同志打了两只黑瞎子（熊），一只七百斤，一只五百斤，大家吃完了，又转到一处叫炭子房，又躲在地窖里，七八十人挤在一起，想死死在一起吧，敌人联队相距三里远。一天，我们在树顶上站岗，几个敌人搜着离房二百步、离哨兵二十步过去了，我判断他没有发现，决定不动。藏到三十八天，我想敌人带粮是有一定量的，想来应该快吃完了。到四十二天上，我派人去顶上看看，那边还在冒烟，我说明天一定走。次日又到岩顶，还未走，大家慌了，我说：明天一定走，因为原来整天枪声，现在没有了，拉锯说话，什么声音都没有了，出去一看，果然走了，我们就是这样熬过冬天。春天来了，我们活跃的时候又来了。"

  在同样无数次困难之中，周保中将军都以他无比的坚决与智慧打出一条生路，他每次行军，饥饿时，吃点炒黄豆、嚼雪过日子。他身上五处负伤，除了二次是大革命时留下的痕迹外，三次都是这十四年抗日战争的光荣创伤。十四年间，东北人民处于黑暗之地，只有共产党所领导的抗日联军与人民在一起，成为他们希望的光亮，周保中将军的名字，就代表着这光亮。在抗日联军最困难的时候——他的战友杨靖宇、赵尚志一个个牺牲了，一身支撑了全局，一切不能克服的困苦危机克服了。"八一五"后，他在吉黑一带发动了十五万人民大军，继续为东北人民彻底解放而奋斗。他现在是民主联军副总司令，无怪乎这次他率领民主联军进入长春东荣区的时候，走到那一条街，那一条街都开开门欢迎他们！我脑子里常常出现这样的影子：他与千百万东北群众站在一起，在飓风暴雨中狂欢前进！

（1946年7月21日）

起来,踏着闻氏血迹前进!

杨秀峰 范文澜 晁哲甫 崔斗辰 张磐石 任白戈 陈唯实
罗青 王振华 高沐鸿 赵树理 王春 王显周
袁勃 陈斐琴 荒煤 黑丁 鲁藜 曾克 吕班 艾炎等

继李公仆先生殉难以后,我们又听到了闻一多先生父子被难的消息。这显然是蒋记特务有计划地在进行卑鄙残酷的暴行!特务头子蒋介石之"嗜杀成性",对一切为独立和平民主奋斗的人士的仇恨,今天又一次得到充分地暴露与证明。

好的,蒋介石今天敢于这样显露自己的真面目!他将使我们更冷静地回忆一下:他过去十九年的血腥统治屠杀了多少和平民主的战士!也使胜利后所谓收复区的人民了解一下:这个披了八年抗战外衣的东西到底是个什么样的流氓家伙……除了使我们对法西斯独裁者更加憎恨外,难道全国民主人士会被这恐怖手段吓倒吗?难道就会阻止人民前进吗?

中国文化界——中华民族无数的优秀儿女走向为和平民主而奋斗的道路,就是以流血开始的!在北洋军阀统治时代是如此,在国民党血腥统治下也复如此;但是从来都是勇往直前,前仆后继,在血泊中高举独立和平民主的大旗不断前进!历史的急转车轮上面不能没有血的!特别是鲁迅先生告诉过我们:"血债要用血来偿还!"我们懂得:十九年来的这一笔血债,总应该、必须有清算的一天!我们在最近还看到,曾经寡廉鲜耻卖国求荣的米海洛维区,最后也免不掉在人民的裁判下而死!难道这不是法西斯的徒子徒孙的必然的结局吗?!

中国人民的力量比起战前来不知强大多少倍了!谁还能阻止他们前进?我们今天固然悲痛闻一多先生的殉难,但我们知道:不把悲痛变成力量，不把我们的愤慨表现在行动上，那我们就不可能给法西斯独裁者以严重的回击！

全边区文化工作者，我们更加团结起来，我们要更加和人民密切地站在一起，誓为全国文化界的后盾，踏着闻一多先生的血迹前进吧！

胜利是我们的！和平民主一定要实现！人民一定要前进！目前法西斯的恐怖恰恰是表现了困兽犹斗那种疯狂性，但他绝不能阻止和抵挡历史的前进！

我们高举和平民主的旗子大踏步地前进罢！我们一定要冲破并且消灭法西斯反动派的恐怖，实现闻一多先生的遗志！

（1946年7月21日）

诗歌与音乐

郭沫若

自然界的一切风声、雨声、水声、涛声、兽声、鸟声甚至如花开花落的声响,都有一定的顿挫抑扬。人在未有语言时所发出的意识,混沌呼号叫笑也都是自成天籁。这些应该是最早的音乐,或音乐的固型。人到发现了自然音乐中的规律,于是便有音阶与音律产生,由于音律的合理组成,使音乐便更加成长。

人类的语言发明之后,一种兼含着明确意识的音乐出现,她便是诗歌。诗歌对于音乐似乎只是一种分枝,或者"变种"。但语言的音律性有限制,而意识的发展性无限制,意识的音乐超过了音律的限制而成长。于是诗歌便逐渐分离,诗歌与音乐也逐渐分离了。

随着两者的成长与分离同时更为社会的分化所强迫,诗歌与音乐都错误地走上了权贵奉仕的道路。技巧归诸宫廷,本质留在民间;技巧随着时代的翻新而翻新,本质随着人民的永在而永在。人民的生活、人民的感情、人民的愿望,始终保持着诗歌与音乐的不断的本流。

三十年来人民在呼唤要把诗歌和音乐各自的本流充沛起来,要把技巧与本质合而为一,要他们整个地奉仕于人民,反映人民的生活,表达人民的感情、人民的愿望。经过三十年的辩证的发展,"雅"与"俗""新"与"旧""外来者"与"固有者"渐渐到了可以成为新的综合的时候了。人民在要求着新的人民艺术,新的民族形式。

诗歌与音乐在这新的要求之下,平衡地发展而保持着密切的关联,要以人民的意识为意识,人民的感情的节奏为节奏。没有节奏不能成为音乐,没有节奏的音乐更不能成为诗歌。这一对流动的时间艺术，应该在中国人民的呼召之下，而发展着新的生命。

我们服从着人民的呼召，我们要创造新音乐与新诗歌，新音乐与新诗歌的大合抱和一切艺术的大合抱，以奉献于我们至高无上的主——人民。

转载沪《诗歌与音乐周刊》创刊号

（1946年7月22日）

金 匾

曾克

韩壁很静,像一般乡村的夜晚一样,没有灯光。只朦朦胧胧地看见北房和西房一片坍塌的瓦砾堆,以及两间破东屋连着牲口棚。牲口粗声地在嚼着草。我们还没有向这家主人招呼,一个老太婆,双手捧着一大把熊熊燃烧的麻秆,从东屋里跌跌蹱蹱跑出来了。她喔喔噜噜地说:

"这位同志怎么才过来呢?"

"在区上吃饭的!"交通员回答。

"方才区长来了,说是个女同志到俺家来住,身边还引着孩孩。俺把小北屋的炕都烧热啦!"她瞅了瞅我说,"同志,你知道,敌人把房子毁坏得一间好的都没有了。迁就着住上几天。快照着这亮,去拾掇拾掇吧!"

交通员接过火把,我的孩子,发现奇迹似的突然嚷叫起来:

"妈妈,你看,大花牌牌!"

我朝着他小手指画的地方抬头一看,原来在东屋低矮的门头上,悬挂着三面巨匾。火把一摇一晃,匾上的金字闪着光。交通员马上对我说:

"这些都是光荣匾。这是个模范家庭。当家的老汉,是韩壁老百姓的靠山,翻身恩人。在俺二区,只要提起老农会、老革命和彻底模范,没有人不知道。"

"呵!他在家吧?"我立刻就想见见这位群众的领袖。

老太婆说:

"开会去了。哪天夜里他在家安安生生睡过觉呵!"

"这老汉可能吃苦,六十来岁的人了,对工作比青年人精神还旺、劲头还足!"交通员夸奖着说。

老太婆语气沉重地又说:

"老是老了!近来腿又不吃劲,黑夜开会,熟路,还常常一跌一跤爬回来呢!劝他歇歇吧,他反给你生气。"

两个人把我带到屋子里,又争着向我介绍了一阵子,才各自回去睡觉。

半夜里,有橐橐的脚步声在我窗前停下。接着,一个老人结结巴巴的声音,从窗子传进来了:

"嗯!同……同志!"

我答应着,正要披衣起来开门,他又说:

"睡……睡了,不用动!我开会才……才回,听……听家里说你……你来了,过……过来看看。"

我感激的话还没说完,橐橐的脚步声已经远得听不见了。没有再睡多久,窗纸就发了白。我怀着如同要看新奇景物的心情,很快起来。院子各处打扫得很干净,扫把掠过的细纹还留在地上。东屋门半开着,证明已经有人起来。牲口棚也空了。我没有去多想这些,注意力完全被东屋门头上的匾吸引住了。昨夜看不清楚的匾上的字,而今一个个清晰地映进我的眼睛里。民国三十三年武乡县县长和县指挥部政委送的那幅黑漆匾,鲜红的大字,首先燃烧着我的目光:恭颂年高六十积极工作为公众办事很有声望的韩国栋同志寿辰。紧挨着就是次年正副县长一同奖励的"模范抗属",而特别光彩夺目的,却是韩壁全体村干部和群众赠的那一幅红底金字的了。

这上面写着"革命家庭"四个大字,另有这样一段小字:"韩国栋同志年六十一岁,自幼贫苦,在旧社会下深受痛苦。自抗战开始,参加革命工作至今七年,非常热心,时时为群众打算,得到全村群众钦佩敬爱。此次参军，为世界和平迅速实现，抗战早日成功，送儿与侄参军杀敌，全区模范历史第一光荣。"

我生平第一次看见，匾挂在破落院子里，牲口棚边的低矮的门头上。人民能把荣耀颂赞，加于自己真正爱戴的人，在同一国家另一社会里，是不曾有和不可能有的事呵！我一遍又一遍地读着这些颂词贺语，企图背诵了它。突然，有人喊我了：

"同……同志！昨……昨天累了，多睡会吧！大……大早起来做……做甚？"

跟着这结结巴巴的声音，一个又低又瘦，头上蒙块烂毛巾的小老头，赶着一头牛和一个毛驴走进院子。我丝毫没加思索便问：

"你老人家是韩国栋同志吧？光荣！光荣！"

老头子摇着头，摆着手，抖动着下巴上一撮黑胡子笑着说：

"不……不敢当，屋……屋里坐……坐吧！同志！"

他把牲口拴在槽上，拖着一双又破又大的棉鞋的脚，一拐一拐地往屋走。他的腿是罗圈形又特别短，穿在他身上的那条老棉裤，像要掉下来似的，裤当堆拥在大腿中间。

"炕上坐！"他和老婆子一齐把我推上土炕。

韩国栋同志没有马上坐下来和我谈话。他站在炕头上，向吊在屋梁上的一大串留种子地玉茭夹缝里，摸来摸去找什么，他打开了十几张落满灰尘的纸条看了看，有些发急地向老太婆问：

"有谁来动它吗？"

"那上面有你的命，谁敢碰碰呢？"老太婆回答。

韩国栋嘴巴一噘沉默一会，突然记起似的，从怀里掏出一个白麻纸字条，递给我说：

"事情太多，年纪老了，总是丢三忘四的！"

我看着一个群众报告魏老财剥削事实的信，还没有开口打听具体

的情形,韩国栋同志就热情地对我说了:

"同……同志,你来得好呵!我们的查……查减运动,正……正需要人帮助!"

"过去的查减工作,做到甚么程度了?"我关心地问。

"大地主基本是斗倒了。群众也都享受了果实。"他凑近我一些结结巴巴地说:"不过,不彻底!还给老财留下相当多的地叫他剥削人,你不看那信上,群众发现魏老财偷偷挖出银元在顽区搞生意呢!"

老太婆很自然地搭上腔来。

"同志,压在俺老百姓头上的这块大石板,可不容易掀掉呵!共产党八路军给俺撑住腰,俺这老头子带着头,大家伙鼓着劲,才从人家姓魏的脚底下爬出来。还有很多人的债没清出来呢!大家宽大他、让他,他还要搞鬼!"

"就是要彻底他呒!"韩国栋同志说。

在我们谈话的时候,很多人来找韩国栋同志商量事情。他匆忙地吞了几口早饭,就带我一齐跟互助组下地去了。一走到田陌上,他就指着正南里把地的一个山寨说:

"同……同志,那……那就是姓魏的寨子,武乡有名的南寨。"

我看着那建筑在绝崖上的石头城、铁门、炮眼,嘲讽似的自语了一句:

"就是神气呵!"

"还有吊桥呢!三四十串院子,一营兵都扎不满,过去,人家寨门一开,咱就吓得打哆嗦呵!"跟我们同来的一个青年农民瞪大眼睛说。

到了地里,大家一面工作,一面神话一样讲述魏老财的发家的故事。

康熙年间，魏家六代祖爷，坐四品官下任，驮了二斗金子回来，又兴土木又置地。官盐店、药铺、钱庄、当铺、槽坊一下拦到他怀里。韩壁老百姓的命运完全被这两斗金子给捆住了。十分之八的土地叫他霸占。家家户户借他的钱种他的地。韩国栋同志就是因为埋葬父亲，使了他二十元大洋，白给他受了五年，还不够利钱。最后把仅有的五亩地也顶给了他！

几百年的血泪冤仇，人们是不会忘记的。但，过了六年自由解放的新生活的现在，人们更集中精神的，是现实的斗争。于是，话题很快就转到即将进行的彻底查减的工作上来。大家像又陷入四〇年开始减租清债那种激动的情绪里。说得很热闹。

"这……这回一定把……把债都清回出来。在俺们这里，再不留一个吃现成饭的寄生虫！"

晚上，在村东头一座古庙里，韩国栋同志召集一个积极分子会。大家把各种材料研究了一下，又决定了进行斗争的步骤，韩国栋同志便鼓励大家说：

"毛主席不让咱身上拴一点绳绳！彻底救咱们！"他由于激动，声音更结巴了，他比着手势来表达发不出的言语。"集中力量把这工作完成，人人都有了地，自己打庄稼自己吃。谁也不再牵□债务，好好生产咱穷人也来发发家！"

深夜，他回来，月亮落了，在黑路上，他被一块大石头绊倒。本来就有病的腿，这样就立刻不能动弹了。

查减运动进行着。他只在床上躺了两天，就又挂着拐杖一跛一跛地在到处奔跑了。

当我要离开韩壁的先几天，群众正在酝酿一件大事：他们准备在这次运动胜利结束的时候，选举一个年轻力壮的人，帮助韩国栋同志的农会工作，让他能够得到一些休息。大家又把全村生产大队的技术老师的尊重称号加到他身上！并且还在赶制着一幅金色匾，颂扬他全部光荣的革命工作！

一九四六年六月末

（1946年7月22日）

东江纵队北撤记

陈凡

广东东江中共武装人员二千四百人于六月三十日晨分乘美国巨型登陆艇三艘,离开了波涛汹涌的大鹏湾向山东烟台北撤。

波动中的乡村

记者于六月二十二日到达大鹏湾上的葵涌时,东江南岸和东江北岸全部的中共武装人员已进入最后集中地。他们并不是集中在一个地方,而是在最后集中地的范围内分散在许多村庄里。有些地方甚至离开指定中心及第八小组所在的葵涌二三十里。中共人员明白表示,这是因为过去的教训使他们对于安全问题不得不作谨慎的考虑的缘故。在最后集中阶段,葵涌虽是指挥中心,但中共武装人员的登船准备工作,是在沉着和紧张中进行的,所以武装人员虽不断的往来,但各村仍保持着严肃的静穆,因为他们遵守协议不得作任何宣传。

为什么要北撤

在葵涌所看到的中共武装人员,除了上层干部男男女女以外,多数是二十五岁以下的人,其中大约十分之一都是十几岁以下的"小鬼",有些只有一支步枪这么高,便已经是机关枪射手,他们肩上放着机关枪雄赳赳地跑路,一点也不觉得累。武装人员中不但是男的,也有女的,她们带着手榴弹,短发赤脚与男性一样吃苦和战斗,在队里她们与男子吃同样的饭,每月领生活费六百元,每餐九两米,副食费四十元,油二钱,每月加菜肉半斤、鱼半斤。她们有当中队长的与当指挥员的,她们与男子有平等的工作机会。谈到政治,这些年轻的男女连"小鬼"在内都有常识的水准。随便问一个男女队员:"为什么要北撤?"他们都会毫不迟疑地答复你:"是为着广东的和平?!"再谈下去他会为你说出一连串的道理。

一位小鬼名字叫做王景,是大鹏人,三年前日本人攻到他的乡下,强奸了他的婶婶,他为着抗敌复仇参加了"东江纵队",这几年来他都是做政权工作,已经成了一个很好的"小鬼"。他能批评中国时事,都说得头头是道。他们的衣服是褴褛的,他们的武器是掺杂不齐的,有手枪、有步枪、有轻重机枪、有美式冲锋枪、有掷弹筒、有土炮,这些武器有些是从与日本人的战斗中夺得的。每一支枪,每一颗子弹,都被他们爱惜着。就因为衣服褴褛和武器杂乱,使政府人员到最后还是轻视他们的力量。但中共武装人员自己则全部都有坚强的自信,曾生少将在沙□涌的海滩,为记者总结八年来的经验时说:"东江纵队之所以能够在艰苦的情形下存在和发展,是因为他是与人民结合的,而所〔以〕能与人民结合,则是因他是抗日的。而人民的要求也是抗日。"

东江纵队的成员在初期多是知识青年。据一个国立中山大学的学生说:"最多的时候,'中大'同学就有三百人左右。"香港沦陷后,吸收了一部分优秀的工人,其后因在乡村民众里生了根,又吸收了大部分的农村青年,直到日本投降止,连战斗人员及乡村自卫队在内,共有一万多人。自胜利后,一部分人员已进行复员,因之,这次为北撤集中到大鹏湾的人员,连小部家属在内,只有三千二百人左右,其中除二千四百人北上外,均一律复员。复员人员由中共造具名册,送交广州行营备案,并希行营照协议,予以安全保障。

复员问题

复员问题所给予东江纵队负责人的烦恼,比北撤问题还复杂。哪些人应该北撤，哪些人应该复员的问题，尤其繁重的，是对于那些他自己要求北撤而负责者估计他适宜于复员的人，及那些应该北去但又拖着不少问题难于北上的人的说服工作。他们组织了复员工作委员会负责处理复员问题。北撤与复员重要的根据，还是依据于成员的自觉，其次就是依据上层的计划。据中共方面，曾少将说："复员人员一般的每人发给复员费三万元，路途过远的多发一些。"他表示中共拟抽出一部分钱，在香港九龙新界方面办几个农场，收容一部分复员人员，生产自给；一部分则设法介绍工作，其余回家的回家，归农的归农。对于归农，他说："但也要看政府是否真的能给他们以安全保障？"中共方面对于复员人员安全和生居似乎还留着很大的忧虑。

多少悲欢场面

无论江南江北和粤北部分武装人员，一到了最后集中地，就特别忙着。司令部还为一部分人员分配时间，让他们和远道而来的家属会面，这人情的布置充满了悲欢。司令部特别在葵涌的一座三层的楼房里，设了一个家属招待所，记者到的时候，那里住了二百多人，她们有些是来找久别的丈夫的，更多的是来找久别的儿女的，他们携来了红薯、鸡鸭、鸡蛋、花生等礼物，一见了面双方面都先流下了眼泪。"革命"与"家庭"在那里作顽强的争斗。

罗浮山下之泪

曾生少将对到烟台后的工作是这样的想象："经过了八年的苦斗，我们要休息一下，总结一下八年来的经验，再加强学习，加强训练。"东江纵队的干部都相信到了山东之后，他们不致直接参加军事战斗，一个"小鬼"也说："这二千四百人是广东的资本，党一定不随便使用。"我问他们"留恋广东吗？"，曾任博罗县县长的韩继元说:"不论外面的批评如何,这里无论如何是我们生长的土地,我们在这里播过种、开过花、结过果,当然是留恋的。当我走下罗浮山的时候,返身回望,眼泪轰流出来了!"

《大公报》

(1946年7月22日)

哭我的姨父李公仆

张则孙

前晚，忽然得到了你遇害的消息，我的心马上就沉下来了。我想哭，但哭不出泪来。我的心里郁积着无限仇恨！我恨不得把那杀人的刽子手立即拿来，千刀万剐。我恨那充满了血腥味的独夫，为了出卖祖国，建立法西斯专政，已不知有多少人民、多少志士，在他的屠刀下溅出了鲜血。而现在呢！他的屠刀又转向了你。你不是一个共产党员，你没有枪，也没有军队，你仅仅是用你的嘴和笔喊出了中国人民要求独立和平民主的呼声！你仅仅是做了一个普通中国人应做的起码的事情。他们有什么理由公开杀害你呢！他们只能采取这样最卑鄙无耻最阴险，因而也表现了最软弱的手段暗杀了你。姨父，这血海似的深仇，什么时候才能报了呵！

为了中国的独立和平民主事业，你奋斗了一生，你遭受过蒋介石无数次的迫害，但你始终没有屈服过。一九三六年十一月，你因组织救亡运动而和沈钧儒、邹韬奋等一起被捕入狱。全家人都为你们担心，特别是西安事变时，许多谣言，都说你们很危险，家里放心不下，我和姨母想去见一见你，但国民党又不让接见，一直到时局比较松一些之后，才见到了你。你说："怕什么，斗就斗到底！"并且反来问我们外面救亡运动的情形，要我给你找《新哲学大纲》《辩证唯物论教程》和《新经济学大纲》看，我知道，你的身体是在苏州看守所里，而你的心还是在外面啊！在苏州的两次审判，我和姨母都去了，每次，看到你以及沈老先生、邹韬奋先生等和检察官辩论，斥责国民党反动派内战、不抵抗日本的罪行，呼吁"爱国无罪"的时候，我都被你们不屈不挠的顽强斗争精神所深深激动了，我们一直担心着会发生意外，然而，你却终于在全国人民的声援下，从看守所里出来了。我总想，在那样危急的情况下，你还能得到自由，那么现在，你总不至于发生更意外的事吧！但谁知蒋介石不敢公开地杀你却把你暗杀了。

在蒋介石的统治下，你的事业曾经受到过多少次的摧残啊！你化了很多心血经营的《读书生活》是被迫停刊的，曾在上海团结了不少职业青年的"量才补习学校"是在国民党的压迫下挣扎着办起来的。抗战后，你办的"全民通讯社"是被迫停止的，你积极努力于大后方的民主运动也正因此，你就更加遭到法西斯独裁者的忌恨，到较场口事件发生，你终于被毒打了。你和陶行知先生共同在重庆创办了一个新型的民主的学府"社会大学"，但这个学校也不容于法西斯独裁者，而被查封了，你自己呢，你自己最后也竟被这兽性的魔鬼毒害了。

然而，你也曾到过另一个中国，在这一个中国里，你曾经见到了新生中国的光明，你自己也曾受到热诚的欢迎和帮助。一九三八年的冬天，你、姨母和我一起到了延安。在国民党统治区，你是在国民党特务的监视捣乱下发表演说、出版刊物书籍的；但在延安，你的关于教育的演说却受到了普遍的欢迎。你组织的"抗战建国教学团"不但自由地参观了晋西北、晋察冀和太行，不但自由地进行了工作，而且还到处受到热烈的欢迎。这两个中国是多么的不同啊！尽管你不是共产党员，但在一九四〇年在太行见到你时，你也不能不承认："中国的希望就寄托在你们身上，共产党是一定会胜利的。"记得你临走时还对我再三说：你不是共产党，也不是国民党，你一定要以这样的中间人士的地位力促国共两党的团结。你带着这样的信心走了，我也怀着祝福你成功的希望送别了你，但谁知这一别竟成了永别呢！

皖南事变后，国民党的又一次反共高潮起来了，那时，我从太岳区写信给你，希望你、外祖父、母、姨母和弟妹等一齐到解放区来，我说："生活是苦一些，但工作却是自由的。"然而，你不愿意，你来信说在昆明你还有更重要的工作，这是我接到你的最后的一封信。

今年正月时延安来电，说你问我是否还在太岳区，当时我因为怕写的信到不了你手里，总想等局势稳定一些，再给你去信，结果迁延至今，我的信没有写出，而你竟永远读不到我的信了。"干爹！"（让我还是用小时候，你最喜欢听的称呼，称呼你吧！）我从小就离开了父母，七岁起就和你在一起生活，你是那样真□地爱我，我念不起书，你供给我念书；我参加救亡运动，你积极地赞助我，我被学校开除了，你又多方鼓励我，我要到延安，你就帮助我到延安。你不但对我这样，你也曾这样地帮助过好多青年，你热爱着青年，青年也爱戴着你。但是中国人民所爱的人，正是蒋介石所恨的人。蒋介石把所有的仇恨都集中在中国人的身上，因此，也就集中在你的身上。记得"一二九"以后，你曾经对我开玩笑地说："你这个小共产，不要太走到前面去了。"现在这个"小共产"还在自由地生活着工作着，而你，却为中国人民独立和平民主的事业流尽了最后的一滴血。但你的血是不会白流的，血账还得用血来还。中国人民也会把所有的仇恨都集中在那独夫民贼的身上。你的鲜血将更炽烈地燃烧起全中国人民的仇恨，让复仇的火焰到处燃烧起来吧！今天我对着你的亡灵宣誓：那一天总会到来的。那时，我们一定要用这些吸血魔王的鲜血来祭奠你和所有牺牲的先烈；那时，你所朝夕期望的独立和平民主的新中国一定就会出现。

七月十九日

（1946年7月24日）

你是永远属于人民的!
——哭公仆先生

罗青

当我看到报纸以第一条的地位,特号的大字,把你被暗杀的消息,传到我的眼里时,刹那间,我感到胸际炸裂般的窒息。我的手在颤抖,我的泪夺眶奔落。

让我回想一下,在我的记忆中,关于公仆这个战友的几段影迹吧。

一九三七年的四月,当爱国案的"七人之狱",在苏州高等法院,被国民党反动当局,提付公诉,五月,开始公审的时候,公仆先生和沈钧儒、邹韬奋、章乃器、沙千里、王造时等六位先生,关在一处;史良先生和我,毗邻地关在另一处。起初,我们并没有任何联系,而自公诉以后,我们便设法相互的看阅对方的辩诉状(他们七人和我个人的),交换着各种意见。一句话,我们在策划着对共同敌人,如何配合作战。公审开始了,我们在候审室、在法庭上,曾交换着会心的热握、忾愤和无言的鼓励。那时的公仆是那样的矫健、坚定、顽强!他年纪并不比我大,但他却留着一撮丰泽的美髯,他在每次作那雄辩的发言时,总喜欢习惯地捋着他的长须,是的,这给了我一种特殊老练而傲岸的印象,而这确是对待无耻的反动派所必然和必须的。

"七七"事变发生了,在全国人民的意志和行动的压力下,七月三十一号下午五时,我们同时被释出狱,在苏州的花园饭店,狂热的握手拥抱着。八月初,我们又在南京中央饭店,保持着密切的接触。"八一三"上海战争发生后,公仆远去华北,在山西民大任职,不久，他不辞艰辛，跑回上海一次，打算邀一批朋友北去，共同合作，我呢，也是他所属意的人之一。记得有一天，我们同坐汽车去华华中学讲演，在他讲演后，同到一家咖啡馆，作了一番长谈。从他口中，得知国民党军刘峙部、阎锡山部，在平汉、同蒲前线，一触即溃，丢弃祖国的广大国土和人民，造成莫大的灾难和混乱的罪恶行为；得知八路军，渡河东下，挺进山西和华北战场的勇壮行动和在广大人民中掀起的，自救的革命的燎原烈焰。

三八年夏，公仆由华北返至武汉，不幸，又因所谓"某种嫌疑"，第二次被国民党反动派陈诚扣押了。经过周恩来、郭沫若、黄琪翔、沈钧儒诸先生的多方奔走和各方面的声援，他在关了不少日子以后才被释放。当我们在沈钧儒先生处见面时，他正毫不灰心丧气地，积极准备着重回华北，从他的身上，我看到一个人民战士的不可征服的力和心。

那时，我也正有投身华北的打算，我们没时间多谈，也来不及送他，就紧紧地握了一握手说："好，我们在祖国的北方战场见面。"

他离汉以后，先到了延安，然后转到了晋察冀。在一九四〇年的秋天，我刚从冀南解放区来到太行，我们在敌后人民临时的最高新政权——冀南太行太岳行政联合办事处的所在地，在太行深处，清漳河畔，山环水绕，竹树蓊翠，饶有江南风趣的东辽城村竟然见到面了。当时我们一别两年的战地重逢，正在武汉失守，敌寇移兵扫荡华北以后，并将进一步对华北整个解放区战场，进行残毒的封锁分割以前；正在国民党反动派内战起了有计划的分化，汪精卫公开投降敌寇而蒋介石伪装抗战，彼此分道扬镳的进行反共反人民，破坏抗战团结和进步，而企图把中国永远变成殖民地，把中国人民作为奴隶，换取少数大地主大买办阶级的汉奸禄利之时。阎锡山一手制造的十二月事变，石友三、朱怀冰等的勾结敌伪，扩大摩擦的大阴谋的暴露。都是刻骨难忘，发生于这一时期以前的血案，在这时候，我们的见面，真是说不尽的感慨、悲愤！

我们在一起生活了约两个星期。这次的见面，我发现了公仆和以往更加显著不同的一种姿态，他的思想、意志、情绪以至各方面，假如在苏州、上海、武汉的三次见面中，他还完全是一进步的爱国知识分子所具有的单纯和热情的话，经过了陕甘宁、晋察冀和太行解放区的两年实际的阅历以后，他的一切，已经名副其实得更加"朴实"了。他看到了中国人民伟大的创造力和生活力；他看到了中国人民，用自己的鲜血所写成的伟大历史的几个新页；他看到了人民的新中国，已经在自己的国土上出现成长，放射着灿烂的光芒，我觉得他从这里面摄取了无限丰富而结实的知识勇气和新的力量。

他热爱着解放区，热爱着共产党八路军，这人民的英明勇决的舵手、卫士和革命集团。他本不愿再离去，然而正因为他有此热爱，他说："假如把敌后进步的生动的斗争和建设的实情，传向大后方，对那里的人民，是多么大的鼓舞，对反动的黑暗的局面，是多么显明的对照，这个工作责无旁贷。"因之，当时虽然彭副总司令、刘邓首长、杨主席等为了关切他这个进步的战友，怕回到大后方，再遭武汉事件的毒手，曾一再恳劝他留边区参加工作，为敌后的文化教育事业，做他可能做到的贡献；我也曾多番地从而表达这种诚挚的愿望。可是，公仆，终于为了要实现对解放区"传播福音"的使命，而再度南归了。当时我曾口占一绝，纪念这次的送行：

太行深处漳水滨，

公仆扬鞭跃马行，

一片丹忱留敌后，

峨眉山月望中明。

想不到，这一次的分手，今天竟成了永诀！

公仆先生死了，你死得如此的壮烈，如此的光彩！你的血正和中国人民及其千百万的优秀儿女们所迸流的鲜血，凝结成一个巨大无比的火球，在照耀着祖国和人民彻底解放的前途。

你自离太行后，五六年来，在法西斯的统治区，为抗战，为人民，为民主团结事业，不疲倦地奔走尽瘁。在这过程中，我知道你和你的家属，生活上、职业上，曾感受极大的困苦和挫折；我知道，法西斯盗匪们，也曾千方百计地，用种种方法引诱你、麻醉你、迷惑你；同时，又曾用种种同样卑劣的手段去威胁你、恫吓你和打击你。然而从较场口事件，你公开地给法西斯强盗以无情的回答，给中国人民和你的一切战友以无比的安慰说："为民主运动而牺牲，死而无怨！"并说，"一定要为和平民主与老百姓的事业干到底，干到死。"公仆先生，这是你"七人之狱"和武汉事件的正义精神的昂扬，这是你怀抱着和坚持着两年敌后生活中，人民所给你的新知识、勇气和力量的真挚表现。而今天，法西斯所给你的死，则更可以盖棺论定了。

爱国案中的"七君子"，第一个死于饱受法西斯的折磨而积劳成疾的是韬奋先生，而第二个则是死于同样磨折，而最后又死于法西斯的血手之下的是你。

韬奋的死，是病死在他所热爱而又热爱着他的人民的解放区的温暖的怀抱里，他还来得的及从容的要求把他的骨灰，移葬到延安；他还来得及，要求中国人民的党——共产党，批准追认他作一个党员。他比你幸运多了，可是公仆，你呢，你却在猛不提防之时，遭了仇敌的毒手，一点没来得及也按照你的遗志，安排你的后事。

然而，我再想想，你的死，实在也是很得其所和很得其时的，韬奋先生，从他一生为人民呼号的弥留的口中，吐出了与他的人生相符合的、赤红的心——"全心全意为中国人民服务"，把自己的一切，无条件地付与中国人民及其领导集团。而你，却在中美反动派联合加深对中华民族和人民的迫害的时候，借着空前猖狂的法西斯匪徒的枪口，吐出了你"全心全意为中国人民服务"的赤红的心，钢铁证明了你，为着祖国的独立和平和民主事业，为了人民的自由解放和翻身，你没有自私，没有自馁，你没有向敌人妥协，没有投降，你没有一刻忘记和辜负中国人民，你始终坚定不移地站在中国人民方面；尤其是你死在直接受中国法西斯和美国反动派残暴蹂躏之下的千百万广大人民的当中，你和人民做到了"生死相依，患难与共"。公仆，你不愧是人民的"公仆"，中国人民和一切的民主派，是永远不会忘记你和辜负你的！

你是倒在自己的圣洁而沸腾的血泊里了，你所流的正义的血，将增加中国人民和民主运动的新的活力，你的血和你永远炽烈如火的心，将使中国法西斯统治区一切同命运的民主斗士和爱国主义者，更加清楚地认准了共同的仇敌，而将用着和你一样，甚至更加整齐坚毅的步伐，朝着你和中国人民的奋斗方向迈进！

我哭公仆，然而，在我的明亮的泪花里，显然看到公仆一种不朽的荣耀的微笑——

"我是永远属于中国人民的"！

一九四六年七月十九日于北方大学

（1946 年 7 月 26 日）

探张学良将军

思辽

抗战后,连任历届参议员,并为参政会主席团之一的莫德惠老先生,已是六十以上的老人,一般人皆尊称为莫柳老。他是张学良将军的"父执"。救国救乡之心甚切,在重庆任何集会中,当他提到东北,想起白山黑水时,常在慷慨陈词中,热泪纵横。

抗战胜利之初,莫氏飞赴东北各地宣慰,初到之处,备受东北父老欢迎,东北父老并向他倾诉这十四个年头的辛酸血泪。几乎在每一次欢迎会中,都有人问起张学良将军的近况,"少帅究竟在那里,为什么值此东北光复之时,还不统率人马返故乡?"这一个东北人士关切的问题,常使莫柳老难以回答,引起一阵辛酸。曾经不是一次,他向东北父老作郑重的誓言:"下一次重返家乡,我一定带了汉卿(张将军号)同来,和阔别十余年的父老们见面,否则我宁愿死在关内……"

莫柳老飞返重庆,他无时无刻〔没〕忘记了东北父老们的期望。首先,他拜访张岳军和邵力子,请转达当局,要求立即释放张学良将军。他也准备在政协中提出这个要求,因为从大的方面讲,抗战胜利了,应该让他回东北;从小的方面言,监禁期限早已过了;但是无效。

政协闭幕,莫氏得蒋之同意,驱车筑渝道上,探视犹在"管教"中的张学良将军。

小汽车疾驶到桐梓附近,伴同莫柳老同车而去的特殊"招待员"遥指倚山倚水一小村落说:"白墙房子即张将军住处。"莫柳老一动情感,禁不住热泪泉涌。两分钟后,张学良将军闻讯从屋里跃奔车前，热烈迎迓莫氏，两人紧紧地握手，眼睛都是湿润的。

张的健康情形甚好，只因经历长期"管教"，态度比从前稍为深沉一点。由经常在油灯旁边苦读，损害了他的目光，现在看书报时，要戴二百度的眼镜。

莫柳老与张氏同住了一礼拜，一同进餐，一同游息。事实上，当他们散步郊游之时，仍有形影不离的人物在旁。好在他们不谈政事，不谈军事，只谈一些学术上的见解，养鱼烹饪之道而已。据莫氏返渝后对人谈，张氏这几年来读的书可真不少，不仅埋首研读，而且还亲自操作，种园艺、养鱼养鸡，从事生产。

有一次，张恳切地向莫表示，他希望再进国内大学读几年书。莫老嘉许他的学习热忱，但建议最好到国外去谋深造。

他对自己的能否获释，这样估计：（一）抗战胜利之日，可以释放。（二）全国各党各派团结合作，可以释放。前一估计，现已证明其不准，后一估计会不会准呢？这要看今后了。

张氏每天仅许读《中央日报》和《大公报》，因此关外炮火连天，他亦略知一二。他对东北问题的看法是，东北问题不仅是东北人民的问题，而是全国生存攸关的问题。解决问题的关键，要从尊重东北人民做起。

录自《民主》三十一期

（1946年7月30日）

忆 闻 师

王锦第

"七七"事变前,在北大我专门学习的不是文学,但我对一多先生讲习的我国古代民间情歌集《诗经》,感到极大的兴趣。他最拿手而且使我们佩服的,就是他把这部古代民歌的古典,还它一个本来的面目,对于传统的那种浅薄、腐败而无关的讲法,他置之不理,他常用现代民间的生活与习俗,引证他对于这部古典的讲解。

就《国风》第一首来说:"关关雎鸠,在河之洲,窈窕淑女,君子好逑。"他说前两句与后两句没有意思的关联,只有音韵,美得和谐,这在民歌中是常有的,例如在河北流行的一首:

"山老哥,尾巴长,嫁了媳妇忘了娘。"

今日我们喊出"向大众学习"的口号,而一多先生早已在那儿实践了!他讲这部古典,总是生机勃勃的,我现在只举一个例子,可以知道先生别出心裁的讲学作风。

一多先生抱有强烈的正义感。记得有一次,他上课的时候,平常他那种儒雅温厚的态度忽然变了,严肃地愤慨万状地,用着沉重的调子对我们说:

"平时在上课的时候,我怕误了功课,所以除了本课以外,没有时间讲别的,今天我不能再忍了,'敌人的特务'(!)昨天在各大学搜查我们了……我们要起来!我们要起来!我们要起来!"

这时我们这群青年都兴奋起来,泪要流下来了,后来一多先生默默地在黑板上写了两句诗:

"悠远的四千年记忆,让我如何拥抱得紧你?"(大意是这样,也许字句有误)

这是一多先生所著《死水》上的名句。有人以为这是先生同某女子讲恋爱,其实他说这四千年的记忆,就是他祖国四千年的民族史!他的"爱人"就是他的"祖国"!和祖国的人民!

现在一多先生为了民族的前途,为了人民的前途,没有死在外贼之手,而死在家贼反动派特务的毒手中了!

先生的鲜血将是一座灯塔:告诉我们怎样走向光明,我们坚决相信!一多先生未完成的遗志,必是中国人民一定要完成的大业!

迢迢远途,我向先生的令弟、我的老友、闻家驷兄及他的家属致唁。

(1946年7月30日)

劳动模范张金生
——利民煤矿通讯

刘昭

煤黑的长方脸上长着络腮胡子，四十来岁，高个儿的张金生，四月前是利民煤矿公司通顺井矿工第四联合支部的生活委员。那时候，四联支是很不好的支部，除了管理员（旧的包工头）外，当干部的工会主任、生产委员、大鼓篓（拉煤篓的小头），以及当生活委员的他自己，受资产阶级传染的剥削意识，还残留在他们脑子里作怪，自己不想动，不参加生产，还要工人给他们抬工，当寄生虫；因此对劳力的组织分配和工友的生活不关心，下坑去只是游逛游逛，唔叫唔叫就完了。照生产委员的话，他们的脑子是扭着一股筋："出多出少我劈一个鸡腿，还怕没有我一份？"张金生虽然曾在老解放区武乡的墨灯煤窑里干过，多少知道点剥削人有些不对，但总觉得工人给当领头的抬工是古来的规矩，跟着走就得了；而且不动弹，吃别人，心里也是乐意的。干部是这样，下面工友们背工太大，心里不痛快，干活没劲头，都消极怠工起来。小鼓篓说："你不想动弹，谁还想动弹？背这样多工，咱背不起，咱赚少了，他也多不了。"有时故意把鼓篓弄坏，要大鼓篓给他修理，他好在一旁偷偷懒。

刨镢看得到煤硬便不想刨，有时故意在硬煤上乱掘，一两下把镢尖给你搞断了，这就好："你歇着，咱也歇歇吧！"

推罐的没罐也歇着不去找，你唔叫他，他上去找罐就不再下来。

因此在四月份出炭和工资都远远地落在别的支部后面。

四月头上，工会因为准备红五月大生产，开办了训练班。张金生也被调去受训，学习了十多天，张金生回来就换了一个新脑筋。他明白了工人农人受穷受苦是旧社会的制度不好，有地主资本家的压迫和剥削，他再不相信什么"穷富由命，有命就有福"，他完全赞成"劳动才有饭吃，不劳动就没饭吃"，特别是职工会多主任的讲话提醒了他："毛主席的口号是'为群众服务'，工会就是为工人服务的，要给工人当勤务员。"

同时，学校还提出要保证五月大生产，在大生产中起领头作用，这很打动了他，他决心转变，回来好好搞生产，争取模范。

他一回来就不教工人抬工，自己下窑参加生产，还把分吞的伙夫费，自动退出来，这影响到其他的干部。大家看到他和以前不同了，都赞成他，在分会改选时，他被选为第四联合支部的主任。他是个"白脖"怕别人瞧不起，推不动，于是决心团结工友，向"黑脖"虚心学习，领着大家干。首先他找干部个别谈："要响应公司号召，把五月大生产搞好，干部就得起模范作用，参加劳动，不教工人抬工，才能使大伙有劲头干活。"然后开干部会来检讨布置红五月的大生产。他们检讨出：过去生产搞不好的原因主要的是：第一，干部不负责任，不亲自参加劳动，只教工人抬工，大大地影响了工友们的生产热忱；于是决定干部全体参加劳动，不许抬工。第二，劳动配备不适当，好多地方浪费了劳力，如像拉鼓篓的以前不按需要分配，下几个就拉几个；于是他们决定要按刨煤的劳动强度和距离远近来分配，如像远到六七十米达，劳动力强的就可以一个镢配上一个到一个半鼓篓；近到二三十米达的，两个镢配一个鼓篓就行了。装罐的原来是两个人，还有一个拨落簸箕的；他们研究出可以将拉煤的鼓篓直接向罐里倒，不用簸箕，就可以节省一人去刨煤，推罐的原来三人，决定让推罐带罐与登钩得很好联系互助，减少一个推罐的去刨镢，增加出煤，这个意见传给了全联支的成员之后，大家看到干部不教抬工，要一样劳动，还提出了好办法，都热烈赞成，并一致通过了五月大生产的计划和纪律："大家都要变好，谁要偷懒，罚一个工，刨镢的刨多少，拉鼓篓、装推罐的保证都要拉出来。"

三支部有些人还抱着，"动弹不动弹还不是一样的赚你这两个钱"的旧脑筋，同时，还怕变天，有些怕提高了生产，八路军就一直向你要这样多，降不下来，自己吃亏，这思想障碍了生产。张金生抓紧这种有害的想法，及时向大家解释说服，拿工人亲眼看到的平汉战役来比喻，让大家相信八路军和人民的力量，天只有变好，不会变坏；又把国民党与敌人统治时的工人生活和解放区工人现在的生活来对比，以前每天挨打挨骂，吃豆饼吃不饱，现在每天吃白面，说明共产党八路军与民主政府真正是一切为着人民，也为着工人阶级谋利益，国民党要来进攻，我们只有更努力生产来帮助军队保卫解放区，也就是保卫自己。这样才消除怀疑鼓起了大家的生产热情。以后发现说这样坏话的正是背地努力刨煤，产量比四月份增高很多的犹俊德。张金生很好地问他，他才说："怕别人刨多了自己当不成模范，所以我要别人少刨！"张金生马上告诉他："大家出煤多，公司赚了钱，大家生活改善才有办法；大家出煤少，公司赔了本，大家也会没饭吃；大家坏了，一人好不了，光你一人多出几吨煤顶啥用！？"这样打通了犹俊德的思想，把大家的生产情绪也搞得火热起来。

可是又遇到了一件不顺当的事：被选掉了的生产委员曹珞脑筋还没转过来，要自己劳动，心里不愿意，参加刨镢，总是不好好刨，偷懒睡睡觉，影响别人。张金生和他谈，批评他，都不理会，最后开支部大会检讨，大家说："按照纪律，罚他一个工。"但是张金生不同意，他认为，要鼓励劳动只有"多劳多得，少劳少得"，他尽力说服大家，只要他接受错误转变就行了。今后应该实行谁劳动得多多得，谁劳动得少少得，从这里他就想出了每天按劳动记分的办法。

每一班都记上各个老镢的刨煤数，以及拉鼓篓、推罐和木匠使木头的成绩,每半月结算一次,按每个人出煤的平均数计分合工资,这样谁也愿意多出煤,多得分,多得工资,谁偷懒耽误了出煤,大伙儿都不愿意,互相督促,无形中就提高了生产竞赛的热忱。

张金生每天早半点下坑看地点,分配劳力,随时检查督促,还直接领导三支部,亲自参加劳动。他虽是个"白脖",但他每天刨一罐到一罐半,并不比一般"黑脖"少;还要那儿紧缺人,就那儿干,到收工前半点就告刨镢的修好刨的坑道,准备交班;收工时就在下面集合大家在一起算分,先算装罐多少(一罐一吨),后算鼓篓,再算刨镢的,得出出煤总数,上来再到井口对账。

因为张金生自己换了脑筋,推动了一般干部的转变,适当的组织了劳动,创造了记分的办法,提高了生产热情,掌握与解决了群众的思想问题,完成了五月大生产任务,六月在利民全矿区的群英大会上被选为特等劳动模范,他领导的第四联合支部成了通顺井的模范联合支部。

(1946年8月6日)

李公仆闻一多两烈士哀辞

范文澜

李公仆闻一多两烈士被汉奸卖国贼蒋介石惨杀了。两烈士的鲜血，灌注到中国人民反美帝反奸贼的猛火堆里，光焰更是万丈高了。两烈士瞑目吧！你们正义的鲜血，决不会白流的。

近百年来，地主买办阶级里产生大汉奸卖国贼，最著名的如曾国藩、李鸿章、袁世凯、段祺瑞之流，把中国卖得差不多，但比之蒋介石那样干脆而彻底的出卖，却是小巫见大巫，反而算不得大奸大贼了。可以相比的只有汪精卫，好一对奸贼群中的难兄难弟！

蒋介石企图掠夺抗日战争的全部果实，永远保持其法西斯独裁，悍然出卖中国的一切，向美帝求援。他把天空也卖了，把海面也卖了，把内河也卖了，把海关也卖了，凡可以卖的都卖了。他还觉得不够，还出卖所谓"最后决定权"。换句话说，就是出卖中国的全部政权，使中国变成美帝的菲律宾，使中国人民变成美帝的黑奴，他自己因此"荣任"美帝的儿皇帝。这个集罪恶之大成的大奸大贼，自以为得计，妄图迫促中共代表团同意他的"荣任"，碰了大钉子以后，拿出一张所谓马帅的王牌来吓人。这真是"不知人间有羞耻事"的标本，如果想在他的头脑里找出一个耻字，那比水底捞月还难，因为耻的影子他也没有，不管他经常大叫特叫"礼义廉耻"。

美蒋进行买卖，双方都不掏本钱。美帝出卖的是准备投海的剩余军火，蒋介石出卖的是人民的中国和中国的人民。买卖成交以后，美帝买得忠孝双全的儿皇帝一个，蒋介石买得大批杀人凶器，用来镇压蒋家统治区的人民，特别是进攻和平民主的解放区，企图捆缚一万万四千万人民做奴隶。谁也知道，不掏本钱的买卖，一定要继续下去，不会自动停止的。那就是说，今天的中国，又一次面临"七七"危机，全国人民不拿出反抗日帝的民族精神来反抗美帝，不拿出膺惩汪精卫的坚强力量来膺惩蒋精卫，那么，八年抗日的鲜血将成空流，千百万殉国英魂将成不血食之鬼。

在这样严重的关头，每一个人民是不是应该救国呢？

中国共产党、中国民主同盟代表全国各阶层人民，担当起挽救危亡的大任。蒋介石至今还不能售其奸计，为所欲为，就是依靠中共、民盟的合力阻止。

李公仆闻一多两烈士是民盟重要负责人，也是人民的重要代表人，他们有完全权利替人民讲话。蒋介石为虎作伥，彻底卖国，他们走出书房，号呼救国，这是该杀的事吗？蒋介石发动内战，屠杀军民，他们主张正义，力争和平，这是该杀的事吗？蒋介石独夫专政，奴役人民，他们坚持民主，反对独裁，这是该杀的事吗？蒋介石断送全国经济命脉，让美帝抓住中国人民的生命，他们拒绝奴化，要求经济建设，发展资本主义，这是该杀的事吗？蒋介石迫诱无辜青年，走入邪路，执行特务贱业，充当法西斯走狗，他们不忍坐视，大声疾呼，指示光明大道，在思想上拯救了无数青年，这是该杀的事吗？两烈士所作所为，千不该杀万不该杀，是毫无疑问的，那么，杀两烈士的蒋介石，千该杀万该杀，也是毫无疑问的了。

两烈士呵！你们安心吧！中国人民会替你们报仇雪恨的！蒋介石自毙的时期不远了。他煽毒焰，我们以正义克之；他施鬼蜮，我们以真理破之；他投美帝，我们以广大人民胜之；他最后发动卖国战，寻求万一的活路，我们以救国战制止之。我们民主力量声势蓬勃，沛然有余，蒋介石计穷智竭，铤而走险，只能作绝望的挣扎，谁是最后胜利者，难道还要说明吗？

两烈士安睡吧！你们是民主战士，你们的名誉将永垂不朽，你们的墓前，人民要树立殉国烈士之碑，永远纪念你们。看吧！你们的遥远处，有一大堆粪土，里面埋着一副臭骨头，粪土堆前一块顽石，上面写着"上海青皮、暗杀队队长、交易所投机商人、特等军阀、头号汉奸卖国贼、特务总头子、民贼独夫、美帝儿皇帝蒋介石埋尸处"。相距不远，另一粪土堆埋着日帝儿皇帝汪精卫。这两堆粪土，永远表示地主买办阶级的罪恶。两烈士安睡吧！你们是永远值得骄傲的！

（1946年8月7日）

陆定一同志大会演辞

【新华社延安十二日电】陆定一同志代表中共中央于追悼陶行知先生会上演辞如下：

我今天代表中国共产党中央委员会来追悼陶行知先生，中共中央对于陶行知先生之死异常悲痛，认为这是中国独立和平民主运动的重大损失，是中国人民解放事业的重大损失，因为陶先生一生致力于救国事业、民主事业与教育事业，他在教育方面对人民的贡献尤为巨大与不可磨灭。陶先生之死，对于中国民主运动与教育运动是不可补偿的损失。

我们追悼的陶行知先生，是人民的教育家。在人民中进行教育，可以有两种不同的目的，一种是蒙蔽人民，要人民甘心做反动派的奴隶，做帝国主义的顺民，服从命运或英雄的摆布。为着这种目的的教育，不管它叫什么名字，绝不是为人民教育，而只能是奴隶的教育。这种教育是决计没有前途的，因为如果中国人民不从帝国主义和封建势力的压迫之下解放出来，教育事业就没有发展的前途，只有衰落的前途。

陶行知先生的教育理论与教育实践是有另外一种目的，这个目的就是唤起人民自己解放自己，他把人民看作人，而不是看作奴隶与顺民。他主张人民的解放，他又相信人民的力量、人民的智慧，所以他相信人民能够自己解放自己。在教育事业上，他同样相信人民的力量、人民的智慧，这种思想充满在他的著作之中，他主张人民自己为自己办的教育才是理想的教育。他为了这个主张孜孜不倦干了一生，谁见过陶先生的就被他的艰苦卓绝的精神所感动。陶先生的这种教育思想，正是为民主主义的教育思想，正是为人民服务的教育思想，以唤起人民自己解放自己为目的的教育，是有极其宽广的发展前途的。这种教育，在国民党统治之下受尽了压迫，受尽了灾难，不能得到宽广的发展，这是因为在国民党统治之下的中国乃是半殖民地、半封建的中国，乃是帝国主义和国民党反动派所统治着的中国。陶先生和他的事业，在那里受到磨难，这种磨难乃是中华民族中国人民所受到的苦难的缩影。但是这种磨难将是暂时的，在人民已经得到解放的中国解放区，陶先生的思想得到广大的欢迎，他的理想被实现，被发扬光大，在将来的新民主主义的中国也一定如此，所以唤起人民自己解放自己的教育才是为人民服务的教育，才是人民自己的教育，才有光明的宽广的发展前途。

要为中国人民的教育事业服务，教育家不能不问政治的，而且不能不在政治上坚决站在人民的方面作坚强的奋斗。这是因为帝国主义与封建势力这座大山重重地压在中国人民的身上，为人民的教育事业也被这些反动势力压得不能发展。陶先生从九一八后参加救国会起，他的政治立场就很鲜明了，在政治上他与中国共产党成为民主运动中的亲密战友。陶先生所以如此并不是偶然的，他是从他的多年实际经验中深切了解了中国共产党是中国民主运动的中坚，了解了共产党的大公无私、共产党的主张正确、共产党在为人民和民族的利益奋斗时坚强不屈，所以不顾一切诬蔑压迫，与共产党携手奋斗。陶行知先生在他的政治生活中，他的主张、他的行动、他的作风、他的与人民的密切联系、他的刻苦耐劳、坚强不屈、视死如归，都是人民的模范。不仅仅别人应该把它们当作模范来学习，我们二百万中国共产党员也要把它们当作模范来学习。陶先生所走的道路是正确的，这正是伟大的民族主义者，像鲁迅先生、邹韬奋先生等走的同样的道路。

现在陶先生不幸死了，他的死是在为独立、为和平、为民主的奋斗中劳苦过度而死的。死的以前，国民党特务暗杀了李公仆闻一多等先生,并且准备了黑名单要暗杀上海许多民主人士,国民党特务曾到陶先生寓所打听陶先生的行踪,显然是想加害于他。陶先生自知身处险境,一夜整理诗稿十万字,以便可以无所牵挂与敌人战斗,这里表现了陶先生为了人民解放视死如归的伟大精神,可是因为过分劳苦,次日即突患脑出血逝世。

我们中国共产党人和解放区的教育界要继承陶先生的遗志奋斗,我们要在毛泽东同志为首的中共中央领导之下团结得紧紧地,来争取独立和平民主,争取新民主主义新中国的实现!我们解放区的教育界,要研究毛泽东同志和陶行知先生的新民主主义的教育原理,并把他实现。唤起解放区的人民,更加积极地参加解放区的建设工作和自卫战争。

陶行知先生精神不死!

(1946年8月15日)

鸭绿江边的安东

刘白羽

记者是由抚顺、本溪进入安东地区的。从抚顺到本溪是一条艰难的汽车路,从本溪开始却是畅通的安奉铁路,安奉路穿过曲折的摩天岭直到鸭绿江边。据车站上铁路员工告诉我,民主政府已在增修二条支路,由凤凰城北至宽甸一段。这条路原来日本人计划准备直达通化,但未曾筑起,现在却已动工了。

安东市沿江边发展起来,江水湛绿,记者听说萧华将军的战士们,初到此地看到鸭绿江,有人竟高兴得跳跃起来说:"毛主席说过打到鸭绿江边啊!"是的,他们是真到鸭绿江边了。

江上有铁桥,彼岸即为北朝鲜之新义州。"满洲国"时期,曾经过这桥把一切掠夺物资经朝鲜运往日本。

直通火车站是一条中心大街,整洁宽畅,名为毛泽东路。走下去就是杨靖宇路、邓铁梅路。市中心为繁荣的商业区。几里之遥,行人摩肩接踵。物价奇低,从市南端到北端坐一趟马车只要五元钱,如果是重庆,五元钱票子是常会被人丢弃在地下的。金融稳定,一元东北银行币可换二元"满洲"币,可换二十六元法币。工厂都已开工,从山上望去烟囱遍布,四郊商店里的布、纸烟、纺织品都是本地工厂出品。

安东省有三百四十四万四千人口,耕地面积为二千余万亩。有十万工人在工厂、矿山做工。

翻身

从民主政权建立那一天起,安东省恢复了自己的生命和自由,他们立刻向屠杀他们的人进行报复。田宝守是一个洋车夫，为了向吸血鬼——人力车组合的尹长秋清算，他白天拉车记下别人谈的材料晚间开会。最后在永乐舞台竟组织了二千多人的大斗争，尹长秋当场吐出十四万元赔偿大家的损失。

元宝区有一个刘为治，他在伪满时代做一个班长（街长以下管二百多人），依仗儿子在县政府里有势力无恶不作，没人提起他不恨，从前敢恨不敢言语，现在他们再也压制不住了，纷纷起来向他清算。他们把这从前谁也不敢多看一眼的老奸贼，带到九合成工厂里去算账，一个穷人告他从前抓劳工的时候怎样打人骂人，又有些人告他替伪满向老百姓收麻袋，他叫人出钱买了，结果他全都私自留下了。从前赵金山花五百元买两间房子，向他报迁移户口，他说：

"搬家理由不合，不给报。"

那个年代不报上户口就领不到配给粮，就得挨饿。赵金山女人去求情也给骂开了，后来送了二十斤肉，还有鸡子，他才说一句："先住下再调查吧！"可是又露出风说，搬家的十有九是八路军，果然没一个月他就把赵金山抓了去当劳工。赵的女人正在怀孕，赵跪下哀求，他哼了一声说："叫你们死就死，没话！"赵没法花了二千元雇了一个劳工。过几天刘为治又把他领配给粮的粮票拿走，一家饿饭。女人刚生下孩子气死了，孩子也死了，这时就丢下赵金山带着一个十七岁姑娘、两个小孩。姑娘不久又给人拐跑了。没一个月刘为治又逼着他背了孩子去当劳工，到市政府去请求，给骂回来。这时他一家都毁了，思前想后，忍无可忍就找到刘为治争吵起来，刘就把他当做"浮浪"（游手好闲的人）送到煤矿里去了。现在赵金山回来了，他站在那里，衣衫褴褛、肮脏，已失去人形，但两眼闪着仇恨的光，连狡猾得像老狐狸一样的刘为治脸色也变了。

一件件控诉下去，最后有人揭发他在"八·一五"后，趁着乱腾腾的时候，从蛤蟆塘车站，把木料拉了二十根，还有一百吨煤、铁、洋灰（水泥）。

这一个伟大的翻身运动，是人民控诉、人民处决的。在安东市有日本战争罪犯十六个，汉奸六个，全省有八十六万人参加到这翻身运动里边来，收回自己失去的一切。

民主生活

到安东的第二天，我在省参议会会场——市政府楼上访问了新选出的议长陈先舟先生。

陈先生是通化人，曾在日本仙台高等工业学校学电机，回国后任东三省电台台长、吉林省国民党党部委员，现在他还是重庆民主政治协进会的一个领导者。不久前经过无数困难他回到这里来。

同一地方，时间是中午，我又会晤了副议长张东民老先生。他已七十六岁了，须发皆白，满面笑容，他是老同盟会员，推翻清东北起义时他是军政府的领导人。民国五年讨袁他又再度奋发起义，大革命时代他又是辽宁宪章委员会委员。大革命后，他渐渐地发觉了国民党已走向黑暗腐败的道路，他遂弃政就医，埋头经营医院。对于东北前途他主张自治，他说这是他的老主张："这也不违背国家统一呀！""世界上别的国家也有自治，各处可以组织考察团来看看，这里做得好就应该照这里的样子做。"

另一个副议长是安东省中共代表林一山同志，他的右手在战争中变为残废，他是一个精明、智慧、诚恳的人。

这以后我整整四五天坐在参议会旁听席上。去冬人民代表会议选出的临时民主政府副主席刘澜波向大会报告政府工作时，他说："人民是东家，我们向东家报告工作情形。"报告后展开了热烈讨论。特别是四月十七日大会上进行竞选省府委员，我看到各阶层的人带着他们特有的习惯、作风、姿态走到扩音器前面，有的为自己竞选，有的为别人竞选，他们是严肃而认真的。我看到高崇民先生——这位民主老战士，他说："我看到刘副主席每天为了工作睡不上五小时觉，这是共产党的美德。可是我真为他担忧……"他感动得半天说不出话来，台下起了一片掌声。

在这次参议会筹备会里，有一个李金声是个地主，原是闭门不出的，后来他突然出来了，他的朋友问他，他说："我有理由。"他说出了几条道理来：有一次一部分民主联军队伍来到了屯上没住处，也不肯进村子惊动老百姓，就住在屯外破房里，天落着雪连窗户也没有，就这样住了两晚走了。他说："中国有这样的军队就可以了！"其次他看到民主政权中的工作人员亲密团结，起初他以为都是老朋友，后来才知道是有山南地北各处来的，极为惊讶，于是他说："我不能昧着良心了，共产党是好的，我得出来一齐干了。"

安东自从去年八月解放以来，一方面把敌伪残余铲除，一方面就召开了人民代表会议，在这会议上选出了临时民主政府。从此安东走上了新的道路，各县都成立了民意机关，选举了县行政委员和县长，从村到区都进行了人民选举，改造了政权。

在安东市进行普选时，各街都自由的选出代表，再由三百五十人开大会选出参议员和市长，那是非常热烈的。洋车夫、工人都组织竞选，五十六条街下层劳苦市民，受够了欺压，知道了这与自己利害相关，纷纷起来与上层竞选，使这次选举成为一次群众性的民主运动。选举结果工人、贫民当选者占百分之六十，中下层占百分之二十，中上层占百分之十五。

我觉得在这里我可以解答一个全国人士所关心的问题了，就是"八·一五"以后东北人民过的是什么样的生活。一个月以前还是一个工人的庞乘皋，"八·一五"前住一间破房，"炕比桌子大不了一点"，女儿早成年了，还挤在一起睡一刮风瓦片就落到身上来，就在这种情况下他又给拉了劳工，简直无法活，暗自落泪。"八·一五"后，他们组织起来在女子学校开会，他被选作了组长，从这以后他一面做工一面工作，现在吃起梁粮、大米，钉起了一处新的房屋。一个月以前一次民选当中，庞乘皋给大家举手选任金汤区仁忠街街长。

安东的工业

安东是东北的主要工业区。据一册日文书籍上说："工矿机之现状，堪居全满之首位。"

全省矿藏丰富。埋藏量巨大的桓仁宽甸的铁矿、安东的黄铜、凤城之铅。此外宽甸的×矿及各处之石棉、云母、磁石、金银萤石、石灰石、石炭（已经日人探掘）。这些原料建立的工厂有纺织厂、人造纤维工厂、洋灰工厂、自动车工厂、碳素工厂、化学工厂、机械工厂、纸厂等。此地东西有安奉铁路线，南北有鸭绿江航线。长白山大森林的木材，以及"巴尔普"造纸原料，大批运到这里来，发展了木材造纸，鸭绿江的"水手"发电厂供应电力，这种种使安东省具备了，成为一个大工业区的条件。因此，日本人拟订了扩大安东市成为容纳二百万人的都市（相同与沈阳）。这包括在他们的建设大东港计划里面。如果这计划实现，在鸭绿江入海处，就将有一巨大的不冻港；从安东市到大东港，就将有一百里以上绵延的繁华都市。我此次曾乘汽车沿江向安东南郊考察，驶行数十里，见各处工厂设备确已有彼此联接的规模了。

记者曾参观了鸭绿江造纸厂，全都是机器。一端以巨大的整棵树木投入，经过皮带曳引电锯电斧，在一庞大机器中磨为碎片，而后制成□浆，经过无数巨大的场房，最后在另一端造纸机上不停地滚出白纸。

"八·一五"后，维持会（敌伪残余与反动派改头换面的组织）一度管理政权，安东工业遭受了严重的盗卖及摧残。像安东纺织厂棉花失去六十余万斤，维持会长焦建吾等盗去大批造丝机上价值千万元的白金圈。当时矿山、工厂全部一下冻结了，工人在寒冷的冬天里失了业。不久人民民主政府组织起来了,开始发动清算、整顿。十一月到一月逐渐复工,烟囱上又冒烟了。一月以后就跃入扩大生产时期了。这时全安东市造纸、纺织、丝绸、胶皮、被服、配造、制材等工人参加管理委员会。工人从清算斗争中组织了自卫队,起来保卫工厂,清查物资,扫除了一切开工的阻障,拉起第一天开工的汽笛来。工厂的复工解决了工人失业问题,有了工业品,号召工人扩大生产平抑了物价,繁荣了市场,而这一切问题的总关键在于依靠劳动人民。工人生活改善了,同时也照顾到东家利益。特别因为贸易自由了,私人经营工厂得到了鼓励与发展,八十六家私营工厂在安东市开了工,小型工厂还增加了一百六十家。

我参观了安东纺织厂时,我看到一个叫周凤兰的女工,她十九岁,围着围裙从机器旁走来。这工厂厂址极大,从这房一眼望过去,一排排纺织机在动力牵引下迅急地转动着,而发出一种复杂奇妙的轰响。我问她的生活和生产情况,她骄傲地说:"我一个月赚三百三十斤米,够一家人生活。我们现在是按实物计算,政府不让我们吃亏。"

随后谈到往事:"我从八岁作工,一天赚六角钱,吃不饱饭,我们那时都偷,都往机器里塞布。"我很惊讶她的讲话,她讲得那样自然响亮。她以为我不了解:"让机器坏呀!我们好休息。一天十二小时工,坐一下给日本鬼子看到打个半死。每天站在机器旁边,机器的风吹得腿都拐了;有的男工整条胳膊给机器绞去,就持着个空袖筒。那时候我们都哭。"

"现在一个工人最少赚一百八十斤粮食,工资普遍提高了百分之十。从前我们应该领到的面都给日本人吃,我们只能吃到冻坏了的土豆子。现在吃面是我们的了,大家吃得高兴。"我后来就去参观了她所说的厨房,烧饭都是用电力。

这样诚实的女工自己笑起来,她现在是纺织厂里的模范工人,因为她在提高生产上有了最优良的成绩。一会工夫几个下了班的女工走拢来围住她，从她的表情上我知道她是她们的领袖，因为她是个市参议员。

"你怎样参加政治活动？"

"共产党来了以后，第一次去参加三八妇女大会，听了很多讲话，自己可不敢跟上去。后来厂里选举，把我举作职工会会长，后来她们又选我作街代表。"别的工友都高声说："从前咱们那里有这个地位！""后来又参加了市参议会，觉得这样政府领导我们，我们怎能不感谢。这次我非常高兴，我要赶紧学习会做工作，为大家把事情办好。"

她突然笑了："从前自己总恨不是个男子，现在我不这样想了。"

安东纺织厂生产提高了，工人比伪满时生产量都能超出两倍以上。一般公营工厂，二月比三月产量提高了一倍。因为不是周凤兰一个，是无数的人。我经常在街上看到，从工厂回来的男女工人，说着笑着，挺起胸脯从我身边走过……

富裕的日子来到了

从前安东人民生长在富裕的地方，过着穷困的生活，那是些悲惨的日子。

所有的物资从工厂到农村，日本人把它搬刮得干干净净，统治在各种组合里，连田地里的豆秆子也有组合。人民要吃要用都是配给，自由贸易早就变成历史的陈迹。人们就在这严格统治里挣扎了十几年。

自从民主政府建立以来，首先就摧毁了过去"满洲国"一切税收机关，建立了代表人民利益的贸易管理局。它的任务是扶助生产，发展自由贸易，平衡物价，从外边吸收必需的大批物资，解决人民日常生活用品。在成立以后确实的保证了盐、煤、粮、纸、布的供给。安东人这些日子里没感到贫乏，苞米面一斤十七元，盐从前卖七元现在二元了。东北商店从前每日交易为三十万，一月份增到三百万；三月底存货额为一千八百万元，都证明商业的繁荣向上飞。税收方面：一百种以上的伪满税收被取消了。奖励必需品入口，奖励煤铁木材等剩余品出口，限制奢侈品入口，禁止违禁品入口。

安东省沿江有无数产盐区，计公营盐摊一千五百七十二处；民营盐摊一千四百六十处。不仅可供全东北食盐，还可大量出口，现存六百一十三万石盐；取消了伪满官运官销办法，改为征税制，鼓励自由贩购。政府还在这方面贷款一千万购置机器修筑盐坝。

从前除了几家配给店，几家"加工工区"外，一切工商停止。现在工商脉搏活跃了，安东市区三十余万人口的城市，短短半年中已开了三千一百五十二家商店。其他外县，如桓仁过去十七家商店，每店每日营业额为五百——一千，现在增加了，每店每日营业额为七千——二万三千元了。庄河县由七百六十二家增加到九百六十二家。凤凰城增加了一千家商店。

在金融方面：民主政府接收了伪满洲中央银行，成立安东银行。敌伪金融机关联合清理处，新成立了东北银行，并进行贷款，在农业、工业、盐业、渔业各方面约七千万元。粮食方面：把敌伪仓库打开分给人民。过去"出荷"（政府强令交纳）负担从农民身上解除了（过去这项负担大米、大豆为百分之百，粗粮每亩地二石一斗六升），还有"道义出荷"、"报恩出荷"（报日本人的恩）。同时各级民主政权机关、军事机关展开生产运动，减轻人民负担。他们计划从今年四月份起，各机关自己解决全部开支的五分之一，不久就开始全部自给。

（1946年8月17日）

跳 板
——洪洞人民参战故事

金沙

坐在门前的李玉贵，灰白的头发，带黄的眼睛，枯瘦的双手，更加重了他的沉思。他在思想着一件事：从这里往西，穿过冯壁到玉峰山，县城将要炮火连天，咱们的人——八路军就要攻下城来，在弹雨中从跳板上冲过封锁沟。李玉贵想着笑了，又跳起来就走。

李玉贵比平日有劲头了，忘记了他是六十六岁的老人，在村里转了一圈，又在村外转了一圈，在河滩里号下几棵大杨树作跳板攻城。当咱的队伍从大杨树跳板上冲过去，也只有咱们队伍能从大杨树跳板上冲过去，冲过一个，咱们心上开一朵花，这多光荣。李玉贵回到家里，就找了几个熟悉可靠的人，来在一间小房子里悄悄地商议做跳板的事。

"这可是件大事情，做起跳板，咱的人就能从跳板上冲过去攻下城来。"

"对！黑明白夜要干的。"

李玉贵笑着说："这件事情得保守秘密，怕张从龙知道了有准备。"

"对，这还不能。上至父母下至妻女，一概不准说出实情。"

所有的人自动发过誓。

黄昏，九个黑影子跳过水沟，穿过河滩去，锯子就在大杨树上"刺啊擦啊"响起来。有人还不时地东照照西瞧瞧，锯子的声音由慢到快，由快到紧，九个人心要一锯子伐下二十四棵大树来。又一斧子作起十二个跳板来，让咱们的人从跳板上冲过去拿下城来。

半夜了，露水已经下来，他们的裤子湿了半截。李玉贵毕竟上了年纪，又加有病，有些寒战，但他把胳膊一伸，肚一伸，腰撑起来和别人一样地出力，竭力来制止身上的寒战。有人发觉了说：

"你歇一会。"

"什么话！"李玉贵故意使出很大劲来。但是潮气太重，李玉贵的胃病又犯起来，心口渐渐痛起来，可是他咬着牙齿。后来更厉害，他的肚子又胀大了，像一面鼓，锯子柄常常撞到这面"鼓"上，他仍旧用着力，还想依锯子柄把这面鼓压了下去。……

锯了一夜二十棵树伐倒了，又抬到村里，白天就开始做跳板。李玉贵的胃越来越痛，肚子越来越大，但是还一样出力干。在疲乏时候，或有人喊一声"老李怎么样？"李玉贵就把肚子一拍跳起来说："不痛了，不痛了，来干！"其实胃还在剧烈地痛着，肚子还胀得难受。

村里人在议论着他们奇怪的行动，可是没有人能问出来是在做攻城的跳板。将有整百整千人从跳板上过去，攻下城来。

将黑的时候，咱们的队伍从村子经过，十二个跳板已经做起，有的抬在路边。他们好像□队伍说："你看，咱们的跳板做起了，你们冲过去吧！"

（1946 年 8 月 23 日）

快乐的张万福屯

刘白羽

在黑龙江北安县的时候,我专门作了一次"农村访问"。

我坐了马车走过一些草甸子,丛生的柳条处处是绿色,沿着一条岗子绕了一个大弯,到了张万福屯。旧的村庄,一排全是草房,在村庄边沿上几个农民正在为自己建筑房屋——红砖白木料。我立刻从车上跳下来,一个立在木梯顶上的农民高兴地说:"十四年没得到一块木料一块瓦呀!"另一个说:"不要说十四年,长这样大也没想到啊!"在灰旧的草屋中间,我发现另外一处用铁皮做顶的家屋,已盖好了,很精巧的玻璃窗,太阳光里铁皮上的油漆发着光,在这里我看到真正的快乐是怎样一回事了。

张万福屯是一个十九户的村庄。村的农会主任肖元庆,一个四十几岁风霜满面的诚实农民,丛生着须子、痧眼,穿一件短小得奇怪而质料很好的衣服。他告诉我:……这是二十多年前早到黑龙江来逃荒的人,在荒地上建立的一个小村庄,后来人愈来愈多就发展起来了。大家都靠力气开地过日子,……日本鬼子来了,慢慢这里所有的都给"开拓团"强占去了。应该二百元一亩只给你四十元,张万福屯十九户人家从此没有一个再有一寸地。

"那怎么活下去呢?"

"日本人再把地租佃给大家,他们便做主人——我们除了交租之外,还要出荷,你想想人死了几年报不上死亡,还是一样出荷!我们算是受尽了人世间的苦难。偷偷吃一点,还得在门口放个哨。你瞧,这北安县驻了多少关东军(他指着远远一片兵营)?他们要小牛、小鸡,鸡要活的送去,他们把鸡肉剥下来送到冰房里去存起来。"一面说着他领我走进屯子里头来。另一个农民对我说：

"现在老肖是区农会主任呢！"

突然老肖把我一拉，拉到一处。原来这屯周围二百多垧地，都是开拓团地，现在一下又分配给大家了。肖元庆一家分到了四垧地（每垧十亩），现在他就在他的地中央，原来租住的草房一边，盖起三间新房屋来。绕着这房屋，房前房后都是他分到的土地，这样他躺在炕上一睁眼，就能看到他的地。房子还没盖完，梁上贴着红纸"上梁大吉"。他把我拉到房前面，自己站在那里，高声地叫我给他照一张相片。在照相机对光的时候，我清晰地看到老肖的脸，那每一条深深的盛满风霜的皱纹，现在兴奋地在微微的颤动。

是我问他：

"张万福屯二百垧地，可是你们怎样种得上呢？"

因为我一直怀疑这一个问题，就是土地分到穷人手里是否能解决问题。因为据我所知，东北土壤是胶质的，极易凝固，就是普通熟地，春耕也必须三匹牲口拉犁，而这一带是百分之六十几贫苦农民都没牲口。可是张万福屯又一度证明人的创造能力。全部土地分配后，一个月所有土地都种上了。原来分配土地后，全屯热情极高，在农会主任肖元庆领导之下，马上把所有牲口拉在一起，把所有二百垧地都耕种了。

我问："这样一来有牲口人家的地都耕了，没有牲口的岂不是误了农时？"

"不！"肖元庆坚决回答，"我们把有牲口人家的地耕一部分，把没牲口人家的地也耕一部分，庄稼下种有先有后这样就能保证谁的也不误。"

在屯后面我发现一处贫苦农人的住处，两间小泥屋，住了三户人。从前农人租不起一间房，租一铺炕；租不起一铺炕，就租半铺炕。农人生活之惨可想而知了。张万福屯分土地的原则,是在谁门前的地就分给谁家种。目前全屯有十户上下都在建筑新屋,一个新的农村正在形成中。这里饥寒与压迫将绝迹,有什么比这再快乐呢。

最后在街上一个黑胡子卖劳动力的老年人喃喃对我说:"我家在街上"(指北安),"这里我没份分地,可是我想就算这里的吧,我要让他们把我的名字写上……"。我看出劳动者是多么纯朴地爱着土地。

(1946年8月23日)

翻了身的人们

成坊

盛夏，我到了武安县西北角的偏僻村庄——青烟寺。

这个村的胸前，是荫绿的果树林、青葱的菜园地、长年不断的溪流。脊背紧靠着层层叠叠碧绿的田野。村人的愉快心情和欢悦的笑脸，呈现着青烟寺的青春景象！

农忙时节，翻身人们的生产劲头是很大的，他们天不亮就上地锄苗，直到太阳滚下西山，才三五一伙的，唱着歌子，从地里回来，刚一放下饭碗，便又检讨一天的生产。虽然这样忙碌，可是他们并没表现出疲倦的神色。

一个傍晚，我会见了新任村长李国瑞。他对农民的悲惨生活是十分了解的，今年二月的减租清债运动中，他积极领导群众向恶霸地主算账，揭掉了压在群众身上的千斤石板。在四月的村政改选大会上，全村人一致选举他当村长，拥护他替自己办事，现在他高兴地歌唱着人民的大翻身：

"二月十三那一天，
减租运动大开展，
佃户们，开大会，
诉了苦，申了冤，
打倒了封建重剥削，
掀了这块大石板！
赎了庄子抽回地，
接着收了个好五月，
家家生活都改善；

互助生产不费难,

组织起来齐心干!"

的确,二月十三这个翻身的日子,在青烟寺老乡们的心里,是永远难忘的。这天,区上的王工作员领导佃户开了翻身大会。在会上,王老太太痛哭流涕地诉说着她男人叫地主王兴德逼死的惨痛情形,她说:"俺一家人叫王兴德逼的讨吃要饭,他爹要了一穗高粱,王兴德硬说是偷的他的,在村上把俺罚了,还送到武安城叫坐监,他爹就这样生生的死在监牢里……"她诉着久积的心痛病就发作了,一时失声倒地。"这样的好人,不知叫吃人的恶地主害死了多少!"全场的人发出了愤怒的声音,落下了同情的眼泪,燃起了复仇烈火。经过这天的减租诉苦大会,佃户们才掀了石板,翻了身,有了地种,有了好房子住,才过上今年的好五月。真是,想过去,看现在,该不高兴哩!

农会副主席刘守祥是住了三十多年长工的受苦人。在他那过去的生涯里,饱尝世路风霜,尽受辛酸痛苦。自从八路军来了以后,他才摆脱了常年的长工生活,建立起自己的家务来。经过今年的减租运动,他真正翻身了,置了庄子,买了地。五月收了四石多麦子,由赤贫而一跃为中农了。这是他半辈子的第一遭。他的生产劲头比往年特别大,一天在地里做活,不到天黑不回来。

当我和他重逢时,他张着缺齿的嘴,劈头第一句就说:"咱可有好房子住啦!快去家坐坐吧!"是的,他过去住的那两间小屋,又暗又黑,真像一座监房,人一进门,就有进了囹圄的感觉。现在让他为他的新时光而歌唱吧!"咱活了四十多岁,还没过过今年的时光哩,有了庄子,有了地,又收了五月,新麦白面也吃上啦!"他亲热地握着我的手,说着笑着,笑得他闭不上他那缺齿的嘴巴。

"这街今年的生产可有劲啦!"他紧接着说,"男人们参加了互助组,组织起来的生产劲头特别大,一个人一天能锄一亩多。俺们自己的地锄了,还动员互助组卖工,把贫苦孤寡人家和抗属的地也给锄过了。咱知道穷人的苦,也知道没人手的难处,就不教人家东跑西跑觅人作难。这街今年没有一个不动弹的人,没有一亩荒地。"他是那样的勤劳,一天忙忙碌碌不肯闲;是那样的诚恳对人,知道自己的难处,也能体贴到别人的困难。他时时刻刻记着是群众的领袖,要为群众办事啊!

炎日正中,我沿着村前的园圃地边,顺着潺潺溪岸,弯弯曲曲地往北走去,可恰走到翻身农民王黑义的地边。老王正在这块长着葱、蒜、韭菜……的园地里,同一个十七八岁的青年绞着辘辘浇地哩!我看到他那油润发光的脊背、青铜似的臂膀,忘了热和疲惫的神情,不由得说:"老王,要当劳动英雄啦!"

"春天翻身后,咱在地里一直受的没闲。"他高兴地说,"这是五千块钱买的王高秋的地。正在天旱的那几天,光怕旱死蒜苗,咱连夜浇地。你看咱这红皮蒜长得跟苹果一样!"他随手拔了一头给我看。转过脸,他五指并拢地把手摆在腰间,做着手势说:"五月麦子长的拦腰深,眼看着养罢花就要吃好麦子啦,一连下了几天雨,都给黄疸啦,少收一半还多。就这吧,咱今年连旱地带水地一共收了五石多,两个人可吃不清。"老王自翻身后,再不愁吃了上顿没下顿啦。

青烟寺翻了身的人们,个个都参加了生产,许多人组织在互助组里。男人的锄头在地里吃喇喇响,女人的纺车在家里嗡嗡叫,真是"男耕女织",一片生产景象!

他们翻身发了家,过了好时光,他们没有忘了这种时光是谁给的。他们时刻在谈论:毛主席叫咱的时光过好,过快活日子,咱们要感谢毛主席;八路军把鬼子打走了,才保住咱的家,咱要拥护八路军。翻了身的人们都在为自己的自由幸福的生活而歌唱着。在他们翻身的歌声里，我们常常可以听到：

"共产党，为人民，

减租减息翻了身，

叫咱时光过得美，

倒比父母对咱还关心；

拥护毛主席，

拥护八路军，

翻身不忘共产党，

吃水不忘挖井人！"

一九四六年八月一日

（1946年8月24日）

游美观感

爱伦堡

反苏的思想家喜欢把苏联描述成为一座"营房",所有的人民都住在里面,但是实际上,我不知道世界上有任何别的国家曾达到像美国那样十足的标准化的。

我游历过数十个美国的城市,而且除了纽约、旧金山、新奥尔良和波士顿外,我还发现有许多城市完全没有了它们自己原来的特点,它们只简单地表示了一定数目的美国人之集中而已。

事情也是标准化了的,到处可以看到同样的裤子、咖啡罐、躺椅,同样的房屋、同样的家具、陶器和衣料。虽然如此,我们并不同意欧洲审美家嘲笑美国标准化的意见。

更可遗憾的,则是某种道德上的标准化:美国人非常喜欢讲他们的兴趣,虽然他们的观点是嗜好感情,而最后他们的行动是受外部支配的。报纸和电影充分剥夺了人民的个性——这就是在美国萧条时总伴随着娱乐的原因。

美国人很知道怎样赚钱,但是他们还没有学会怎样花钱,他们对于工作比对休息所表现的能力要大得多。在美国,大部分娱乐的事情也许就在他们露天游戏场,在海滨青年人的样子很快活.但是在电影院里,你可以看到半睡不醒的冷淡的观众,他们对于很可笑的镜头也很少报以一笑。尽管大部分的州对于卖酒多少有所限制,可是到处有醉汉。

在相当短的时间内,美国人创造了显著的技术,有些美国人看到那些工厂,那些纽约的优美的桥梁、自动饮食店以及精致的剃刀,就动辄认为整个人类的文化是集中在美国了。在密执安州杰克逊城,有人对我说:"罗马是一座普通的肮脏的城市,没有什么东西可以看,没有一座摩天楼,只有一些可怜的小洋房;杰克逊与罗马比起来,就像一座京城了。"对于这样的人,我怎样向他解释古代的文艺复兴之宫是值得与杰克逊的摩天楼相比的呢,或者除了可以买到雪茄、自来水笔甚至吃到腊肠的药房以外,也还有拜占庭的艺术品和拉飞尔的壁画呢?

美国人对于古代世界的智识是不够的,他们对于古代世界的历史和地理研究是很不充分。我遇到一群学生,甚至连苏联的一个城市名字也说不出来。政治水平也是很低的,美国的报纸经常写道两党制度乃是真正民主的保证。应该指出:两党之间找不到思想上的分野,或者说在北方的共和党人与南方的民主党人之间,人们也找不到有什么意见上的分歧。

美国的发展道路与旧的欧洲的发展十分不同,当美国的物质文化迅速地达到了高度的水平,而它的精神文化则还在初创时期。我们既然知道美国人的精力旺盛,就有权利可以说这一大民族的精神文化应当是伟大而独立的。

美国老百姓的政治觉悟性已经有了某些改变,不仅忠实的而且有思想的人,凡是有能力认清历史发展的,都团结在罗斯福的周围,即令他们现在被辞退了(或者他们自行告退),而故总统的活动,并不是没有痕迹地消失了。

工人们已开始表现独立的思想团结和对于他们对民族使命之觉悟性,工人们受权术家和赌徒所指导的时代已经结束了。美国的作家不像法国的作家是与人民有联系的。

电影方面,已经产生了真正的幽默——天才的卓别林、马克斯兄弟(美国著名演员),也有了能够感动人民的真正的诗。

最后,纽约的建筑总还是优美的,虽然是不安静。美利坚知识分子已经存在了，他们还是脆弱的和困难的，似乎躲在广告牌后面、酒肆间的噪闹的音乐后面、教堂的传教后面，他们是躲在消极否定忧伤悲哀、有时是乌托邦思想的微笑后面。但是就在知识分子中，也愈益有了勇敢的人士，他们知道拯救之道不在于逃避或孤独，而在于别的上面——必须提高美国老百姓的精神水平，提高到他们从生到死整个道路上息息相关的技术水平那样的高度。

（1946年8月26日）

纺织英雄宋爱的

林里

"在娘家是英雄,到了婆家也是英雄,英雄的称号已三年了。她真是冀南的出色人物!"——鸡泽韩政委和人们谈到宋爱的的时候,总是再三地这样谈。

领导纺织渡灾荒

三十三年冀南大灾荒,在鸡泽更厉害,真是家家逃荒、村村死人。宋爱的的两个哥哥带着嫂侄上了山西,留下老娘和她。婆家也没吃的,谁不说她两会饿死呢?抗日政府发下棉花,号召纺织自救,织一个布,换二十一斤谷子。但被旧政府骗怕了的人民,都怀疑不能换回粮食。宋爱的就在这时出了头:"只要有吃,我就敢。"她接了棉花,并挨家去劝说,可是只找到了四个人。后来人们见她不断领来粮食,便都改了话头:"抗日政府不哄人。"这时参加纺织的就增加了二十个,编了三个组,大家织布换谷子,都有了吃喝。但日久天长组里又起意见,做活快的嫌吃亏。宋爱的就左说右劝和大家商量了个办法,把一个布从纺到织定为十五个工,纺线六两顶一个工(每个布三斤线),织布顶三个工,缠缠顶个半工,浆浆络络顶一个工,经经条条掏掏顶一个工,打打顶半个工,然后按工分红。这样大家都起了劲,不到两个月,宋爱的的小组就织了四十七个布,赚谷子九百七十八斤。

被选为劳动英雄

春耕时政府号召人拉犁,村里都说:"这活天生不是人干的!"

对妇女更是看不起。但饥饿中的妇女却响应了宋爱的"纺织先去"的号召,并实行了换工。脚大的做地里活,脚小的在家纺花,规定锄一亩地,顶纺九两线。

自从宋爱的领导纺织后,宋庄再没有饿死一个人。宋爱的和她娘不但没有饿死,而且还买了二亩地。这年县里召开劳英大会,她被选为纺织劳动英雄。

封建地主们的眼中钉

灾荒渡过后,哥嫂回来了。他们看到宋爱的完全变了,天天东跑西跑忙于工作。不论村里区里县里都有人找她谈工作。哥嫂有点看不惯,暗地说:"小妮要疯了。"村西头封建地主宋国桢便趁机火上加油,大施挑拨:"八路军一来,就喜欢到你家""这算个什么人家,败坏门风"。哥哥脑筋不开,上了地主的当,向他妹妹指出三条路:(一)在家做活永不出门。(二)回婆家断绝来往。(三)要是再"疯"下去,就是你死我活。村里妇女们都替宋爱的担忧,把这情况都告诉区上。区上早知道宋国桢是国特,后来哥哥也知道上了地主的当。她到了婆家,逢官营的地主和宋国桢一样污辱她说:"老老实实的人家出了这么个媳妇。"公婆在地主挑拨下,也取消了她的出门自由。

在娘家是英雄在婆家也是英雄

宋爱的到婆家后,区里正叫逢官营做军鞋,规定每双鞋发谷子十七斤。这村同样也是没人愿做。后来宋爱的就动员本家嫂子东领娘,叫她去发动,并教给她组织妇女的办法。不久这村农民轰轰烈烈地闹翻身运动,宋爱的便告诉东领娘:"有了绊脚石,妇女便不能进步。"于是她们便联合工农会,向虐待贫苦妇女为全村痛恨的保娥娘开展斗

争。从此妇女们抬起了头，宋爱的又像在娘家一样，她率领了一个比宋庄大五六倍的纺织组。一种新的传说又在替她歌颂着："逢官营有了宋爱的，年年就能穿新衣。"

全村人人纺花家家织布

在宋庄，十来岁的小姑娘和六十岁的老太太都能纺花，青壮年妇女都会织布，真正做到了人人纺线、家家织布。在宋爱的领导下的十七个纺织组，就有九十七个纺织娘"能织能纺"。共有五十四架织布机、九十七辆纺花车。前半年已织出了五百三十个布，共购棉花一千五百九十斤，合洋四十七万七千元。

鸡泽人民赞颂着宋爱的

在鸡泽，提起宋爱的，男女老少人人皆知。她不但领导着妇女生产，而且领导了妇女翻身。她是一个文武双全的妇女领袖。在她的长期影响下，家庭也得到改造。现在她开会工作时，婆婆愉快地给她看孩子，落后的公公居然也被选为优抗主任。鸡泽的人民都在赞颂着她。她是一个二十四岁的青年人，中等身材。她有一种特有智慧，一说起工作，就显示出很大的魄力和勇气。她现在当着妇女会的代表，正领导着广大的妇女闹翻身。

（1946 年 8 月 26 日）

热　泪

金沙

院子里的蒿子没过张老太太的脖子。她吃力地用手拨开走过去，有时蒿子稍碰着眼睛，但淌干了泪水的眼睛好像一口枯井，已经没有半点泪花了。她把紧闭的门推开，房里阴森森的，直冲出一股刺鼻的臭味，桌子椅子断腿少脚的东倒西歪，上面的尘土足足有三寸厚，印着几个粗大的手印。这是张从龙部下血手摸过的地方，这血手杀了咱村老汉李才新、李保桃……赶走咱村里的人、牲口……张老太太气得发抖，坐在门槛上骂起张从龙来。

门外一阵紧促的脚步声，熟悉的把张老太太惊动起来，当然这不是前三天张从龙的部队，哼！张从龙的部队永远不能再来了。张老太太知道这是咱们的部队，她赶忙从家中捧出一堆桃儿，给咱们的战士们一人一颗。第一个战士情不可却地接过去，张老太太的嘴合不拢来。可是第二个、第三个、第四个都笑了笑，摇摇头，从她身边溜过去，张老太太着急起来。心想：桃儿有毛，咱的人讲卫生……张老太太急促促地走回去，走到邻家找水洗过后，可是他们还是摇摇头，从身旁溜过去。张老太太着急了，呐呐地说："你们……你们……"

队伍好像没有发觉，相反的前面往后传："跟上""跟上"，好像故意和张老太太为难，张老太太真急了，她跳起来往队伍里冲过去，叫着。

"你要吃我的桃儿，你要吃我的桃儿……"她发疯似的叫着，但是队伍还是一个跟一个地溜过去，张老太太是拦不住的。她忽然想到，咱们的人大概是去追赶张从龙吧！她想：把张从龙淹死在汾河里，死得直挺挺的吧，要是活捉住更好，一针一针地刺死有多好啊！

张老太太忙碌起来,手忙脚乱地把桃儿塞在战士们的手里,忽然有个骑马的过去,张老太太计上心来,一把拉住马缰,问道:"你们怎么不叫咱们的人吃我的桃儿?这是我的心意呀……"

骑马的人跳下马来,他从张老太太的眼里发现两颗亮晶晶的泪花,闪闪地发着光彩,泪花从枯老的眼眶上掉下来,掉在自己手背上,热热的这里有着无限的温暖,谁能用钱买到这温暖呢?骑马的像在自己的慈母面前,激动得说不出话来。

"不能,一定要吃。"

骑马的紧紧地握着老太太的手,自己的眼里也热热的:"老太太咱队伍赶下去打敌人,回来时再吃吧!"

张老太太摇摇头,拿出两颗桃儿往骑马的手里一塞,转身走开,又在另一边自言自语说:"回来再吃,还有好的……"

(1946 年 8 月 27 日)

死亡线上的河南人民

——蒋家暴政实录

晓琴

"河南四灾,水旱蝗汤"。尤其在三八年夏天徐州失守的时候,国民党当局不顾人民的死活,把黄河决了口,整整八个县,二百万人民遭受到黄水的灾害,大水后几年,又遇到两次严重的旱灾,加上苛捐、杂税、兵役、差务、勒索、摊派,有的竟全家自杀,有的拿自己的儿子换粮食,连树皮、草根、泥土、鸟粪都作了食品。抗战八年中,除了共产党八路军解放的地区外,河南人民的灾难是与日俱增的。

去年八月,敌人宣布投降后,人们喘了口气,眼睛里放射着欣慰的光芒;大家都庆幸着祖国的胜利,祈求着战后安定的生活。

但是,胜利带给河南人民的是甚么呢?是大军云集;是军粮就地征购;是流亡出去的人回来没法过日子,只好在一片荒土上,度着原始人的生活,而另一些人则在抢窃、勒索、奸淫、侮辱;重重负担的威迫下,离开家园。连开封出版的《中国时报》也这样说:"胜利后百万大军不能立即复员,且军纪不成体统,征军粮,急如星火,辗转中饱,黑暗无穷,缴尽了农民收获,抽干了农民血液,尚不足供应。过去是人民生活赖土地,现在是土地征课逼走人民"。这正是很好的写真。

"捐项太大了,人都不能活了,青年人都跑到外边去啦,我们年老的只有等着死。"这是汲县某老先生的忿慨之词,然而这也是全县人民的哀语。仅据该县粮食科的材料:公粮从去年十月到今年三月共一百五十万斤。军粮更不计其数，去年八月到十二月一共四百万斤，今年三十军借军粮五十六万斤，三路纵队借粮二十万斤，囤积兵粮五十四万斤，共七百万斤。除掉这些经国民党县府征借的，还有许多是军队直接向保甲要的，这个数字较前者还要多，从去年胜利到今年五月，汲县国民党区人民所出粮食总数在一千五百万斤以上，人口以十万计算，无论男女老幼，无论贫富平均起来，每人要负担一百五十斤粮。这还不算，粮食之外，每天要送一百八十万斤柴火，最近又要修碉堡一百六十个，每座三万元计算，合起来就是四百八十万的支出，加上"办公人员"的从中渔饱，老百姓的血汗也就榨得可以了。

汲县如此，别的地方也是一样，修武是灾情很严重的地区，别的负担不算，只驻军强索的衣服鞋袜，即价值一千二百九十万元。全县三十八保，一保就出一百万。辉县红庙靳村史姮田有地一百二十亩，平常年景，一年两季才能收入八十石，而从去年十一月到今年三月即出粮食八十四石。

城市里的情况，也使人难于乐观：安阳城里，一个资本仅十万元的小卷烟铺，一月到六月，即出小夫洋五千、保款一万、卷专费五千，每份丁洋又是二三万，再加上下层人员的勒索，以及门牌、户口、电灯、灰渣、煤炭等捐税数目字就相当可观。尤其给商人威胁最大的，是官僚资本的垄断市场、操纵物资，通货恶性膨胀，于是弄得大小买卖都是摇摇欲坠，不可终日。现据调查：半年来花布杂货店关门的有二百多家，占百分之二十；缩小营业，兼并门面的二百多家，而坐贾改为行商，行商改为小贩的为数尤多。

★★★★★★

听说要发救济物资，大家像大旱望云雨，眼巴巴地等待着，但是事情往往出乎人的意料之外。救济品发下了，真正衣食无着的人却依然哭丧着脸，没有得到一点东西，物资救济谁了？五月四日，安阳行总豫分署急赈三组解答了这个问题：据调查，林县难民领回面粉后，县长程万宝又派人每户追回半袋，说是要抵地方团队的军粮。该县干事张伟登记难民时，每人勒索登记费百元或千元，也有缴好几千的，钱多了就可以捏报户口或多报人口。这还不算，程万宝在分配面粉时，临时顾了好多人冒名顶替，把救济物资稳稳当当入了自己私囊。林县难民一二三户中，某报记者给做了个统计：百分之二十是公务员，百分之四十是捏造户口，百分之三十是殷商富户，里边有十几户是拥有妻妾的。更离奇的是某县县政府竟把自己团队的士兵化装成难民，赶着几十辆大车浩浩荡荡地去领救济面。某专署的副官也被造在难民册子里，县党部书记长的老太爷，县长的弟弟也列到难民队里领救济粮，所以老百姓说国民党的所谓救济，实际都是"救己"。难民只有望梅止渴。

★★★★★★

民间流行着一段《县长的天地》，颇能反映出一般官僚群的荒淫无耻和所谓"吏治"，现录如下：

未上任，穷天穷地。

一上任，欢天喜地。

上任后，花天酒地。

吹牛皮，谈天说地。

办事情，欺天骗地。

发脾气，咒天骂地。

要贿赂，瞒天瞒地。

对百姓，凶天恶地，

动公愤，哭天泣地，

请你走，谢天谢地。

从四五月间河南的参议会的质问中也可以看到那些自称"民之

父母"的老爷们在干着什么勾当,上下层之间又是如何狼狈为奸,互相包庇、勾结。在四月三十号的会议上参议员郭海长说:"有许多县长或因贪污有据撤职,或因控告而押解来省,只说一解到省了,也就没有下落了。如前获嘉县县长张某、四区专署秘书,都解来了,可是现在他们那儿去了呢?……"沈化南参议员说:"前光山县县长,沦陷时,有渎职守,被撤职查办了,也不知真的办了没有,现在却又委为商丘县县长,而且是大县。"参议员张××说:"县长交代不清,前任影响后任,这样下去,如何了得!前确山县县长庞某擅离职守,自田粮处提款数十万,现在不知去向,也没人追问。"由于吏治不清,相互纵容包庇,毒品也因而充斥,参议员苗某提出:"乡镇长有抽老海的,县政府科长有抽老海的,甚至连省府派出的禁烟委员也有抽老海的。这毒品是那里来的?是走私商人运来的?乡镇长包庇他们?公安局长包庇他们?国军比较好些?"白宗德接着说:"毒品充斥全省,它来自开封朝鲜人手中,朝鲜人大多与省垣要人有关。"另外某参议员提出各县买卖乡镇长情事,据说贫乡二十万,肥乡有到二百多万的。这些发言,自然还不足以暴露国民党官场的千分之一。但可以帮助我们了解为什么胜利后,国民党区老百姓仍过着使人难以置信的痛苦时光。

★★★★★★

有个署名苦水地写了一首诗,题名《饥饿线上》,主要叙述胜利后河南人民在国民党统治下的惨状。兹抄在下边,作为本篇的结尾!

水灾、旱灾、蝗虫,
苛捐、杂税、兵差,
忍饿受饥。
在敌人的刺刀下,
这不是人间;

这是地狱的生涯!

如今,

河山已光复,

物价应下跌,

负担应减轻,

民生应安定,

那知道?!

粮价如往。(其实反攻后粮食已涨了四五十倍了)

百物高昂!

那知道?!

要款又要粮,

摊派仍照常!(事实上,何止"照常"!)

修堡又抓丁,

城乡受灾殃,

"朱门酒肉臭,

路有饿死骨,

老弱转沟壑,

壮者跑四方。"

问苍天,

那里是我们的生路?

(1946年8月27日)

重见光明的杞县城

丁曼

去年八月二十六日,我军从敌人手里解放了杞县城,两万多市民与城外数十万人民只过了月余的幸福日子,就被蒋军六十八、五十五两个师侵占去。

蒋军进城后,把许多房舍都拆毁,改筑了军事堡垒,而且苛捐杂税,重重负担已使百分之五十以上的市民,生活没有办法。×百货商店的郭先生说:"四军(新四军)的朱区长洒泪向我们告别,我们百姓哭着将朱区长送出城。"蒋军进城后,对待人民却比日本人还要凶狠、毒辣。群众中流传着的民谣是"先吃鸭,后吃鸡,临走拉着好东西。"北门里,一个老大娘说:"不用说好东西,连俺家里扫把都给抢了去。"杞王集的一位老秀才,今年过新年时,在门上贴了一副对联,写着:"罚款两万八千辞旧岁,只有五升六合过新年。"还有一首流行得很广的歌子,唱道:"国军营长看戏、四军(新四军)营长犁地。"人民的爱与恨,被强烈地写出来了。

城内所有商号,早上不能营业,都得去打扫街道,小孩们也不许在街上玩,入夏以来,全城没有一个人敢光着脊梁在家门口乘凉,因为按蒋政府的规定,这都是不合卫生、有碍观瞻的。

十五日深夜,解放军的枪声在杞县城外响开了,城里人民暗地里祈祷着重获解放,经过一场激烈之战斗,蒋介石的进犯军终于被驱逐出城。

第二天清早,市民们在打扫得干干净净的街道上站队欢迎,路旁的桌子上,摆满了纸烟和茶水,男女老少微笑地向着自己的解放者——八路军点头致敬。

全城商号都照常营业,某澡堂的老板大声喊叫着:"同志!你们辛苦了，进来洗个澡吧，今天免费!"大街上，人们抢着看民主政府和城防卫戍司令部的布告。《冀鲁豫日报》和各种传单，刚拿来，便被抢光了。

下午，民主政府召开了两千余市民代表大会，在会议上，人民纷纷诉述蒋军的暴行，商民代表说："我们的买卖简直是给蒋介石做的，赚的钱，自己花不上，全缴了捐税了。"农民代表说："我们种地真种不起，人家种地是地养人，我们种地是人养地，打下的粮食，都充了军粮。"

民主政府是关怀人民疾苦的，开会以后，马上着手进行救济工作。十七日下午，成群的贫苦人民，从民主政府那里领到了小麦，他们欢喜地说："八路军像亲娘一样的爱护咱，来到这里先救济咱；中央军可是遭殃军，把咱们糟践得不能活。"民主政府以五万斤小麦用来救济全城的贫民，那些在战斗中遭受到损失和伤亡的居民，也同样得到赔偿和抚恤。

民主政府号召集市民拆毁蒋军修筑的军事堡垒，陈县长告诉大家："我们有了吃，还有住的，把害人的堡垒拆毁，修建舒适的房屋。"两万多市民很快地拆毁了碉堡，平毁了城墙。他们兴奋地说："碉堡拆掉了，砖石拿来盖房子；城墙和壕沟平毁了，好种粮食。"

现在，商会代表开过了会，商人正筹备自己的组织；中小学十余位教育工作者要求民主政府帮助马上恢复学校；曾在蒋政府机关里面做过事的小职员，在民主政府领导下，也照旧工作着。

将近一年来，冷落的大街上，第一次出现了三三五五穿得花花绿绿的小孩子，跟着他们的母亲来街上玩耍。第二次被解放的杞县城，一切都呈现着新鲜活泼自由的气象。

(1946年9月1日)

守住土地祠

沙、吾合作

郭振林领着班里的人，穿过激烈的炮火在土地祠边停下。从对面南关射击来的炮火包围了土地祠，破烂的土地祠在炮火中摇动着，瓦片不时地发出响声，有时落下来。土地祠边有一块两丈长的空地，郭振林十余个人的任务就要在这个地方挖下工事，守住土地祠——这个军事要点。

十多个人都把红色的胸膛贴到地上，艰难地一镐一镐地挖着泥土。有时，炮火掀起的泥土和洋镐挑出来的泥土分不清地散开去又落下来。挖工事的人并没有注意这一件事，心急地要把这个工事能在极短时间内挖成。当然如果在没有挖成以前，阎军向这里进攻夺取这个地方是很容易的。郭振林挖几下，又照顾着前面左边。这里有路直通南关城内，但是郭振林已经计划着要把两条道路作为阎军通过死亡的道路。

"当！"一颗枪弹和洋镐碰击着，人没有倒下，郭振林瞧一瞧仍低头挖着，泥土从工事里跳出来又堆积在面前。对面南关的炮火，现在更集中在土地祠周围爆炸，好像要把这土地祠和土地整个翻过来，但这是多么不容易的事情？十多个人照常挖着，渐渐地眼珠闪闪发着光彩，人也渐渐地坐下来。

土地祠的工事已经做起，郭振林他们愉快地说笑了，他们对人民立誓："坚决守住土地祠！"城里的敌人决不让土地祠存在，企图依靠激烈的炮火轰平，但土地祠屹立不动，特别是土地祠边的工事和人。于是阎军疯狂绝望的命令围攻土地祠，一面又用轻机关枪逼着士兵向土地祠冲锋。郭振林十多个人看得清楚，悄悄地传着"准备！"

过来的约有一营人，沿着房子已经进入一百米，九十米，八十米……这里还是静悄悄的不放枪。十多个人的面色逐渐紧张起来，现着青色眼睛红红的冒出火来。

当他们离土地祠还有二十五米达时，郭振林、冯小建拿起手榴弹一扔，几十颗手榴弹接连飞出去，轰隆一阵，冒起一大股白烟弥漫开去，看不清人往哪里跑，但是隐约听到喊叫声、呻吟声、逃跑声。在白烟尘土消散后的路上，有着几个尸首。

约莫十来分钟后，又来一阵炮火。阎军借炮火掩护冲过来，进度很慢畏缩地前进。这时有人轻轻笑起来，又在二十五米达的地方，挨了一顿手榴弹，路上又增加几个尸首。这回他们退回去了，再也不敢出来了。

郭振林他们得意而骄傲地笑起来，有的人又修理自己的工事，有的人谈笑起来说着各种的有趣的事情。

黄昏，黑暗从地底下、从庄稼里、从房屋内冒出来，顿时把土地祠南关包围着。现在好像离开南关不知有多少远，通南关的道路也只能看到面前的一段，更长更远的地方被黑暗吞没着、模糊着。

郭振林是这个地方的一盏明灯，照明了土地祠的阵地。"把守这个大门，小心阎军的冲锋。"不知是谁在说。"喂！不怕，有咱们就没有他们！"于是分工监视睡觉。他们在地上和衣睡下，怀里抱着手榴弹。

终于城内的阎军又偷偷地摸过来。郭振林推一把旁边的人，又推一把别的人，一个个都爬在工事上。在阎军进入三十米达处的时候，又是几十颗手榴弹抛出去，摸过来的人又急促地退下去。这时有个粗暴的叫声："冲！冲！冲上去！"他们第二次扑过来。这回有剧烈的炮火掩护，虽然冲到土地祠边，但郭振林他们沉着地扔出手榴弹，在火光下阎军一个个的倒下了，没有倒下的人逃跑了。

第二天，城内的阎军又作第五次、第六次的冲锋。虽然在密集的炮火下李富悢同志光荣牺牲了、冯小建等同志带彩了……现在剩下郭振林三个人，可是他们还是要守住这个土地祠。

城内的阎军无能地暴跳起来，又命令所有的炮火集中轰击土地祠。炮弹在郭振林三个人四周叫着，把土地祠整个包起来，远远看去是一堆白烟，把好多工事轰平了。有几次炮火打起的土把郭振林埋起来，可是郭振林仍旧守住了土地祠，直到大部队赶到的时候。

（1946年9月1日）

从黑暗到光明

燕凌

"从南到北,从黑暗到光明;再会吧,重庆。……"

这是一个青年写的一首诗的开头。他把这首诗投寄给开封一个报纸的副刊,没有能够登出来。他觉得是自己写得不好,细心地修改了几遍又寄了去,等了许多天还是不见发表。他仔仔细细再改写一遍,又寄了去。……在编者,内心的痛苦却一次比一次加深。并不是这首诗的内容或者技巧上有什么毛病,可是却总是不敢发表它。在长期的黑暗统治下做编辑工作,根据无尽痛苦的经验教训,在自己内心早已存在着一个无形的"检查尺度";知道在什么样的情况下怎样措辞才能给读者以好的影响而又不显得太"突出",不至于受打击。他也斟酌了又斟酌,最后,终于又为这位写诗的青年的精神所感动,而把这篇诗稿交到排字房去了。还是怕会"出事情",临时还又把一些比较带"刺激性"的字眼变更了一下。

可是,第二天早上醒来,拿来报纸一看,那首诗却变成了:"从北到南,从黑暗到光明;再会吧,解放区。……"他气得眼睛冒出火来,披上衣服就拿了报纸去质问总编辑。总编辑说:"我不知道怎么回事呀!大概是社长改的。"他再找社长去,社长却冷冷地笑着说:"你看我行不行?只改了几个字,就把你的意思完全翻过来啦!……"这位编辑终于是离开了这个报社。

没有把这位编者马上拘捕起来,在统治者看来算是够"客气"的了。可是,对于一个正直的新闻工作者,这样的"强奸"是比拘捕甚至枪毙更难以忍受的啊!

国民党反动派是世界上最害怕言论自由的一个集团。他们害怕人民翻身,害怕人民认识大时代的真面貌,更害怕他们自己的丑恶暴露

在人民大众的面前。所以他们用种种卑劣无耻、残暴不仁的手段，蒙蔽人民的眼睛，塞闭人民的耳朵，封锁人民的嘴巴，不让民间报纸存在，不让正直的新闻工作者自由。在国际新闻自由访问团到重庆的时候，国民党中宣部发言人谈："我们新闻检查的尺度已经放宽很多了。"可是，连重庆报纸上"欢迎新闻自由使者"的社论也被检扣了，只登出来一个题目，开了一个大"天窗"。透过这个大"天窗"，我们便清清楚楚看到了中国法西斯的面目和法西斯统治下的人民报纸受难的画图。……

还是我在重庆的时候，有一天我到北碚去看一个朋友，在汽车站正碰到这么一回事：一个壮汉气势汹汹地从汽车上把刚运到的报纸拖下来，狞笑着说："今年冬天的皮大衣又不成问题啦！"——把这一捆报纸送回去给他的头子，他可以得到一件皮大衣的"奖赏"。气喘喘跑来取报的报童和急着买报的一些人都待在一边，一句话也不敢说。不过人们是更急着看这一天的报了，知道上面一定登着对统治者不利的消息。

在重庆附近一个国立大学读书的时候，我和大多数同学一样爱看一种为人民的说话的报纸。一天，忽然不见送报的孩子来了，同学之间互相询问着，都不知道是怎么回事。晚上，在茶馆偶然听到几个人在谈："那小子牛劲很大，我们三个人收拾他还被他狠狠地打了我们每个人好几拳；把他按倒在地上他还踢，还死抱着一大卷报不放手。后来还是手枪对着他，他才松手了。这小子！以后有机会非'整'死他不可！"声音很熟，是我们学校里的"特种学生"，也是三青团里的几个积极分子。我于是知道了我们所盼望的报童遭遇了怎么一回事。以后，报纸很久很久也不见送来了，传说着有一个报童在嘉陵江边走着的时候被推倒在江里了。学校当局后来又公开宣布不许卖报的再到学校来，理由是"常常失落东西"。可时同时却又警告订报的同学们说："你们不要看××日报，看××日报的人思想都有问题！"于是乎，狐狸尾巴就又露出来了。

给进步报纸寄稿常不见登出，也见不到"不能刊用"的通知；进步报纸常寄不到读者手中，有人曾在重庆邮政总管理局附近看见几个人很辛苦地在向一大堆四川土纸印刷品上面泼水，泼过后又用大木棍乱捣，把那一堆东西捣成烂泥。他好奇地问他们干什么，他们答称是被雇来专门做这个事的，那大堆的印刷品，是邮局扣留了不往外寄发的报纸。……

反动的统治者自己也知道他们做的不是好事，所以扣了报纸还要设法灭迹。可是，新闻工作者心头深深刻划的创伤是永远消灭不了的，人民也会永远记清楚是谁迫害了他们，是谁不许替他们说话为它们服务的报纸存在。这笔账总有一天要清算的。

去年秋天，我怀着和写"从南到北……"那首诗的青年同样的心情离开了重庆到北方来。在西安、开封所看到的，是一连串摧残绞杀新闻界的暴行。秋天毕竟不是春天，即在政协决议公布以后，由于民贼独夫蒋介石的"偷天换日"，和平民主的春天仍然是没有到来呵。政协闭幕不久，美蒋联合布置好的反苏反共的攻势就发动了，东北风刮了起来，带着冰雹向全国人民袭来。在西安，三月一日，《秦风工商报》在五味杂字的门市部就被特务暴徒捣毁；接着是记者杨某横遭特务痛打；印刷房里被特务暗暗放进慢性炸弹；法律顾问王任被警备司令部假借"烟犯"的名义枪毙，执行死刑时还把一张大布告贴在该报大门口；在街上抓住报童打，抢劫报纸；威吓商店不许在该报登广告，威胁订户不准订该报，……

五月十一日早晨，我在陇海线上某城市一个报社的编辑室坐着，正对着落个不停的细雨沉思，突然有人告诉我有一个客人来了。……

这是一位在《秦风工商日报》工作了很久的一位朋友，他突然的到来我没有什么惊讶，因为前两天在上海《文汇报》上已经看到了他们的报纸被迫停刊的消息。

他把全身都淋湿透的衣服换了一下，我们相对坐着沉默了好久好久。从他嘴里我知道了该报被迫停刊的经过，更知道了李敷仁被特务拖到咸阳原上被枪杀的噩耗……

这些都是国民党当局宣布"新闻检查取消"了以后的事，是蒋介石宣布了"四大诺言"以后还没有几天的事，而且也就是蒋介石为了部署内战，飞到西安以后几天所发生的事情。

不久以前我在开封又有一位在河南省党部有熟人的朋友告诉我："中宣部和组织部都来了一个黑名单，而且密令地方当局就地自行解决；这名单上的人大都是文化界新闻界的。都是谁我还没法知道。……"

正是到处举行"户口大检查""陆空联合作战大演习"的时候，正是大军向东向北大肆调动的时候，正是满火车的坦克、大炮和大批美式武器向东驶去的时候，正是各县加紧催征军粮的时候，……人们明白这是什么意义。国民党反动派要钳制舆论，原是为了坚持独裁进行内战的方便。更大规模的内战的烈火已经被法西斯头子蒋介石动手烧起来了，对正直的新闻工作者的迫害自然就更凶暴了。

"从南到北，从黑暗到光明……"我终于是来到了解放区，置身在无限光明的土地上了。我看见了在共产党与民主政府的扶植和保障下，人民自己的报纸是怎样蓬勃地发展着，我平生第一次看到了自由天地里的新闻事业，也是第一次逢到可以欢快的"九·一"记者节。在今天，在反动魔王蒋介石已经发动了更大规模的内战疯狂向解放区进攻的时候，我分外关心现在正在国民党统治区为民主和平而奋斗的新闻战友们。在这里，我谨向他们致真挚的慰问与无限的同情，祝他们更健康更愉快地坚守着自己的工作岗位，更勇敢更坚决地斗争下去！

(1946年9月1日)

学习博古同志

博古同志之遇难，不仅是我党与全国人民之重大损失，在党的新闻战线上也失掉了一个坚强英明的天才指挥者。际兹"九一"记者节，摘刊此文，以表缅怀先烈之忱，以留范于我后进者。博古同志对于革命的新闻事业之鞠躬尽瘁、战斗与创造的精神，是值得我们每个从事党的新闻工作的同志学习黾勉的。

——编者

悼念我们的社长和战友博古同志

余光生　艾思奇　陈克寒

我们悼念博古同志，不能不想起他的许许多多值得我们景仰和学习的长处。他常对我们说："我将终身从事于革命的新闻事业。在我们党领导下，已建立了很好的人民政权和人民军队；我们还必须有很好的人民的新闻事业。"为了这"终身事业"，他竟整天劳作，深夜不寐，虽在疾病之时，亦倔强地拒绝休息。他还说："我们吃革命的新闻饭，就是这样的。"博古同志经常悉心揣摩毛主席的工作方法和思想方法，对毛主席的每一指示和对报社文章的每一修改，他必须反复和我们探讨，有所领会，往往高兴地说："这是毛主席的独特见解，大家要好好掌握。"几年以来，博古同志日益熟练地把毛主席的思想具体运用在实际工作中，例如报纸与群众结合、全党办报、群众办报的思想，职业记者、基干通讯员和广大通讯员结合的思想，新闻必须完全真实，用事实和说理进行宣传，使我们的宣传有"驳不倒"的论据的思想，进行宣传斗争要"有理、有利、有节"的思想等等。

特别是最近两三年以来，我们经过很多的巨大事变，在党中央和毛主席领导之下，在博古同志坚强和机敏的直接指导之下，我们在宣传方针上从来没有迷失过方向，我们并开始积累一些经验。博古同志对于业务是极其认真和负责的，他对于报社和通讯社的每一项工作，都能不时提出精辟的意见。他对重要工作，常常亲自动手，树立榜样。在去年解放区大进军时，他曾亲制卡片，部队番号位置一目了然。他曾三翻四覆地说："有了正确的政治方针，业务就有决定意义。请问业务如果不精，正确的政治方针又何从表现呢？"他很注意写作技巧，他经常地指示记者们："要忠实地报道，精确地报道，生动地报道，迅速地报道。"他最痛恶陈腐烂调，他看了之后，往往叹口气说："语不惊人辞不休。"博古同志有博览群书的习惯，所以他的知识特别渊博。他对于翻译工作尤其坚持不懈，他一有余暇，即伏案翻译。他说："教条主义反掉了，更要多读书。过去读书方法不对头，不是书会害人。"他常恳挚地劝我们："挤出时间多看书，对你们工作是有好处的。"博古同志还有一个特点，就是朝气蓬勃，永不满足于现状。对于工作的成绩和优点，他的赞扬固然充满着热忱，可是他对缺点和错误的批评是直率和尖锐的，甚至于是挖苦的。他总是永无休止地转运他的灵敏活泼的头脑，研究宣传斗争的形势、方针和策略，筹划把人民的新闻事业办得更好的方案和办法。

悼 博 古

张越霞

为了使《解放日报》和新华社成为真正人民的喉舌，为了从工作中培养党的新闻事业干部，你是费了相当大的精力的。你永不疲倦，摸索着宣传战线上的斗争艺术。你不断地把心得告诉别人，并热忱地鼓舞别人也和你一样去摸索。我听见过陈克寒同志曾对别人说："博古同志在宣传工作领导上是坚强的。"你不辞辛劳地每天工作，常常六七点钟起床，忙到十二点钟才能洗脸吃早饭，并在洗脸吃饭的时候，还在谈话和看消息。假如遇到有新的政治事情发生，那就更紧张了，你就匆忙地向中央负责同志请示，和提意见，然后与编委会的同志共同研究，把各种材料根据党的方针、党的主张写成电讯或论文。这样的工作常常使你通宵不睡，而第二天早上的工作，你仍然是不放松的。你不仅做了上述的工作，你还亲口从电话中告诉有关机关以新的重要政治消息，你的耳朵不大好，因此你常用自己的听觉为标准，生怕别人听不清楚，结果呢？常常把你的洪亮的嗓子也讲得嘶哑不成声。就从这件事，也可以看出你对革命工作的无限热忱。

以我每星期回来听见的情形来说，你一天是很少休息的，除了看稿件、写文章、开会讨论、个别谈话以外，还要看各种中英文的报章杂志，以研究其中的内容到编排技术，你都用心研究。再有时间的话，你还做翻译工作。你的译品，都是从工作中挤时间来做的。除了午睡或晚饭后散步几分钟外，就很少见你休息了。你的娱乐是什么呢？也是你工作中所需要的，如听广播，不是听音乐，而是听国内外的口头广播的消息，有时候你听到的消息比新华社收到的消息还快。你听这些广播，也是为了"知彼知己"和反动派进行斗争，并且摄取各方面的经验，从外面的广播反映中检查我们新华社自己的工作，从而改进这一工作。当着听到新华社广播很清楚的时候，你马上会嬉笑起来，拿着耳机给我听，给余生同志他们听。你还以看小说来休息，每天临睡前总要看一小时的小说。你常对我说，看小说可以增加社会知识，放宽眼界，对文字修养也有帮助。总之，你的娱乐和消遣也是与工作分不开的，特别是这四五年来，你是革命队伍中的倔强的耕牛，不声不响地埋头工作着。

(1946年9月1日)

孔从周将军访问记

泽然

中等身材，军人气概，头发已经斑白了，脸上却有青年人的朝气，说话带着浓重的陕西口音，谈到过去他有时沉默，看得出有很多感慨，谈到起义他又洋溢着光辉，表示出他反对内战，反对独裁，有很深的决心。这就是巩县起义的孔从周师长给记者的第一次印象。

他的感慨应该是不少的。

在军队里二十多年，从当学兵到当师长，从打北洋军阀到打日本帝国主义，战场上的出生入死，已经够一个军人去经历了；独裁者的迫害却那样与日俱增地时时追随着他，追随着这支有着西北革命传统的队伍。为了抗战，他曾经参加过第一次反对内战坚持抗日团结的西安事变，九年以后，他又不得不用起义来反对内战了。虽然他有陕西人说的"冷娃"（不怕硬）那种性格，但提到旧事，他却不能不有些感慨，提到国民党独裁集团的反复无常，不民主反人民的罪恶，他更不能不有最大的愤恨了。

一、兵谏英雄

孔从周将军在抗战初期，任独立四十六旅的旅长，这支队伍是民初靖国军的底子，那是于右任先生在西北闹革命时创办的。民国十五年为了使北伐军顺利北上，他同他的队伍在西安坚守了八个月，围着他们的是北洋军阀吴佩孚、刘镇华的十万大军，城内粮食吃完了，便吃草根吃油渣，终于坚守了这座古城，最后把北洋军阀的部队打败了，并乘胜参加北伐，挺进陇海，击溃直鲁军阀联军于砀山程大庄，与南上北伐军会师徐州。现在西安北大街体育场，还有一座油渣亭，就是纪念这一次艰苦战役的。

吃油渣换来的胜利很快就被蒋介石糟蹋了,西北军参加的北伐还没有彻底完成,蒋介石内战的命令又把他调到汉中地区,同过去一道革命的队伍——中国工农红军对垒起来。西北军当时悲愤地服从了命令,结果损失了好些人马,蒋介石嫡系胡宗南的第一师没有受到丝毫损伤,却轻巧地窃据了西北军的地盘。从此,陕南便成了蒋军的天下。这时,西北军东北军更同时接到蒋介石彼此"监视"的密令,一面国难深重,弟兄阋墙,蒋介石在"剿共"也在屠杀每个稍有爱国热情的异己者;一面是中国共产党的号召停止内战,团结抗日。西北军是有爱国热情和革命传统的,当时的孔从周旅长(那时他任杨虎城将军警备第二旅旅长,担任西安的城防),在这两条道路的当中,他和杨虎城将军一道选择了后面的一条,这就是有名的"双十二兵谏"。孔师长那时是参与指挥部队,扑灭特务宪兵第三团,打死人心称快的蒋孝先的直接行动的人,以后中国抗日战争能够发动,他是有功劳的。

为人民所称赞的功劳,正是独裁者统治者最大的憎恨,四十六旅以后的历史充分说明了这一点。

二、抗战忠臣

抗战第二年,敌人侵占了晋南,牛岛师团正企图南渡风陵,直入中原,这时,一支队伍从他对面开来永济城,永济一役就打了八天八夜,打得牛岛师团没有渡过黄河,这支队伍就是由警备二旅改编的独立四十六旅。全旅的战士们愉快地唱着雄壮的战歌:

"我们是光荣的革命武力,

我们要争取民族解放的胜利!

我们不杀侵略强盗,定会死在强盗手里!

…………"

可叹的是：他们并没有死在日本强盗手里，虽然蒋介石对待一切异己部队，都曾作过这样的打算，但是当蒋介石看到日本强盗不能消灭这支队伍时，他便自己来亲自动手了。

永济血战之后，四十六旅与十七师会师于晋南平陆一带，归三十八军赵寿山军长指挥。

平陆这地方，南面黄河，北靠中条，山势东西漫长，南北狭窄，慢慢倾斜直到河岸，很少周旋余地，加之友军不予配合，敌人便常常居高临下，把三十八军步步逼近黄河。黄河对面守卫的是蒋介石嫡系部队，敌人从山上往下打，他们从南岸往北岸打，为国流血的伤兵船，也被他们打翻了，得不到一个援兵，送不过一个受伤的彩号（当时兵站医院都在黄河南岸），三十八军（四十六旅在内）就一直在这样一个地方，守了三年，与敌血战了三年，大小作战二百余次。最激烈一次是二十八年的"六六战役"，敌人集中二十、三十五两个半师团的兵力，打算由北朝南，把三十八军一股气赶到黄河里，四十六旅退到河岸上，隔河的枪炮又轰击过来了，背水作战的战士却痛哭起来："没有被敌人打死反被廿四师（胡宗南部）打死了！"当时，那些痛哭的士兵正在孔师长周围，他没有哭，他坚决领导全旅，往敌人后面冲，这一支哀兵，冲到平陆丰村敌人炮兵阵地里，摧毁了敌人六门大炮，歼灭了敌人一个步兵中队，"六六战役"，从此才胜利结束。

在这几年中间蒋介石只补充了四十六旅五十支破枪，"补充"最多的却是那些离间军民关系、官兵关系的中央政工人员。不补充枪、不补充人，却没有把这支部队搞垮，三十八军却越打越强，重庆的报纸赞扬他们是"支持中条山抗战的铁柱"。这条敌人拔不去的铁柱，最后蒋介石又亲手来拔了。

三、被侮辱与损害

"十二月政变",三十八军的大多数官兵感到了一个危险,便是抗战的局面越来越艰苦了,他们在历次作战中体会到,要仗打得好,一定要有老百姓帮忙。当时,晋南的牺盟会人员,正是动员群众帮助军队的一个有力助手,"十二月政变"把这个助手毁掉了,想到未来的作战,许多人感到悲伤。就在这时,一个没有预料到的事件降临了。蒋介石下了一道军令,调三十八军到河南休整,这支同当地群众有联系的支持中条抗战的铁柱便被拔掉了。这是二十九年十月的事情。当时,一般有眼光的人已经开始看到,三十年五月中条山蒋军二十万人溃退的征候了。

三十八军调过黄河时,四十六旅已改编为三十五师,孔师长率领着这支队伍守卫广武邙山头阵地达两年之久。敌人消灭不了的这支队伍,蒋介石却想了另外的花样,使他自己腐蚀消灭,他把三十八军能打能冲的精锐兵团都调到黄河渡口上去。那时黄河渡口盛行着走私,长官部便是走私的大本营,守渡的官兵在金钱的引诱下很少不走私腐化的,渴望杀敌的三十八军士兵,便在这样的生活里自行腐化下来。

腐蚀不了的人,蒋介石就下令调进集中营,抗战中三十八军最有功劳的人,上至团长,下至士兵都包括在内。赵寿山军长、孔从周师长,当时曾为这事请过客、说过情,也踌躇过、叹息过,怎样才能使这些为国家为民族血战了几年的弟兄,不到那人间地狱里去。这种忧愁便折磨白了他的头发。

驻守河防的岁月,就这样地过去了。

中原战役时,三十五师与十七师并肩防守山小关五支岭,同敌人打了四昼夜,豫西战役孔师长带领五十五师(三十五师改编)在长水同敌血战两月,而蒋介石嫡系的汤恩伯二十万大军,却在十天之内丢掉了八城，敌人的影子还没有到，他们就跑远了。备受迫害的孔师长能有这样的战绩，谁都认为是可喜的事情，但独裁者是不让人民有这点喜悦的。孔师长谈到这里时，他的心情更加沉重了，他用讽刺的口气说："他们还采取一种庙在神不在的办法，来消灭杂牌。"三十八军在中原豫西等战役中损失是不小的，照例应该迅速补充，但是蒋介石对杂牌"补充的唯一办法就是合并。九十六军与三十八军从此就合并成了一个军，剩下的九十六军的番号仍然存在，但经补充后就成了蒋家的部队了。"

三十八军的"神"并没有完全被消灭，因此去年春天，蒋介石又把西北军四集团军总司令孙蔚如调去六战区，三十八军军长赵寿山调去甘肃，使其离开自己的部队。遗缺却委来被骂为"陕奸"的蒋介石忠实爪牙张耀明担任。从此，三十八军从师长到团营长便在调训、撤职的名义下，大批调走，遗缺全部由中央军校军官来补任。凡是行伍出身的，哪怕是班长，蒋介石都规定一律不能任用，孔师长说："这样'偷梁换柱，调虎离山'的结果，西北军旧人，那些忠于抗战的部队便越来越少了。"他做了一个计算：在民国二十八年，西北军四集团军共辖两个军（三八、九六）十四个团，三十四年四集团军总部调走，两军合并为一个军，共九个团。三十五年，再一次整编，军改为师，就只剩下六个团了。

今年三月，蒋介石又密令胡宗南把孔师长所属五十五师改为五十五旅，把孔调三十八军当副军长，等他脱离原部后，即把五十五师调赴新乡前线参加打内战。一面叫他自行消灭，一面还叫胡宗南"相机缴械消灭之"，最后完全消灭这抗战八年的有功队伍。孔师长不忍这支西北人民武装完全被蒋介石消灭，便在五月十五日下午，逃脱特务的监视，回到五十五师召开紧急会议，全师官兵遂于巩县城宣布了反内战起义。

四、来解放区印象

沉重的心情过去了，当记者问到来解放区的印象时，孔师长笑着说："老百姓的脸色，给我印象最深。蒋介石的独裁内战已使河南几千万人民面黄肌瘦。踏进解放区第一眼看见的便是那些笑口常开，面色红润的老百姓的脸色。这些人正勇气蓬勃地抬着担架，拿着枪走上自卫前线，那时陇海自卫反击战正在开展。"他说，"为着自己吃得饱，生活得好，有这样多人踊跃参加自卫前线，那么胜利是一定不用讲的。"

在邯市各机关，他看到一种新的风气，每个工作同志，都把自己的全部精力贡献于紧张的工作，他们却以"为人民服务"而感到无上的愉快。

孔师长没有见过刘伯承将军之前，在他的想象里，刘将军一定是勇猛魁梧的人，同刘司令见面后，他说：刘将军是待人诚恳、忠诚、和蔼的长者。

使他最感动的，是十七师的旧友和士兵写给他的各种慰问信，信上说：过去不能念书识字，现在我们已学会念书识字了。

冲锋突围，疲劳了两个多月的孔师长，在如此新颖的生活里，他把疲劳完全忘记了。现在他每天一早起床略事散步后，即埋头在《毛泽东著作》《人民日报》、解放区出版的各种书籍杂志里，他说："几年没有好好看书了，过去还能从重庆得一些说真话的书看，这一二年，什么也看不到了。"

（1946年9月5日）

我见到了民主建国军

朱波

本月二十二日,我到达了民主建国军总部,在那里,首先给我印象最深的是到处可以听到士兵们自由民主的歌声。

民主建国军从起义到今天已十个多月了。在官兵关系上、军民关系上,都一天比一天地进步着,特别是军民关系上,做得更好。麦收的时候,全军从总司令到杂务人员,都参加了麦收工作,连病号也参加了,他们成立小组,自带给养到外村帮助老乡麦收,据不完全的统计,仅一师在六天中,参加麦收人数八千一百五十个工,割麦一万二千余亩,一师梁副官割完麦,累得腿疼腰酸说:"'谁知盘中餐,粒粒皆辛苦。'今后如不为人民服务,良心上也过不去呀!"他们在四区受到了四十个村的慰劳和慰问,这四十个村庄老乡携带礼物参加劳军大会。十一团帮助群众生产后,群众买了很多的肥皂、毛巾、纸烟慰劳他们,都被他们一一谢绝了。但群众过意不去,便准备请剧团演剧,一个老太婆因为部队不收她的礼物,特地找了识字的人,写了一封信给军队。这封信登在《民主团结报》上,信上写着:"你们真是俺的好军队,帮助我割麦连水都不喝,叫我怎么能过得去呀!"

二师六团运输连王鸿钧同志,在河里救起了一个本村小孩,家人感激得不知如何是好。

在农民翻身运动中,二师官兵在部队中首先清洗了混进去的地主恶霸二十多名,送交县里处理,现在二师干部又掀起了献田运动(当地干部),六团石团长已将自己田地分给群众一部,现在田师长、六团石营长、一营一连廉连长,都准备把自己多余的地分给群众。总部特务团的战士帮助村里群众搞斗争果实,该村群众斗争委员会写了一封慰问信给他们，以表谢意。一师一团一营战士胡贵廷说："我们在大后方是帮助老财革穷人的命，现在完全翻了过来。"一团副班长对被斗争的特务说："我住你家里，你给我说：'还是国民党军队好。'你还瓦解我们战士开小差，你这是什么意思。"群众听到后，随即高呼："民主建国军是自己军队，……"而战士们也互应着高呼："真正成为人民公仆，先帮助群众翻身！"二军乔军长致书沙河县府说："当此群众翻身之际，我全军尽所有的力量，帮助自己的父老彻底地翻过身来"。

全军对解放区民主政府八路军和毛主席已生长着敬仰与热爱，二团一个战士在《军人生活报》上投稿歌颂毛主席这样写着："他是领路人，他是黑夜明灯，我们永远跟他走。"另一个战士在《军人生活报》写着："我的好朋友，就是八路军。"

十团二营伙夫马鸿德，沙河县人，九年没有回家，这次回家后，群众分给他二亩斗争过来的青苗地，村公所负责给他种，他到团里后，别人问他："老马家里怎么样？"老马就笑得合不住嘴说："穷人翻身捎带着我也翻身啦。"

一个军需上士何凤银，是河北省清丰县人，这次回家后看到房子倒了，二十多亩地都荒芜了，老婆因灾荒〔改〕嫁了，他找到当地民主政府，请求合理解决。现在由当地政府帮助，修盖了一座新的房舍，老婆经政府合理调解又回来了，土地村中负责给种。战士们都深深感觉到解放区的政府比大后方的政府强百倍，在那里应该发的东西还不给，那里还管你家庭问题。

"官兵打成一片。"二团九连排长尹树森从干训团回去后，在生产上工作上都是跑到头里，战士们说："排长进步了，我们也跟着好好的进步吧！"有好些连排官长学习后，都很积极地起模范作用来影响战士，战士们也自动争取工作。一团战士李振华除去上课放哨外，都是跑到菜园子里去种菜浇水,总部特务团孙团长说:"过去官长拿着棒子催着做一件工作,战士们还做不好,故意地给你调皮捣蛋,毁家具坏东西,现在有了工作,都抢着去干,而且做得还非常好,这都是实行民主的好处。"

在整个部队里官兵之间洋溢着互敬互爱的空气:官长半夜不睡觉,去查岗查铺,这些事过去是从来未有过的。一些战士提出来,"干部工作忙太累,给他们另做些菜吃。"但被干部感激地谢绝了。现在不管战士和官长除正式学习外,可以在一块说说笑笑。一团三营战士在壁报上的批评与建议栏写着:"营长同志!学习时你不学习干什么去了,是否叫老婆拉住尾巴了。"而营长在壁报上答复的是:"我因开会没有参加你们的学习,老婆不但不能拉腿,我还要进行改造哩。"像这样的事过去战士做梦也不敢想。

现在全军生产都搞起来了,每个单位都有小菜园,有的除去自己吃还能卖一部分,民主建国学校种地将近三百亩,各单位都有合作社运输、杂货铺,总部特务团每个战士都有一千余元的积蓄。另外在一师、二师、二军都有自己开掘的煤窑,生活都改善了,每天一顿面一顿米,过去盐都吃不到,现在生产的菜就吃不了。总部通讯营他们生产得好,每月能吃两次肉。军医处温处长说:"由于生活改善,病号减少多了,过去在大后方每连队有八十多个病号。而今年每团才有很少几个。"

民主制度都建立起来了,定期开军人大会、生产检讨会。每一个生活单位都有经济委员会,一切开支都要经过经济委员会讨论通过。各单位都设有意见箱,特务团孙团长说:"意见箱每天开,每天有好些书面提的意见。"高总司令说:"过去是一个人管大家,现在是大家管一个人。"特别是选举成立经济委员会战士都非常高兴,因为过去一切开支自己都不知道,吃了好多亏。

他们的生活充满了愉快，除去工作，自由活动，有自己出的壁报，那上面的稿子都是战士们写的自己要说的话，在村边设立好多杠子木马等游戏工具。战士们没有一个愁眉不展，都是笑眯眯的，我在二师里问几个正在跳木马的青年战士说："你们怎么这么高兴呢?"他们看了看我，说："怎么能不高兴呢！不愁吃喝、不受气。"高总司令在会上讲话说："你们都是吃得胖胖的满面红光，都是笑得合不下嘴，所谓士气兴旺，我带兵几十年来，今天才算见到。"

全军在向前进步的过程中，自然免不了还有些美中不足的缺点，但这些缺点，领导上都注意到了，一定会纠正的，正像田师长所说的："我们现在正是学习，一定会有些毛病，但我们不怕，我有决心而且有信心一定能克服。"

让这一支民主的队伍，在人民的怀抱里一天天地成长壮大起来吧！

（1946年9月6日）

自卫英雄们

同蒲、陇海前线记者团

计打邢家泉

炮在邢家泉堡垒的五百米达地方架起来,可是天太黑,连这么近的地方,堡垒还是模模糊糊的,炮手感到困难,可是有人生出一计来。

五个人背着一捆柴火悄悄地摸向堡垒去,所有的人都睁着眼送这五个人过去。五个人摸到了堡垒旁边,悄悄地先挖一个单人掩体。挖好掩护体后,四个人摸回来,丢下一个人守着柴火。

炮手拉开炮等待着。这时五百米达外堡垒底下忽然一堆柴火烘烘地烧起来,照红了半个天,照红了堡垒,炮兵迅速瞄准,迅速射击,炮弹碰着堡垒上,火光四射,堡垒轰隆地摇摆着,里面的人叫起来。

"缴枪!缴枪!"

送出二十四支枪,又走出二十四个人。

汾河

刘建彬在汾河边上把守了多半夜,汾河的水"哗哗"响着,总没人从汾河对面渡过来,他有些心焦,眼睛瞪得大大的,盼望从汾河里冒出人来,活捉几个回去。

约莫天明时候,人也有些疲倦,但河对面"扑通!扑通!"响起来,刘建彬看见河对面有数不清的黑黑一群人渡过来,而且很快的第一个冲过来的人,已经一把抓住自己的胳膊,刘建彬不慌不忙地喊着:"同志们冲啊!"埋伏在后面的十个人,同时爬出来,堵击这几十个人,刘建彬非常的沉着,先用手榴弹狠命地往抓住他的人头上一打,又顺手一刺刀,这人倒在河滩上,刘建彬又转过身来往左前边的人一刺刀。

几十个人更慌张起来,回头跳往汾河里。刘建彬他们又集中射击起来。

易开云巧捉俘虏

对手的两门迫击炮和重机枪、轻机枪,一股劲往易开云阵地轰击,汾河滩上的石头沙土,炸起了一二丈高又落到汾河里去,这对易开云的阵地没有损害,他们依然把守住汾河口,决不让汾河上渡过一个人去增援赵城。

有些人会从机械的数目字去计算,一千余人对七八十人,这是一个大大的比例,可是这一千余人几次冲过来,易开云他们只用几颗手榴弹就迫他们退回去,来不及跑的就此死在河滩上。

东山头露出一抹白光,八月早晨的阵阵凉风吹来有些凉意,但易开云他们没有一些感觉。

远远有了吵闹声,城里逃出一伙敌人来拼命往汾河里跳,把他们的美国式大盖帽、背包、枪支及其他东西尽往汾河里抛,水上浮着,河底沉着,也有拦在河岸上。易开云他们赶快准备,前后都有敌人了,渡河过来的已经冲过来搅成一团,分不清敌我。易开云有些着急,可是没办法,这时又渡过来一批带有全副武器的敌人,易开云心生一计,就迎上去招呼:"来!来!这边是八路军,那边是咱们的人,快走,跟着快走……"

渡过河来的五六十人慌慌乱乱地跟着易开云走,有些人还沿路丢掉美国大盖帽,脱下美国式衣裳,把准备好了的老百姓衣服套在身上。咱们的易开云计划着,如果多骗过来些就好了。

走过河滩,走过庄稼地,易开云往自己机枪阵地走去,后面的人也跟着走过来。

易开云快到机枪阵地时紧走一步,跳过去嘱咐机枪射手:"注意!前面是敌人,射击!"机枪"哒哒哒"响开了,易开云喊着:"缴枪不杀!缴枪不杀!"六十多个人服服贴贴地缴了枪。

两个模范指导员

六〇五四四小队政指李学堂同志,带着队伍反击到杞县城下时,腰部受伤仍英勇冲杀占领城楼,这时不幸脊背又受了伤,同志们要他下火线,他说:"不怕,同志们!我是轻伤,打吧!"他继续指挥队伍战斗。在巷战中,他头部又挂了彩还不肯下火线,他高呼:"同志们!我们胜利了,敌人不投降就要他的命!"在同志们催促之下他才到救护所去换药。八小队副政指史书庭同志,在城内亲率五班向南追击蒋军,翻过许多房顶和围墙,突过火力封锁线,快到蒋军据以反扑的城楼时,他一个人冲上去,从敌人手里夺过来两挺轻机枪、一支捷克式步枪、一挺重机枪。

登城第一名

五四六小队殷公荣同志,是第一个抢登城墙的英雄,在动员会上他说:"这次打仗坚决完成任务,我在头里哪怕牺牲完,只要有一个人也要上!"晚十二点十五分,一声山炮响起,架梯投弹往前攻,很快抬上梯子,殷公荣第一个上了城,不到五分钟他们全班都上了城,即与城上蒋军展开争夺战,情况甚为紧张,他高吼:"没有敌人啦!"全体同志很快爬上城墙,他便往下追击,他用手榴弹打倒四五个敌人,他也挂了彩,但他仍然冲杀,一直追击,直到完全消灭了蒋军,缴了两支步枪才回来。

两个炊事员

六○五四四小队炊事员万中宝同蔡小二同志。自告奋勇到火线上抢救彩号,他们在蒋军猛烈的炮火下,抢救了六个彩号时,就在城墙上碰到五个蒋军,万中宝大喊一声"缴枪!"吓得蒋军急忙把五支步枪、二百二十发子弹交给他们。

(1946 年 9 月 7 日)

火线散记

陇海前线记者

冒着中伏的太阳,我怀着一颗比太阳更热的心奔向自卫反击战的前线。沿途的人民,欢迎着我们。八月九日,我们已从丰衣足食的解放区到了为蒋军敲榨压迫贫困饥饿的被占区,我们在相距考城十余里的村庄休息。看到村里家家封门闭户,满街生草,路上行人稀少,我问一个拾粪的老汉:"这地方为什么这样凄凉?"他停了半天方答:"这里简直不成世道了,白天有城里的蒋军来征粮要款抓差,晚上有土匪到处抢牛架票,有钱的逃到城里去了,穷的都下了河北(指老黄河北解放区)逃难了。"这位面容憔悴的老汉,深深地叹了口气,凹陷的眼眶里,禁不住地流下泪。我又问:"这两年的收成如何?"老汉说:"提起这来,蒋介石该万死,汉奸在城里时,庄稼人每年要给他出八十多斤粮食。自从蒋军到城里后,俺这半年已经出了七十多斤了,什么军装费、子弹费,凭今年的年头,一年一亩地不过收四斗,粮还不够他们要的。"老汉叹一口气,"日本投降了,庄稼人那个不高兴,受了七八年的罪,想着往后该过安生日子了;谁知蒋介石又要打内战,这一来,弄得人比日本在时还难过。"我又问他:"你知道河北怎样?"老汉听了这句话,很兴奋,他就滔滔不绝地说:"河北实行了合理负担,一亩地一年顶多出二十斤粮,啥事都没有了,我们天天盼望八路军快来,把城里的坏蛋们打走,庄稼人就心静啦!"

十二日进入兰封城,发现大街上很多被拆毁了的房屋,房屋的砖石,堆积在大街上,原来蒋军正预备用它构筑碉堡工事。北大街的一座碉堡,已经筑起了,又要在城正中心的十字街上,修三丈高的炮楼。这座炮楼才垒起二尺砖,炮楼周围六家商号的门面,被拆毁了,一个商号老板含泪说:"你们八路军要早来一天,我们房子就保住了。"兰封城的南关,沿着漫长的陇海铁路望去,路两旁,一边一条两丈多宽深的封锁沟。这沟是敌人在这里时,用来封锁解放区的,日本投降后,蒋军继续用这封锁沟,切断了我冀鲁豫区与豫东解放区的联络。今年五月,蒋介石一面派兵筑堡看守封锁沟,一面大举"围剿"我豫东解放区,一再下令"一网打尽"豫东的地方子弟兵,但是在我豫东百万军民,三个月的英勇反"围剿"下,蒋军的"围剿"计划,被粉碎了。二十一日晚,我和二十多个拉着牛车的老乡们,从兰封城东,通过封锁沟,老乡们的牛车,被深沟阻碍住了,他们破口大骂蒋介石说:"不叫俺过安生日子,连条好路也不叫俺走。"大家急了一身汗,费了两小时的时间,车子才得通过。

杞县城内的监狱里,扣押着一百多我豫东解放区的军民,杞县城解放时,他们欢欢喜喜地跳出了监狱,和解放军握手。他们气愤地对我说:"在这里我们甚么罪都受过了,辣椒水、压板凳、香火烧……他们强迫叫说共产党不好,我们中间很多都是共产党员,他们那些卖国贼,没一个人从我们口里掏出一句好听的话。"我在蒋军县政府驻地,发现十五日晚写好的一件县府给专署的呈文,上面写着:"近日情况紧张,我处扣留之奸匪(指我被捕同志),或枪毙或徒刑应速示知。"但是这份公文,尚未寄出,我军已进城了。杞县解放的当天,就有不少的乡下人,进城来找民主政府,要求到蒋军俘虏群里,去认出杀他亲人的刽子手来报仇,民主政府劝他们说:"政府一定要给你们报仇,把那些罪大恶极的汉奸公审。"

蒋军向我军民进攻时,天天有飞机助战,在陇海前线上,每天早上八点至午后六点,都可听见飞机的轰炸与扫射,有很多老百姓的牛马被炸死了。十二日的上午,在兰封城西寸高村,当飞机来时我就和房东五口，隐蔽在房里。房东是地主，他的六座瓦房，被飞机用美造机枪弹，穿得满房顶都是窟窿，气得房东大哭大骂。

蒋军如此惨无人道的来轰炸和平居民，只能在人民心里种下了更深的仇恨。

二十四日十二时一架红头、红颈带国民党徽之美式飞机在兰封城东北二十余里之瓜营，向进犯蒋军驻地低空侦察，数分钟后，开始扫射，虽然进犯军迅速举上联络记号，但蒋记飞机，并不管他们联络不联络，一直向进犯军扫射七次之多。可把进犯军吓坏了，士兵们怀疑说："空军与陆军又闹摩擦了。"

（1946年9月8日）

河防堡垒杜八联（上）

席炳午

光荣的抗战史

杜八联是过去济源七区的一个联保，抗日期间，杜八联的共产党员与人民一起，坚持抗日，曾创造了不少英勇的战绩。四二年六月，国民党第九军三营，因与日寇勾结，而出卖了杜八联的北部防线，迫使杜八联人民的抗日斗争不得不由公开转入秘密。一九四三年，一百八十多个被迫当伪军的战士反正了，一九四四年，马明山先生又率全团战士，配合五十八团攻取陈岭据点，举行起义，参加了八路军。这些事实与杜八联人民的秘密斗争是分不开的。

去年八月我军，攻击坡头时，杜八联人民，男女老幼争赴前线，他们用肩挑、用手提、用怀抱，没有筐子用自己的衣服包上手掷弹、炮弹，向前线输送，使十七团健儿在攻坡头的激战中，没有缺过弹药。杜八联人民终于在八路军的帮助下解放了自己的家乡。

阵地屹立

杜八联解放以后虽改为十个行政村，但"杜八联"这个光荣的名字，仍旧被人称呼着。从去年十一月起，广大人民逐渐在反奸清算斗争中开始翻身，但由于国民党背信弃义，向我解放区进攻，杜八联人民在传统的斗争和新的觉悟下，很快又建立了自己的武装——民兵。同时，整理了自卫队，开始防守黄河。在刚整理好武装组织的第二天拂晓（元月十四日），国民党九十军与残杀杜八联人民的罪魁卫安生，违背停战协定强行渡河、侵占我坡头以东地区，严重地威胁着杜八联的安全。杜八联人民一齐拥上前线，配合正规军打击违约进犯的蒋介石部队。二月里形势较稳定，他们便转入长期对顽伪封锁袭扰的斗争阶段，这个时候杜八联内部发现了特务活动，发现了地主的反攻，加以蒋军稍事喘息后，即向杜八联连续不断的进攻，于是从三月开始，留庄、连地、毛岭等村更进一步发动群众深入反奸霸清算、减租减息、反贪污等斗争，提高群众的觉悟。进而开展反特务斗争，更进而建立了强有力的严密的情报联防、战斗联防，建立了机动的轮战队，构筑石雷与障碍物结合的长达十里的圪针封锁线，并在重点构筑小型工事，开展爆炸运动与顽军展开长期的剧烈的金郘、马□保的争夺战。顽军从三月到五月初向杜八联进攻达八十余次之多、最大的兵力达三百多人，仅四月份一个礼拜即进攻八次，总兵力两千有零，但都被杜八联人民一一粉碎。

夏收保卫战

　　五月，夏收保卫战开始时，敌人以大的兵力采取正面进攻与侧面袭击，企图使杜八联屈服，然而杜八联人民都踊跃的投入麦收斗争，真正作到"那儿先熟，先收那儿""快割、快打、快晒、快藏""前边打仗后边晒藏"。割的时候指挥部提出"后方支援前线"的口号，由后边村庄动员大批小孩子帮助留庄、马庄抢收抢运，他们说："前边和咱后边一样，丢了他的粮，就是丢了咱的粮。"前边的民兵白天黑夜不回来，紧紧地监视着敌人，敌人不来就收割，敌人一来就打仗。这里每天都在响枪，在圪针封锁以外，抢收时候男女老少进行了总动员，老弱去到前边送饭，回来的时候还一零一零地向后运送粮食。小孩子送饭一放下罐子就去拾麦，顽军的子弹从头上飞过，也没有人理它，人们紧张到见面只一笑点点头就走过去了。三天时间地里光了，八天时间场里光了，一天时间自动踊跃地交了公粮，紧接着空室清野，把粮食都运往后方藏起来了。顽军抢粮的阴谋终于成为泡影。

壮烈的水上游击战

　　为了配合八月初豫北我军对济孟地区国民党军的自卫反击作战，济源民兵积极投入战斗，杜八联男女老少都自动地行动起来。男人们到火线上去，岗哨瞭望全由青年妇女们担任了，小孩们也忙着来往送信、跑交通、抬担架、运弹药、送茶水，人们都抢着去做。有个抬担架的民兵负了伤，但他马上又叫他老婆去抬；连地因为部队给养接不上，一夜动员了五千斤麦；人们像看护自己的子弟一样，招待伤兵。战争的头一天，人民就和部队相随上，连续摧毁了五十多个碉堡。四号那天，杜八联组织了水手民兵队，由战斗英雄薛××率领，在黄河水上截击顽军。八月三日的夜里，天黑得伸手不见指，杜八联的水上民兵更展开了一幕神奇的水上游击战。他们策应正规军的反击，担任了深入顽后截击的任务。在××的领导下，三十多个胸前抱着葫芦，肩上荷着长枪，头上挂满了手榴弹机枪的英雄，在波浪滔天的黄河里一起一伏，向着白坡南陈游去，当正面的军队尚未到达时，他们炸沉了顽伪船只，占领了南陈、白坡的码头，截击了伪顽的援路。等到正面战争开始，他们便展开了袭击。这天夜里，天上雷雨交吼，电光闪闪，地上炮声隆隆，火光飞迸，在激烈的战斗中顽军纷纷逃窜，顽县府李惠浦的公安局长、书记和卫安生的书记以及十个战士都被水手民兵俘虏了。六号，配合部队，水手民兵又和四区民兵，强袭黄河中的小岛——西滩。由英雄薛××和七区武委会主任××领头，强袭西滩顽军"自卫团"，又俘虏三人，得七支步枪、白面四千斤、子弹数千发、炮弹十余颗。这两次水上民兵的出击，大大提高了人民武装的声威，杜八联的民兵，并在各村，捕获了数十个依靠顽军、破坏我边沿区工作的特务；并收复了与顽军争夺数月的马洞、马蜂，而顽军始终没有踏进杜八联一步。统计从元月至今粉碎顽军一百三十余次的大小进攻，毙伤顽伪近百，我只伤亡民兵五人，顽军始终没有踏进杜八联一只脚，他们保卫了黄河防线，使顽军特务的偷渡跃进、蚕食等阴谋进攻，受到严重的打击。现在杜八联成为济源的保障，四分区边沿斗争的强固堡垒了。

百炼成钢的人民

杜八联人民从斗争中翻过身来了。他们过着自由愉快的生活，男女都穿上整齐的新衣服，形容枯焦的现象没有了，他们在田野里劳动，歌唱着自由胜利的歌曲。然而国民党反动派刽子手卫安生、李惠浦仍旧企图拖他们到过去罪恶黑暗的生活里。可是杜八联他们每当自卫战争的时候，人们都呼出了"发挥杜八联的顽强性！""卫安生是人民的对头！""不让顽军进杜八联"。传统的斗争精神加上翻身斗争中的阶级觉悟，使得人民的斗争意志更加坚定了。一听说顽军来进攻，大家都由家里、由地里赶上火线，走上岗哨。"到前边去，怕什么牺牲？"成了人们在战斗前的豪语。在槐树庄的一个小庄子上，一个民兵病在床上，忽然传来消息说"攻坡头"。他蓦然跳下床来，对他妈说："我去打坡头去。"说罢，头也不回，饭也不吃，像没病的青年一样到前线去了。民兵王××一听见打仗，不顾一切地向前跑，他一个人赤着臂膀，架着机枪追击顽军。他能把敌人扔来的手榴弹又拾起来"回敬出去"。

我亲眼见到五月二十四日的大战中，顽军以百余人向留庄、马住、连地等村进攻，老太婆们，中年妇女们，在离顽军约五百米的高地，一面望着警钟，一面站岗盘查行人，她们不慌不忙尽到自己的职责。当天，马住、连地民兵坚守村东高地，在子弹剩余不多的时候，乃用手掷弹打退顽军连续五次的冲锋，始终没有退却。连地民兵康生哲英勇牺牲之后，民兵们很快把尸体背回来，妇女会员不用两点钟，把一切死者的穿戴都做成了。璩垣辉的母亲——六十多岁的老太太，把自己的棺材也送给他用了。全村青年到前线去没有回来，妇女们、老年人帮着装殓祭奠送灵，并且高呼："我们要为死者报仇！"当民兵薛安行负伤牺牲后，很多男女老少安慰着他的祖母及母亲说："他是为全村光荣牺牲了，我们都是你的儿女，有我们孝顺你老人家。"杜八联人民的热情友爱，就是坚强不可屈服的力量。当我挂着白布条时，也被感动得不觉落下泪来。这是如何壮烈、亲密而动人的场面啊！

在几个月来的斗争中，人民创造出自己的战术，正如联防指挥员战斗英雄薛××所说："我们会打仗了，比以前灵活多了，过去只知道聚□圪塔，现在知道转圈儿打。"他们学会了进攻，也学会了防御，民兵经常把地雷埋到敌人来路上或坡头镇里，一颗"起不走雷"在坡头一下炸伤三个顽军，使顽军走路都不放心，后来顽军走小路，他们又在小路埋雷，走麦田往麦田埋雷，大大威胁了顽军活动，民兵不仅善于爆炸，而且能在顽军不提防时打进去。五月十一日，卫安生向他部下吹牛说："八路军没有什么力量，他不敢到坡头来。"但是第二天黑夜，民兵分三路一下冲入坡头镇，打下卫安生的合作社，给卫安生一个活生生的教训。杜八联人民在"一步一雷"的口号下，普遍打石雷，学石雷，这种武器的采用与普遍开展，将发挥更多的作用，炸进顽军的心脏。在这次济（源）孟（县）反击中，他们又担任了水上先头突击队，深入顽后方白坡、南陈，截击顽军，策应正规军东进，更是一个出色的壮举。

戒骄戒懈长期打算

但杜八联的人民与领导者却毫不麻痹骄傲，首先他们经常注意内部的巩固。他们了解"家贼难防",他们知道在今天的复杂斗争中,特务无孔不入,企图从内部破坏工作。在他们平时严密的侦查中,在留庄发现了特务企图打战斗英雄的黑枪,在马住发现特务的造谣,在连地发现有人暗与顽军勾结,在蓼鹿发现特务割地雷绳,这些事情的发生使领导机关和人民注意从历史上工作中斗争中的表现上来了解每一个人。他们注意到调整领导成分,注意武装的掌握,清查户口,实行来往人员登记报告制,严格的路条制度,都做的更经常而认真。同时,也知道国民党反动派的野兽成性,他们说:"蒋介石说话不算话,时常都得防备他。"所以他们已经有了组织好的转移组织——转移地区、游击区的联络指挥、后方建设等——以备于必要时与进犯者周旋。杜八联已从长期斗争着眼,进行后方民兵支援前方民兵,克服前边忙后边静的现象。注意到杜八联与其他边沿地区的统一步调,配合斗争,也注意到帮助左山、马洞、金蛾群众翻身斗争,特别是七月中旬普遍开展了诉苦"挖穷根",彻底深入减租清债斗争,这在坚持杜八联长期斗争上,在进一步团结广大人民上,在进一步提高战斗意志和战斗力上,将起着决定作用。

一群英雄

杜八联的指挥员留庄英雄薛××,这是人民所共同爱戴的一位有名的忠诚勇敢机动沉着的英雄。他三十一岁,家里很穷,在今年斗争中翻身才分配了三亩地赎回四亩地,他从来没在斗争中惊慌失措过,他常说:"怕什么,牺牲就牺牲,越慌越不行。"这是将生命献于革命事业的人才有这样的坚定、勇敢,他常常脱下衣服赤着臂膊打仗,他很机动,有一次他从××庙里刚转移出去,卫安生用很多人包围了小庙,用重武器拼命的向小庙破墙上射击,把墙打得稀烂。但当压缩包围圈时,才知道里边没有一个民兵。他很会指挥战斗,一百多次进攻中，打胜仗的多，吃亏的少，最近他率领水手游击队在黄河中攻击西滩，发挥了很大的作用。攻西滩时，他和七区武委会主任××同志乘一只小船先行登陆掩护浮水人员，而且打断了顽军的水上交通，缴获很多东西。

他本人很刻苦，政治立场坚决，敌人曾以"高官厚禄"引诱他，他不动摇，以致卫安生派人要打他的黑枪。

××村武委会主任璩××二十九岁了，他很纯洁，他对人和气关心民兵的生活，前边枪一响，他从来没有落过后，打仗很沉着，他不仅会打仗而且又注意民兵的教育，民兵们都很爱他。

雷××是二十多岁的青年，很积极。在五月二十三日的战斗中，他打死了向我进攻的顽军张队长和班长，援助了司令部的侦察员。其余如勇敢的王××、拔过日本旗的李××，都是很出色的英雄，他们受到杜八联人民的爱戴与赞扬。

（1946年9月8日、9月9日连载）

论作家的业务

爱伦堡　刘群 译

"作家、记者在战时的工作意义,"爱伦堡说,"自然都已明白。在这次谈话中我想讲一讲作家的业务。"

我们有许多青年人渴望着这一行,常常把他们的作品寄给我征求意见。

在旧时代,在革命以前,做一个作家是极困难而又吃亏的。那时人们走文学之路像是求取功绩,仅仅是有这种爱好的人才成为作家。而在我们这个时代文学的业务却似乎是寻求轻快的生活与光荣。

初学写作的人总想象一切都很简单,作家搜集材料,到什么前方走一走,看一看,听一听,记一记,然后转回来,像从森林里提出了菌筐子一样,选择一下,把所记下来的连接起来——于是他的小说就算大功告成了。

一个人,未曾感受过他们所写的东西,未曾痛苦过自己的作品,未曾经验过写作,是不能成为作家。L·托尔斯泰在写《战争与和平》以前曾经作为一个战争的参加者体验了战争,而当他站在堡垒上的时候,他所想的不是小说而是战争。

文学是一种沉重的劳动。当写到我们一个英雄牺牲的时候,作家就深深体验到好像自己是正在死去一样。凡是作者所未曾感受过、未曾经验过的,都是劣等货,都是艺术,文学拙劣的代用品。初学写作者体验的东西有时只够两页,就把自己看成作家了。一种可怕的误解以为作家——是像百货商店一类的东西,作家是包写一切的人——这不是作家。

我们的青年往往不会表现自己的思想,他们的活生生的语言被一种定型的新闻公式，甚至于是一些浮言滥调所充塞。在学校里应该就开始学会简短明了地说话和写作，显然，这是件难事，写五十行要比写一百五十行难得多的。所有的创造过程，都是不断地自我压缩过程。一定程度的感情是必要的。我无论多少次重复看我的作品，总能发现，有可以删掉的东西。因此，我劝告写作的人叙述自己的思想要像打电报一样，每一个字都要付钱的。青年作家追求数字，在艺术面前和在读者面前都是一种犯罪。

我读了青年们许多小说和速写，使我常常产生疑问：他们为什么写？他们的思想在那里？作者想说些什么？平常事实的登记是不必要的，这是很明显的事。在每天见面的夫妇之间，总是谈些杂乱的家庭琐事，那倒还可以。但是，如果他们一个月才能见一次面，他们就只能谈一些最重要的事情了。作家应该把自己看作和读者见一次面，而不是和他们住在一起。因此，他所要说的就应该是有意义的和重要的事情了。事实和事件——就是表露给作家一种确信和凭证。

有人说我们缺乏钻研精神，是不可能有真正的艺术的。

（1946 年 9 月 8 日）

老 张 欣
——翻身散记之一

林沫

一

我到第八组所在地北东坊,去参加斗争汉奸恶霸朱方的大会,在那里住了几天,认识了一个老乞丐,名叫张欣,他已经六十三岁了。在他过去的生活中,除当了二十年雇工之外,就是逃饥荒,到处流浪、要饭。一个老乞丐是什么样子,都会想象得到:因饿、病而骨瘦如柴,脸是干瘪着的,眼角堆着眼屎,低垂着眼帘不愿看人。可是我看见张欣时他却胡子剪得很整齐,新剃的头,脸洁净,像是因发烧而泛着红光,在最近的斗争中,人们说他像是发疯了。

一大早,我们刚起来,张欣老汉手里拿着两支烟、一根火香,从外面走进来,他没有说什么话,递给老刘一支烟,就坐在我们身旁抽起烟来。老刘说,老汉就爱抽个纸烟,有时还喜欢喝上二两酒。他转过脸去,对老汉说:"以后翻了身啦,自己有了产业,需要俭省,你说是不是?"他点点头,说以后心里畅快了,就不喝酒了。我想到一些什么,对老刘的话突然感到不舒服,停了一下,我对老汉说:"好好吃点喝点吧,补补几十年的冤枉!"他又是点点头,随后到每个房子里坐了一回就出去了。后来他才告诉我,那是来看看枪毙朱方的"决定"有无变化。

二

那还是前几天夜里在小组诉苦,当一个女人说过之后,他从身子底下拉出一条破口袋,从里面摔出一件染满血迹和穿有弹洞的小黑皮袄，开始他气喘，两手发抖；但是当他把这血衣拿在手里审视了片刻之后，一刹那间他变得镇静而坚决了。他抬起眼帘，睁大着眼（这在他是很不习惯的）望着众人说："你们都看吧！看这上面的血，这是我弟弟张成被打死时穿的衣服，看这子弹，是从正心上穿过去的呵！这是有钱人和汉奸朱方打的呀！他们为什么打他呢？我日他娘！因为我们穷，交不起棉花钱，白天在街上说了不满意的话，夜里就给拉出去了，还有我的侄子张华，因为差五十块钱交不够呵！您谁都知道，被逼得没办法吊死在门口小柳树上了！你们说吧，这冤仇该不该报？""该报！！！"这是一声从来所没有的心声一致的仇恨的怒吼。"对啦！该报。"他用严厉的目光望着众人说，"谁要说不该报，我就和他拼！……"

三

然而张欣的仇恨绝不止此，他全家六口人都是叫地主逼得死的死、逃的逃，后来，他常常和众人谈起他这些事情：

"爹爹给地主作了几十年牛马，到荒旱年地主就把俺们赶走。光绪二十六年俺一家六口，担着小的扯着老的去逃荒，下雷雨，下黑雪呀！大人饿得哭，小孩冻成冰，地主围着煤火炖肉吃，他们吃剩下的骨头呀，还要喂自己的狗！"

"爹爹死的时候用门板抬出去，露着光脚呀！没有一条破席。"

"母亲死在祠堂里。死的时候，地主家正在包饺子过年；大年初一不能进人家门去要饭呀！她临死时想喝一口热汤也没有！"

"二兄弟七岁卖给林县一家地主当奴隶，给了俺十二串钱！"

"三兄弟名叫张少义，因为年岁小，不能做活，白给了人家去逃活命！"

"十三岁的妹卖给彭城的大户当丫头！二十串钱立了约！过了五

年俺要饭到门上去看她呀！妹妹拉住我死活不放手，被人家连踢带打拉回去了！要是没死她还在那里受折磨！……"

至于老张欣自己呢，他到彭城，到林县，到汤阴，到浚县，到曲阳，到南边的驻马店……他身体好时就给人家去做活，一有病，人家就不管了。他常常在病中去要饭。他老了，他想到自己的家，十年前，他怀着思乡的心情从外边走回来……

在一个下大雨的晚上，他背着破砂锅和一条湿淋淋的破被子走近生养他的村子北东坊。可是越离村子近，他越走不动了！"北东坊，我一没房子二没地，家里啥都没有，我回去干啥？这大的雨，难道要我到爹娘的坟上去吗？难道我要回去受众人的耻笑吗？几十年来我可是混得'打瓦'（不成样子）了！"他这样在雨里，自己想着，自己问着。在黑夜里他听到生养自己的北东坊的狗叫……

他没有回家，他又到离家不远的，在那里做过活、要过饭、混熟了的十里铺去了。他在这村中的祠堂里又住了十年，眼看自己这一生快要完了，他夜晚睡在祠堂里问神像："俺穷人有啥罪？俺受了一辈子苦，也不能娶个老婆，留个后代？"

神像不懂他的话，他一生的冤苦无处诉说……

四

前年冬天一个晚上，天落着雪，他正躺在供桌上叹气。像做梦一样，有人暗暗地给他带了个信："你的弟弟张成被人用黑枪打死了！"

他艰难地，跌跌撞撞地踏着雪回去，偷偷地掘个坑把尸身埋了。他揭下了那件血衣，连夜跑回祠堂。在黑暗里他跪在那里指着血衣发誓：只要我不死，只要那一天我有出头的日子，凭着这我要报仇！

事情逼得真紧呵！冬天还没有过去，他的侄子张华又因缴不起棉花，吊死在家门口柳树上了！张欣把血衣包好，藏在神像后边的墙洞

里，又回来埋葬了自己最后的一个亲人。

张欣呵，以后睡在祠堂时常做梦，梦见自己很年轻，拿着快枪和敌人拼；梦见自己长着两只很大的手把所有欺压穷人的脖子扼住！后来他出去要饭，听说八路军到的地方穷人都翻了身，于是他天天盼望着：八路军呵！你快来吧！

五

去年八路军解放了临漳后，老张欣即跑到区上商量穷人翻身，他回村后曾暗暗串通，组织起一百多人的穷人会。但因为地主威胁利诱阴谋破坏，分化、收买了干部，翻身一直搞不起来。

今年六月翻身队来到北东坊，开始，无论向老百姓怎么解释，因为怕变天，怕打黑枪，有苦都不敢说。

张欣第一个自动找来诉苦，他把自己的冤仇说完之后，又把村中地主的活动、干部的动态及群众的要求都详详细细地谈出了。

和张欣接触最多的老刘告诉我，他在最近的诉苦运动中已经哭了二十多次；但他绝不是个以流泪而自慰的老年人。当我和他谈起他过去的生活时，他又一次地哭了；但只一刹那的抑止不住地抽噎，随即他变为愤怒、坚决；甚至他常常带有青年人的急躁与不安的神色；而且他最仇恨不团结、卑怯、懦弱。

那是在一次教育旧干部的会议上，我们向大家提出："天下农民是一家，新旧干部要团结起来……"旧民兵队长陈金和一直阻碍群众翻身，他想反对，他开始吞吞吐吐地说："这话又对又不对……"张欣看透了他的心意，等不得他说完，就急得跳起双脚，拍起胸脯叫喊起来了："好，我日他娘！你们反对吧！你们闹得自己打起来吧！让汉奸郭清带着那些坏蛋重新回来吧！你们缴不上款就得上吊，你们敢说一个'不'字？夜里就被黑枪打死！你们的子子孙孙都要受饿，你们还没有尝够挨饿的味道吗？您数一数，看这屋子里哪个不是穷人，你们都忘记了自己的根子了吗？"他哭着说着，最后抽噎地说不成话，就从屋子里跑出来，蹲在窗下边不加抑止地痛痛地哭了一会。

屋子里经过短短的沉重的静默之后；人们变得和蔼、亲密，变得清醒而坚决了！众人在统一的意志下立了这样的信条："穷不自斗，不暴露消息，不受老财的贿赂，有事大家商量。"大家一致对此宣誓并盖了手印。

六

当汉奸朱方被捉回来，号召大家向他斗争之后，他每天无数次地到翻身队来，有时是低声地来谈些什么；有时是领着人来诉苦；有时是在同志们身边坐坐，这里蹲一蹲，那里走走。他显得十分不安，他心里是沉重的，他担心群众把他斗不倒。在他脸上，你从来看不到一点轻松或喜悦的神色。

由于苦难的折磨，他的身躯显得很苦老了！他走起路来，好像胸中装着一块大石头，身子摇摆不稳，特别是斗争中遇着什么疑难，他就显得有些郁闷而气喘起来。

但无论在炎热的中午或深夜开会，要他多休息一会是不成的。时常见他从各家的门里走进走出，有时当人们聚在街上吃饭的时候，会突然看见张欣又拍着胸脯在那里叫喊："朱方！我日恁娘，恁五十块钱逼死俺一条人命！你去城里嫖姑娘一回花二十五万！你老日的走狗！你地主的走狗！你专咬俺们穷人哪！……"开始人们都笑他，说这老汉有些发疯了——因为人们有苦在家还不敢诉，有谁傻得来在大街上叫喊呢？但是慢慢地，在会议上，在平常的谈话中，人们都觉得老张欣的意见是对的。那个拿着要饭棍，低着头，搭抹着眼，从街上走过而无人理睬的老乞丐的身影，在人们中间突然消失了！眼前，是一个可怕的斗争坚决的老人，和他在一起就清楚地觉得"穷人不翻身就不像个世界"。

七

开大会之前，我们曾再三告诉张欣，到诉苦的时候千万不要着急，要他详细地耐心地讲。但是他毕竟没有能够这样做，由于他这些日子来的到处叫喊，在大会上他一开腔喉咙就嘶哑了，他越想说得声音大，越说不出来，人们只见他拍自己的胸脯，只见他拿着血衣在那里招示。他这次虽然没有讲清楚，但参加大会的十三个村子的人都已经知道老张欣的事情了。而老张欣，要不是大会上诉苦的人那么踊跃（九十八个人诉苦，其中有十四件活埋、黑枪及被逼而死的人命案），诉出了胸中的冤屈和郁闷，我想老头子是要永远后悔的。

当他听见惩罚的枪声和看见仇人的尸身倒下时，他用力拍打着我的肩膀："真痛快呀！——我早晨还没有吃饭就出来了，我要回去歇一下，我可要再好好多活几年啦！你也去休息一下吧！"我第一次看见，他脸上突然露出笑容，深锁着的满脸皱纹和低垂着的眼帘都一下松开了，走起路来也像是轻快得多了！

现在他已经得到没收汉奸的七亩好水地，第二天，他就扛着锄头，平生第一次走到自己的土地上去耕作了。自卫队的孩子们，在街上拦住问他："老张欣！你这可算翻了身啦吧？""嘿！"他摇着头说，"孩子，咱们这才抬起了膀子，以后就要拔他们的根咧！"

一九四六年八月十二日于临漳

（1946年9月8日）

论中国史上的正统主义

翦伯赞

在中国历史学上,自古以来,就流行着一种正统主义的观念。所谓正统主义,即在中国史上的任何时代,都要指定一个统治集团,作为合法的政府,以之承继正统,而以与这个合法政府同时并世之其他的政治集团为非法的僭伪政府。几千年来,一直到现在,中国的史学家,还在哓哓于正伪之辩,而且这种正统主义的观念,在现在,仍然在现实的政治生活中,发生它的作用。

其实所谓正统主义,完全是封建统治者用以辩护其"家天下"之合法的说教;而其出发点,则是"皇帝至上"的思想。因为封建时代的历史家,以为历史就是圣帝明王的承续,因而天下不可一日而无君,一日无君,即认为历史的中断。所以在任何时代,都要找一个皇帝,系之以正统。这个正统的皇帝,最好是圣帝明王,但是如果当时没有这样理想皇帝,则不管是流氓,是地痞,是大盗,是狗偷,甚至是他们鄙为夷狄的异族,只要他取得了对中国的统治权,他就被尊为神圣,被当作正统。

例如刘邦未做皇帝以前,本是一个"好美姬,贪财货"的流氓,又曾隐于芒砀山为盗,他的身份,可以说流氓而兼强盗。但《史记·高帝纪》谓其一入咸阳,便摇身一变而为"财货无所取,妇女无所幸"的圣人。朱温在《唐书》上曾被指为盗贼,而在《五代史》上,遂被尊为神圣。燕王棣在同一《明史》上,以前指为叛逆,以后又奉为神圣。李存勖、石敬塘、刘智远都是沙陀的苗裔,而中国的历史家竟奉为五代的正统。辽金元清诸代的统治者,或为契丹,或为女真,或为鞑靼,而中国的历史家,竟尊之为祖宗。像这样今日流氓,明日皇帝；今日盗贼，明日神圣；今日寇仇，明日祖宗的正统主义，充满了中国史乘，举不胜举。

封建时代的历史家，一方面抱着天下不可一日而无君的思想，但同时又认为天无二日，人无二王，即认为在同一时代，不能有两个以上的皇帝。因而如果有了两个或两个以上的皇帝时，他们便从中选择一个，尊之为神圣，奉之为正统，而以其余为僭伪。例如在三国时，有三个神圣，所以历史家或以魏为正统，或以蜀为正统。南北朝时，南方有一群神圣，北方也有一群神圣，所以南方的历史指北方的神圣为索虏，北方的历史说南方的神圣是岛夷。五代十国时，中国出现了一大批神圣，于是历史家便择定梁唐晋汉周为正统。像这样任意正伪的正统主义，正如司马光所云："宋魏以降，各有国史，互相排黜。南谓北为索虏，北谓南为岛夷。朱氏代唐，四方幅裂，朱邪入汴，比之穷新，运历年代，弃而又数。此皆私己之偏辞，非大公之通论也。"

神圣一经确定，则为不可侵犯之象征，如果再有人反对这个神圣，不管反对得有无理由，都一律被指为盗、为贼、为匪、为叛、为逆。实则神圣与盗贼，相去无几。陈涉、吴广之于刘邦，新市平林之于刘秀，窦建德刘黑闼之于李世民，张士诚陈友谅之于朱元璋，李自成张献忠之于清顺治，其间相差，实间不容发。然而即因成败不同，而遂或为神圣或盗贼。由此而知神圣与盗贼之分，不在其人之性格，而在其成败。正确说来，只有从神圣中才能找到真盗贼，从"盗贼"中才找到真神圣。黄黎洲之言曰：

"自秦以来，凡为帝王者皆贼也。……今也有负数匹布或担数斗粟而行于涂者，或杀之而有其布粟，是贼乎？非贼乎？……杀一人而取其匹布斗粟犹谓之贼，杀天下之人而尽有其布粟之富乃反不谓之贼乎？三代以后有天下之善者莫如汉，然高帝屠城阳，屠颍阳，光武屠城三百。……古之王者，有不得已而杀者二：有罪不得不杀，临战不得不杀……非是奚以杀为？若过里而墟其里，过市而窜其市，入城而屠其城，此何为者？大将……偏将……卒伍……杀人，非大将偏将卒伍杀之，天子实杀之。官吏杀之，非官吏杀之，天子实杀之。杀人者重众手，天子实为之大手。……百姓死于兵与因兵而死者十五六，暴骨未收，哭声未绝，于是乃服衮冕，乘法驾，坐前殿，受相贺，高宫室，广苑囿，以贵其妻室妾，以肥其子孙，彼诚何心而忍享之？若上帝使我治杀人之狱，我则有以处之矣……"如黄黎洲所云，则自秦以来的所谓神圣，都是一些杀人犯，而中国的历史家却以杀人犯之世代相承为正统，以反对杀人犯者为盗贼，岂不是非倒置！所以黄氏又说："然则为天下之大害者君而已矣。……而小儒规焉以君臣之义，无所逃于天地之间，至桀纣之暴，犹以汤武不当诛之……岂天下之大，于兆民万姓之中，独私一人一姓乎！"

正统论者，一般方面，是"皇帝至上"的历史观之演绎，在特殊方面，他们又是历史地辩护现存统治者的合法。例如以三国而论，陈寿以魏为正统，而习凿齿则以蜀为正统；以后司马光又以魏为正统，朱熹复以蜀为正统。这样不同的主张，并不是根据客观的实事，而是历史家要主观地辩护其当时的政权。关于这一点，梁任公说得很正确，他说：

"陈寿主魏，主都邑也。寿生西晋，西晋据旧都，而上有所受，苟不主都邑，则晋为僭矣。故寿之正魏，凡以正晋也。习凿齿主蜀者，主血胤也。凿齿生东晋，晋已南渡，苟不主血胤，而仍沿都邑，则刘、石、符、姚正，而晋为僭矣。故凿齿之正蜀，凡亦以正晋也。其后温公主魏，而朱子主蜀，温公北宋，而朱子南宋也。宋之篡周宅汴，与晋之篡魏宅许者同源，温公之主都邑说也，正魏也，凡以正宋也。南渡之末，与江东之晋同病，朱子之主血胤说也，正蜀也，凡亦正宋也。盖未有非为时君计也者。"

又如五代十国而选择梁唐晋汉周为正统，这也是宋人为自己的政权辩护。因为宋代的政权，篡自后周，为了正宋，不能不正周，为了正周，于是又不能不正梁唐晋汉。所以宋人正梁唐晋汉周，也是为了辩护宋代政权是历史的正统。

清以外族入主中国，和辽金元的情形类似，所以顺治二年，议历代帝王祀典，礼部上奏，主张把辽金诸帝，送上祭坛，几乎要以辽金为正统而以宋为僭伪。清人之正辽金，也是为了辩护自己政权的合法。

民国初，北洋军阀修清史，以清为圣朝而指太平天国为发匪，即正清而伪太平天国。他们之所以正清而伪太平天国，也是辩护承继清的北洋军阀的政权是正统，而从太平天国发展出来的辛亥革命和由此而建立的国民党的政权是僭伪。

晚近又有人企图把某一个人尊为神圣，某党派奉为正统。他们不惜尊奉汉奸曾国藩为圣人，以否定太平天国的合法性，其用意，也是企图以正曾国藩者正现在的人民屠杀者，以伪太平天国者伪现在的人民军。

这样看来，所谓正统主义，就是以"皇帝至上""封建世袭"为原则辩护现存的政权之合法性的工具。诚如梁任公云："若以此而为史，安得不率天下而禽兽也？而陋儒犹嚣嚣然曰：'此天之经也，地之义也，人之伦也，国之本也，民之防也。'吾不得不深恶痛绝，夫陋儒之毒天下也，如是其深矣。"

转载自《民主星期刊》北平版第二十期

（1946年9月8日）

来客话北平

异影

最近北平市有三忙：第一是筑碉堡忙，平市当局他们白天见鬼地在重要的大街、小巷遍筑街头堡垒，并散布谣言说：八路军要攻城，一时人心惶惶。特别恐慌的是那批"飞来客"，他们原来住在堂皇富丽的大机关里，现在都纷纷搬出来住到"接收"过来的民房，据说这样能保险些。第二是贪污忙，这一批大大小小的"飞来客"都成天价忙于如何争赃发财，进行"五子登科"的活动。因此，也带给了平市各饭馆、戏院、舞厅、电影院、八大胡同等以一番"歌舞升平"的"繁华景象"。第三是特务宪警的抓人忙，他们到处忙于逮捕进步青年、民主人士，最近秘密警察大事搜捕的恐怖空气，较之一九三三年蒋孝先宪兵三团及日寇统治时代，远有过之而无不及。

自从国民政府"收复"平津后，南京教育部曾明令规定：自一九三七年以后，所有各级学校毕业生、肄业生、教员、教授，一律冠以伪字头衔，全部进行甄别考试。这一葫芦里藏的另一剂药，实际是用借口一方面清洗进步分子，另一方面乘机大肆发展三青团及特务组织，从而也就得到镇压平津学生青年爱国反内战活动的效果。一时各校内舆论界大哗，群起反对。朱家骅始终命令坚持贯彻，不为所动。不久，北平工学院一批教授、学生共计六十余人，痛心国民党当局的黑暗统治，相率逃往张家口，备受解放区民主政府以及青年、教育界的热烈欢迎。这一消息传到平市，轰动青年界，一时逃者络绎不绝。这也震撼了国民党法西斯对青年的统治，于是不得不暂告缓期，这一问题始终尚是一个悬案未曾解决。而另一面国民党当局却严令城防部队、宪警，在各城门口严加检查，凡属中等以上学校学生，如无官方特殊证件，一律不许出城。

北平生活程度奇昂，一袋面粉卖到三万多将近四万法币，目前由于内战形势紧张，涨风日炽。自从美货大批进口倾销后，无物不是美货，甚至早点也都以美国点心代替了烧饼油条，如一包装有面包一块、香肠一根、咖啡一块、香烟一支的美国早点，价不过二百元，而一顿烧饼油条的早点则需五百元，美国的奶粉也比豆浆便宜。因此，平市大批依靠卖烧饼油条豆浆为生的也感到失业的严重危机。至于其他商品的充斥就更勿论了，只要到西单牌楼、东安市场巡视一周，举目一看，玻璃窗橱里所陈列的，莫不是花旗大亨们的倾销品，使人不由得回忆起一九三五——三七，以及日寇统治时期令人头痛的太阳商标，令人有说不出的苦痛、耻辱、憎恶、激愤的感触！——虽然美货如此便宜，然而大批主顾除却"天上飞来"的和"地下爬出"的"贵客""骄子"之流，一般市民的购买力是下降得可惊，他们连最低限度的生活都难得维持，怎会有余力来从事享受这现代的"物质文明"呢？！

和花旗大亨们商品相映媲美的是来华"帮助遣送日俘回国"的花旗水兵们，在北平的大街通衢！特别在东单王府井大街一带，成群结伙的"盟军"，经常从"酒吧"间出来喝得醉醺醺的、东倒西歪，手舞足蹈；或者一个"吉普女郎"左右挟着两个"盟军"横冲直撞、旁若无人；或者一辆人力车或三轮车上坐着一位"盟军"，怀中拥抱着一个"吉普女郎"引吭高歌，招摇过市；或者一辆吉普车载着"盟军"和"吉普女郎"，风驰电掣、猛啸而过。这些景象，使得那些居住在古老故都里的市民们，个个都摇头乍手退避不暇。因为他们都知道：过去十年前，北平市民因为对东方"友邦"的不敬，致使当局三令五申地颁令"敦睦邦交"，捕杀青年爱国志士！今天，他们也都知道：蒋主席为了要善待"盟军"，曾命令各省市要转饬舞女们，只要他们能用尽一切方法消弭"盟军"在华的思乡之情，便是她们对国家民族莫大的"功劳"与"贡献"了！

国民党政府连同那位蒋主席在内，虽然这样优待"盟军"，而"盟军"表现的对这位主席却很不敬。当开始"收复"平津后，各电影院每当放映开始时，首先放映出这位主席的相片，要观众起立对"领袖"致敬并唱党歌。于是有人善意地建议说："这是法西斯的一套，我们今天为什么还要它呢?!"平津国民党党政负责人答复是："这是因为平津市民八年来对祖国的观念淡漠了，今天必须要加强他们对祖国的印象。"后来"盟军"们陆续来多了，电影院当然也少不了"盟军"们的踪迹，可是，每当市民们被迫起立，向那位"领袖"像致敬和唱党歌时，"盟军"们便很不客气地不但不站起来，而且狂笑呼哨发出"嘘……嘘……嘘"的声音；另一些正义的美国朋友们也喊"喂！看！内战领袖的像！"这样一来，使得平津当局很头痛，于是后来不得已，只有取消之一途了。北平市民们都在议论这样的事件，即：十年前东方"友邦"赶走了国民党的河北省党部、政府、驻军，抗战胜利后的今天，西方"盟军"在电影院吓走了国民党的领袖像和党歌！

当美军不断协助国民党军进攻解放区的消息传到平津时，平津的美国民主朋友们说："共产党□得太多了，为什么不打死几个美国的帮凶者?!只有这样美国政府的反动政策，才会为美国广大的人民认识透彻，那时才会对督促驻华美军的撤退更加有力，那时才会对促使美国反动的援华政策的改变更加有力！"

北平的市民们今天在叹息、在激愤！他们的潜在的力量在酝酿着，早晚会像一颗炸弹，不知什么时候，它会爆发出暴烈的火花来的！

(1946年9月8日)

心坎的话

雅微

我们刚走到邢台市牛市街公所,一个六十二岁的老太太喜眉笑脸的靠近了我们,用她衰老的声调说:

"我知道你们来啦,在这里休息,我来欢迎欢迎你们。"随着她告诉我们:

"我家姓王,一共有五口人,是个穷光蛋。地无一垅,两个小孩还不能劳动啦,凭我儿子卖肉度日。在过去卖一斤肉,人家保长就得抽四两,羊皮、羊血,完全是属于人家,还得上'割头税',弄得俺家不能活。"谈到这里,她长长地出了一口气。"老大娘,我们是北大的翻身队,来帮助穷人翻身的。"老太太的笑脸显得皱纹更深了,就提高了嗓子说:

"咱们是一家人,我知道八路军是老百姓的队伍。"她说着又凑近些,压低了声音,"我们这里现在与伪保长王葱算账啦,他家有三顷地,十来辆水车,八路军来,他狗×跑啦,以前算了他一百五十万块钱,不顶拔人家一根毛,现在又重算啦。我是他的叔伯妗子借不出他一粒米;他亲舅还得讨饭吃;他宁把那些麻雀、老鼠糟蹋下的粮食投到水里,都不给穷人吃!真是饿得你没办法,不敢张嘴。"王老太太看见我们要进早餐了,便给我们舀了她的面汤让我们喝。

我急急地吃完了饭,走到老太太的院子里。她坐在一盆月季花旁边,拣着料炭,见我进去了,一把拉住我让我在她的身边坐下,她说:

"敌人在的时候,俺不能卖肉,'犯法'的事太多了,逼得俺卖桌、卖椅、卖凳子,把我的房子也当了出去。我老汉在世的话,今年八十岁了。因为汉奸杨树源逼得他病了四年,七十八岁的那年去世了。我孩子王钦,也叫逼得病了一大场,把手闹坏了,不随便啦!我见了杨树源非割着吃他的肉不行!"老太太说得更起劲了,指手划足的又接下去!

"去年八月十二(旧历)解放了俺邢台,八路军来了,俺的生活就不一样了。卖肉也不用上税,也不怕'犯法'啦!出去卖肉,一会儿就卖完啦。你看我家现在也吃的是肉。"接着她站起来揭开锅盖让我看,锅内喷出肉香她笑了,"同志,可不一样了,过去吃糠都没有。……"

外面同志们的叫声,打断了王老太太的话语,我急着要去集合就告了辞。王老太太送出门来说:

"过来了,住咱家。"

走得很远了,我回过头去,还看见她那霜白的头发,闪烁在灼热的阳光下。

(1946年9月8日)

洪泽湖中的民兵

林丁

洪泽湖位于苏皖边区腹心的泗阳、盱眙、淮县、泗县之间，面积约一百方公里，人口约四五万。

湖上以打鸭雁为生的人统称"枪帮"，是渔民中的一种主要副业。"枪帮"是清朝同治年间的渔民为反抗苛政而自卫的一种组织。一说，远在唐朝，洪泽湖上就有了鸭枪队；但已没有确证来考据了。

打鸭枪所用的小船叫"枪溜子"，是一种七八尺长二尺多宽的小划子，船上只能蹲一两个人。如果再放上一对一百五六十斤重的鸭枪，就只能蹲一个人了。一对鸭枪放在溜子头，打枪的人下身在水中，上身伏在溜子尾部。枪上没有瞄准，全在枪手的技巧。如果说"网帮"的技巧在撒网，那么打鸭枪的技巧在使用溜子上。因为枪在溜子上面可以随着目标的高低左右而将溜子抬、压、转磨，使对准目标。他的标尺准星，全凭自己的两手瞄准。技术最好的帮中称为"火头"或"线手"。现在湖上新四军干部中的王大明、刘树林等都是过去有名的线手。

鸭枪有大小两种，大的每枝重八十斤，小的重五十斤。它所用的弹药是铁弹（大的如枣，小的如豆）和硝石。有效射程在四丈左右，威力很大。如果去打鬼子的汽油划子，弹入口处很小，出口处就是碗大的洞，使日本鬼子非常头痛，始终没有研究出是什么"炮"。

由于他们终年出没于湖中，常年打鸭生活的锻炼，使他们打枪特别熟练而准确。他们生产的对象是凫（湖上称野鸭）、大雁子、鹅等。成子湖的草丛中，鸭塘密集，成为打鸭的最好地带。有二分之一的鸭枪集中于此，打鸭期从八月开始，湖上流行着"八月十五雁门开,大雁头上带霜来"的谚语。严寒的冬天,是他们生产的黄金时代。雪夜中,他们成群结队,穿上高达胸部的牛皮衣,头上戴着白布,划着枪溜子悄悄出动(如结冰就在冰上推着前进)。快近目标时,都下水了,慢慢推着小溜子前进,距离目标近时,他们中间有经验的"火头"就喊"加火"(拿弹火的蒲棒)、"对好!"(即瞄准)、"打!"喊出"打"字才是动令,鸭枪齐发,鸭雁随声而落,于是一齐将溜子磨转船头向后(恐火药没有射完而伤了人)。原来鸭雁在听到预令时即起飞,但在飞前经过"九蹬十八飞"(即在水面上蹬九下拍十八次),所以很容易打中。猎获的鸭雁,平均分配,没发枪的人出些火药。他们很讲义气,所以又叫"义气帮"。

民国三十年十一月七日,在成子湖天台口举行了全湖鸭枪大检阅,鸭枪浩浩荡荡摆了三里水程的行列,并做了各种演习,隆隆的枪声沸腾于湖上。从那时起,散漫的枪帮开始组织起来,成立了湖上自卫队。

民国三十年,全湖有六七百枝鸭枪。三十三年,全湖即有七千多支鸭枪。现在湖上的自卫军,已经编成基干队,又叫鸭枪中队或大枪队。在平时,他们靠打鸭雁为生,并且保护湖里的菱、茨、荷等湖产。战时都站岗放哨,担任湖上的战斗警戒,成为湖上的主要自卫力量。去年夏天,盱眙的敌人投降前,两个鸭枪中队配合新四军四个连,封锁淮河三个月。在玉猴滩给了敌人以非常大的打击。

现在,全湖有×个大队,××个中队,归民兵支队部领导。过去最受陆上地主欺凌剥削的渔民,在民主政府保护下,已经翻了身,建立了自己的武装。

抗战胜利以来,洪泽湖风平浪静,每日的商船穿梭似的来往,民主政府颁布了保护渔民和商业的政策,这里俨然是一个繁荣的水上市场了。

蒋介石发动内战的枪声，终于划破了湖面的平静。为了保卫家乡，湖上的游击队又纷纷活动起来。他们在每个咀头、河口、草丛中放哨。哪怕是深夜，也会有"停船"的吼声发出。那是在盘查来路不明的船只。

"动员起来粉碎蒋介石的进攻！"在这儿得到行动的响应："为了保卫既得的利益，我们要同反动派拼到底！蒋介石从他美国干爹手里领来了火箭炮，但是咱们这里有土火箭炮；管叫你们活的来，死的去！"

（1946年9月10日）

两天三胜记

李惠田

牛子龙司令的部队——汤支队,自从开到前线坚持边地斗争以来,经常和敌人接触,平均三天要打一次仗,七个月对敌斗争的成果,已经歼灭了一个中队的敌人。打了胜仗,同志们的情绪更加高涨,他们的技术也在实战中提高了。他们准备创造更大的功绩来迎接秋后召开的太行区群英大会。

这里记下的,是在两天里三件胜利的战例:

住在汤阴吴家洼、庞家洼的伪保安队,每天夜里便悄悄地离开前锋段的碉堡,退到后边的大碉堡里。汤支队摸准了这个规律。八月十七日的夜间,一大队的健儿们预伏在顽伪退出的碉堡里,沉静而紧张地等待着战斗,准备着夺取枪支。

天要明了,顽军还没有来,大家有些着急,政治干事冯兆□和两个战士,把三个手榴弹的绳子拴在一起,压上一块石头,用敌人铺地的草盖上,准备迎接回碉的倒霉鬼。

"天就明了,还不来?"一个战士焦急地问了。

"别忙,会来的!"正说着,果然有个人影露出来了。

"糟糕!一个老乡!"另一个挺起身来看准了的战士说。

"嘿——同志,我是老百姓,往张角背来的!"这下子暴露了目标,来不及制止老乡的话,随在老乡后面的敌人已经打过机枪来了,接着向南边和向北去的敌人,一齐包围上来,伏击打不成,敌人兵力大,只好转移了。

"轰"的一声,碉里冒出来了黑烟,埋好的手榴弹响了,敌人很快地疏开了,给了我们撤回村里吃饭的机会。

我们的同志刚端起碗要吃早饭,枪声又响了,大家都起了火儿:"日他姐,非收拾它个干净不行。"机枪手端起机枪就跑,冯同志说:"去三个人,边打边退,诱到瓦庄的河沟里再打狗日的!"

"啪!啪!"是我们的枪声。"嗒嗒!"是敌人的机枪,于是啪啪嗒嗒地响到了瓦庄西南的河道里了,童青年同志和老冯拿起那挺捷克轻机轮流着突突地叫了起来,敌人一个接着一个倒下去。指挥员急促地叫着:

"快打,快打!敌人在往回捞尸呢!"

事后,南张角村给敌人送死尸的老乡说:"两个人架一个回去的有七个,用门板抬走的是十二个,共十九个。"

活动在南线的四区干队,到了宜沟附近的香寺,看着两个穿便衣的人,鬼鬼祟祟地行动着。我们机警的司号员小毛,便不停地吹起了中央军的集合号,不一会,几个便衣向号音处集合来了,预伏在岸边的人大叫一声,"放下枪,举起手!"一枪未发,生俘了八个便衣,缴获长枪一支短枪一支,炸弹五个,俘虏们说:"听见号响,以为是炮兵排集合,谁知道……"谁知道连汉奸孙殿英七年的老便衣也俘来了。

十九日早晨,顽四十军一个连带着"还乡团"六七十人,从南北田村出发分经安阳王二岗向蒋里村进攻。武工队的好汉们,迅速出发支援北线。

还没有到达地点,段四成同志便发现了敌人的哨兵,他弯着腰,顺着地边摸上去,想捉个活的。但是在离敌哨廿公尺处被发觉了,紧跟着老段的王富有,眼快手疾,啪的一枪把这个哨兵放倒了。

糟了,这一枪惊动了正在休息着的"还乡团",我们已经进入它们的包围圈了。

"不怕,沉着干吧!"队长彭春山同志在左侧方找好了阵地,瞄准着打，一枪一个地放倒了四个，制止了敌人的猛扑。可是右后方高粱地内又发现了敌人，小炮手范福德同志——军区轮训队的模范学员，急打两发炮弹，炸乱了敌人的部署，救出了被包围的同志。

十二时后，敌人又出来一个营企图报复，我们的好汉们全体出动，猛力扑了上去，一个钟头的战斗，把敌人赶回了老窝。

据安阳民兵队长郭保同志的调查，敌人共伤亡二十五名，内有一个排长二个连长。

汤支队通讯组

（1946年9月11日）

模范共产党员崔小毛
——大公无私捉来亲哥哥

田振

一、小毛同志是个战斗英雄

崔小毛同志是二团一营三连的班长,今年廿二岁,是一个青年共产党员。

在部队中,谁都佩服他作战时机智勇敢,谁都说"小毛同志对同志特别慈爱"。正因为小毛同志对敌人抱有极端仇恨,对同志抱有无限热爱,他才能在战斗中创造英雄的事迹。

在两年的战斗中,他完成了许多艰巨的战斗任务,他曾经活捉过日本鬼子,他曾经与敌人肉搏而光荣负伤,他从敌人手中夺获过十三支步枪和一门小炮……

解放沁阳战斗中,小毛同志带了一个战士冒着弹雨将两个牺牲了几天的战友从城墙下背了回来。

因此,小毛同志当选了战斗英雄。

二、"他恨没良心的亲哥!"

老婆从家里来看他,告诉他说:"你哥哥不知从哪里搬到咱家两个戏匣子,听说还有××军的枪。"小毛同志听到这事,喜悦的面孔立刻变得忧闷起来了,他知道哥哥当过伪军,是会干出坏事来的,他一夜都睡不着的在想着过去的事情。

他想起自己是怎样家破人亡的。因欠债、欠款,保长夺走了家中所有的土地和房产,母亲与自己的小孩子活活饿死了,老婆也因无法生活而离开了自己的家……

他更想起共产党八路军来了以后的情形：土地房屋要回来了，老婆回来了，自己又有了家……

他又想到："我参加部队是为了老百姓拼命打仗，我现在是个共产党员，更应该处处为了老百姓。"……

于是，他决心亲自回去逮捕自己的哥哥，他向指导员坚决地说："管他亲哥不亲哥，犯了那一条就罚他那一条！"

三、把哥哥捉了回来

第二天，小毛同志带着几个战士向自己的村庄出发了。

在村里，碰上了他的哥哥，他命令战士们将哥哥捆起来。

哥哥惊慌而生气地说："咱们是弟兄，为啥不先打个招呼，叫我躲起来呢？"

小毛同志的眼睛冒火了，他恨恨地对哥哥说："你自己做的坏事还不知道！"

四、诚恳的劝说使哥哥回头了

把哥哥捉回连队后，小毛同志一再向他哥哥说："咱家是八路军救活的，你为啥替××军办事？"他劝哥哥将自己做的事情坦白地说出来。

在他的诚恳劝说下，哥哥回头了，坦白地讲出参加偷我军存放枪支的经过及修武县的特务组织，交出所知道的武器。

于是，小毛同志又带着战士们随哥哥去取回了一门小炮、一支冲锋机枪、几支步枪和电话机子等。

五、获得了模范共产党员的称号

小毛同志这种大公无私的行为轰动了整个部队，党委会决定给崔小毛同志以"模范共产党员"的光荣称号,号召全体党员向小毛同志学习。

(1946年9月13日)

南京的"花子队"

木石

提起"花子队",南京市民没有一个不头痛的,尤其在新街口、夫子庙一带比较热闹的地方,饭馆、咖啡店、戏园子、窑子的老板们最怕他们光顾。往往被"花子队"的老爷们搅扰一场,还得打躬作揖,向他们赔小心,否则,"祸从天降",说不定会吃到什么苦头。

"花子队"能在堂堂首都如此蛮横无理,自有他的来历,这里尽我所知道的写在下面:

"花子队",并不是他原有的名称,这是南京市民赠给他们的尊号,他们是蒋记特务,是戴笠的徒子徒孙,为了便于潜伏在老百姓群里,特别设计了一身奇异的服装——棉军服,上面不知有多少窟窿和油污,旧棉絮像肠子似的,一串一串吊在衣服外面。难闻的臭气,从绽缝里散发出来,使人作呕。另外,还有两件随身宝贝:一支自动步枪和一支左轮枪,一长一短,都是美国造。他们这一身打扮,配上那种跟叫花子一样无赖的作为,南京市民给取名叫"花子队",是再合适不过的了。

去年八月中旬,正是日本投降的当儿,"花子队"被派到南京来工作,不料这些"花子"们一到南京,自以为负有"特种使命",便在街上大摇大摆,抖起威风来了。

有一次,一大群"花子"走进一家酒馆,猜拳行令,大吃大喝,临了,拿出一百块钱说是算小账,饭钱叫记上账,日后再说。老板着了急,一把拉住一个"花子"的破军衣,把棉衣扯了一大块下来,这一下,可火了"花子"们,大伙儿揍了老板一顿不说,非要把他捆起来送走。宪兵来了问他们是那一部分,他们拿出"军统局××行

动大队"的符号，宪兵也不敢多加追问，只好从中解劝，结果是老板再三哀求，赔罪认错，才算了事。

又有一次，好几个"花子"去逛窑子，把一个妓女要得无可奈何，无法应付，他们便在不会招待客人的名义下，将妓女毒打了一顿。当时，有一个人出来说了几句公平话，结果便在"不良分子"的罪名下，给带走了，据说是被活埋了。

像这类事情，在南京已经司空见惯，不足为奇，但却没有见到当局对"花子队"的恶行有所制止。不过，目前，这些"花子队"在南京已经匿迹了，也许是因为他们隐伏的技巧不高明，暴露了自己的"特务任务"，而让他们的头子，叫了回去，重新改装。

但无论他们怎样变，终久会露出狐狸尾巴，何况吃人的豺狼，它本身就是一副难以乔装的兽相。

（1946年9月14日）

"有共产党就有时光"
——记十七位翻身弟兄

史洪

上午九时,沙沟门外十七位翻身弟兄的座谈会开始了。人们都笑眯眯的,痛苦的影子已从他们脸上消失了。

街长李定祥同志首先说话了,他说:"今年过节和往年根本不同,以前我给人担粪,愁吃愁喝,现今我买了月饼割了肉,高兴得没有法儿啦。"他是城里人民最信仰的群众领袖之一,现任县参议员、县区工会常委、街粪夫委员会主席。

白发苍苍六十三岁的王新景老汉,过去因走投无路把两个爱子卖给奶奶庙,把老婆送给天主堂给人家养孩子。他说:"我从小就在街上拾粪卖粪,晚上又给人包灌园子,生死还顾不住,又给人半种了二十多亩地。"说到"八路军进城"以后,皱纹垒垒的脸上又浮出了笑容:"我倒回了地,买了驴,还分了一万五千四百块钱的果实。我的身翻透啦,就维护了平民会八千块。今年过节,要啥有啥。"

这些人多是粪夫出身,差不多是同时翻身的,王老汉一住嘴,有个叫刘德的就说起来。他是沙河石岗人,他说:"我家穷得没办法,算了一卦,先生说是命穷,挪挪地方就好啦。我就到武安拾粪卖粪,谁知道更没办法。人家老财又说:这是你命穷。屁!命,八路军来了,我的命翻身啦,倒了租,分了果实,又有了好房子,还有一头驴。"

这些怎能不使他们兴奋呢,他们怎么能舍得忘去这划时代的年月呢。

韩成的从故乡领着老婆和四个孩子到武安时,只有两条扁担一条被子,现在他已有了十来亩地、十来间好房子:"两个大孩子娶了两

个媳妇，老三给人做店员，老四也上了学堂。"他说，"我过年过节都没割过肉，今年我割了一寸多厚的二斤大肉。"

人们珍爱今天的好时光，因此就有决心拼着一切力量保卫他，民兵队长苗黑的，才从安阳前线回来。他说："这时光是共产党给带了来的，要是国民党再来进攻，我还要去，一直打到胜利为止。"民兵王喜方、郭二春也说："非干不行，不然咱这身翻得就不保险。"

六十三岁的老汉听了年轻人的话，颤动着嘴唇又说起来："你们都年轻，在前面当个积极分子、模范人，我年纪大，当个落后分子。……"翻身老英雄为什么要在爱国自卫战争中当落后分子呢？大家还未来得及问他，老汉又说起来了："我这落后可和斗争中的落后不一样，我不能到前面去打仗，我就给在前面打仗的民兵做饭。"大家"哄"的一声笑了，老汉的话真有意思。

桌上的钟敲了十二点，全街二百一十户平民会在同一锅里喝海味汤的哨声也叫起来。他们高高兴兴地拿出一封信，请记者"给毛主席打了去，问问他好"。上面写道：

毛主席青天大人：

自你领导的八路军把我们从敌人统治下救出来以后，我们就感恩不尽啦，以后又领导我们翻身拔穷根，现在你的理想实现啦。我们有了地啦，生活过好啦！你也不用挂心啦！

我们生活过好啦，国民党蒋介石这顽固蛋就不乐意，还想让我们过那少吃无喝的生活。告你吧，青天大人，我们都知道，离开共产党就没了时光，我们在这中秋节的时候，除过问候你好，并向你宣誓，我们一定跟你走，打倒那些汉奸顽固。我们清清楚楚地知道，你的话没有一样不是为民除害、为民兴利的。祝你万岁！

沙门口街全体翻身人民敬叩

（1946 年 9 月 14 日）

小诸葛计捉溃兵

同蒲前线记者团报道

六班长外号"小诸葛",他是一个计谋多端的人,这回在赵城搜索阎军溃兵的时候,又生出一计,毫不费力地搜索出了一百多人,大家同声称赞"小诸葛"就是一个"小诸葛"。

赵城战斗中,"小诸葛"带了八个人,在汾河滩上搜索被打散了的阎伪军。可是两面地里庄稼长得四尺高,溃兵都躲藏在里面,我们人在里面悄悄弯弓着背,隐蔽着走很远的路,随时都有人打你一下冷枪,不说八个人,就是八十个人也难完成这个任务。"小诸葛"一路走,一路在订计策。

走过一片庄稼地,这时风平浪静,但这片庄稼里却有响声,"小诸葛"想里面一定有人,可能还是不少的人。"小诸葛"就此装起营长来。

"第一连占领西南上的高地,第二连占领正面地堰,第三连……"

小诸葛下过命令后,就大声喊着:

"喂!你们走不过去了,河西都是我们八路军!"

"缴枪优待,不杀!"

庄稼地里有人走出来了,一个、两个,带着美国枪……"小诸葛"欢迎他们,安慰他们,又组织他们喊话:

"出来吧,人家就是不杀!"

"八路军不杀俘虏!"

有的俘虏还能叫出他伙伴的名字,于是三个两个,……最后一百多人都出来了。

(1946年9月15日)

该是说话和行动的时候了！

刘秀珍

在我的生活史上，还没有这样积极过。二十多年来，我都是不得已地麻痹着自己，打牌、吸烟，我的地位愈高，我愈感到苦恼、害怕。旧社会是没有是非的，记得，有一位军长的太太，当他自北平飞西安时，路经上海，下机游玩，当天上海恰好有梅兰芳的戏，戏票前好几天就卖完了，但是这位太太不惜以百万元一张的高价买到一张飞票，又用八十万元买了一双最新式的鞋。这位太太到西安就以这两件事到处夸耀，并以此为荣，别人也都啧啧称羡，到处传扬着。假若你不以这种挥霍为然，那么，你就是不合潮流，不够派头。人们相处，日常所谈的就是：时兴什么，穿什么！再不就是打牌、看戏，消耗着时间和金钱。不能这样耍阔的，就只好坐在家里不出去。我想，像我这样的地位，尚且不能"随合潮流"，我军各级眷属的情形就可想而知了。

当我来到解放区后，处处都感到很顺意，虽然在生活上是降低了些，但我的精神感到很愉快。这里的人们都是有意义地、有目的地生活着，人人都是向上的、求进的，在这样的影响下，我军的眷属们大部组织起来了。现在已经有七个单位成立了眷属学校，每天认真地学习着、愉快地劳动着。四十多岁的太太们，也开始认字、唱歌和纺线，假若把这种情形放在国民党统治区，恐怕将被人作为笑谈，但在这里却很自然。我现在也每天和大家在一起，指导着他们学习，和他们在一起纺线，一天的生活紧张而愉快。在这里我尝到了集体生活的愉快，劳动、学习和工作中的快慰了。我感到了生的意味。

现在，我相信一个人到了解放区，只要没有过深的习气与成见，一定很快就会进步的。凡是对国民党统治不满的人,对解放区一定会满意的。全中国如果都像解放区一样,中国是不难强盛的,但是国民党反动派却不为国家、人民着想,处处依靠美帝国主义分子的援助,以百分之八十以上的兵力向着解放区,进行违反全国人民意志的内战,残杀为和平民主奔走呼号的李、闻等氏。国民党反动派为了达到其保持一党专政之目的,竟不惜将中国的领土、领海、领空、内河航权都送给美帝国主义分子,并将最后决定权亦交给他们,现在全国各地美货充斥,各大城市美兵到处横行。孙夫人说:"每一个具有人类感情的人,应当说话了。"是的,但愿我们妇女同胞们,也不应坐视这一灾难的来临,要用我们的喉咙和行动来反对国民党反动派出卖国家人民利益的叛国行为。

一九四六年八月二十八日

(1946年9月15日)

北大医学院在怒吼！
——爱国自卫战争动员大会速写

陈克明

北大医学院的广场上，二百五十多颗纯洁且充满了热血的心在跳动着，他们为正义与神圣的爱国自卫，发出了雄壮的怒吼。

"反动派在哪里进攻，我们便在哪里自卫。

反动派在哪里发动内战，我们便叫他在哪里灭亡！"

自卫的歌声，像一颗颗炮弹炸向四方。

李沁舫教员第一个跳到讲台上："今天的情势比九年前的'七七'还严重……我们绝不能麻痹……我们要挽救民族的危亡……坚决反对蒋介石的卖国内战……我们应立即响应中央局的号召，实际行动起来！"

接着，从大后方新来不久的赵庆森与徐彤斐两教员亦相继大吼，他们分析了当前时局，敌我力量的对比，并指出最后的胜利属于人民。

同学们这时再也遏止不住自己的愤恨，高声地喊着："坚决自卫""争取民主！""反对美国反动派对中国的侵略！""我们要到前线去！"吼声震撼了天地。

紧接着军医科的吕凤岐同学说："今天国民党向我们头上开刀……我们一定要喊、要叫、要实际行动起来！只要上级允许，我们马上到前线去服务……"大家又疯狂似的呼着口号。

金有志同学用着沉痛音调吐出满腔的悲愤："……我们人民八年抗战换来的果实，现在从天上到地下被蒋介石出卖得干干净净……我们不能眼睁睁地看着中国人民被他们杀死，我们要怒吼，要向全世界人民怒吼，要向反动派们怒吼！

"……今天是生死的关头，横在我们面前只有两条路，屈服于敌人屠刀，或奋起自卫……我们应团结一致，在中国共产党的领导下，努力前进……"

新从北平来的女同学刘方美更大声疾呼："这是我生平第一次能自由公开地发表我的意见。在国民党统治区内战，我只好沉默，但今天我要喊了！我要治国民党反动派的罪……"

最后提出：女同学们应该学习太岳军区妇女参战的精神，奋勇支援前线。

……一个讲完一个又跟着就跳上台去，悲壮的吼声，像连珠炮似的发射着。

"我的技术虽不熟，可以当助手，医治负伤战士！"

"我虽是新生可以抬伤兵！"

"我虽是女生，我能照护伤兵员，洗衣服！"

"我们要到前线去！"

"誓为独立、和平、民主奋斗到底！……"

"爱国自卫战争胜利万岁……"

"中华民族万万岁……"

北大医学院的吼怒将与解放区一万万四千万人民的吼怒汇成一声巨雷，为爱国自卫战争奏出胜利的凯曲！

八月二十七日于邢台

（1946年9月15日）

愤怒的邯郸城

——记邯郸市慰劳队游行行列

古津

东南面压着一片快要流散的黑云，可是西北高空的太阳，早已照耀大地了。中秋节前一日的上午九时，"慰劳人民的子弟兵八路军！""打倒卖国贼蒋介石"的怒吼声，响彻了邯郸城。这是人民的吼声，从公共体育场邯郸市慰劳队传出的吼声。

一支不可抗拒的游行行列，高举着毛主席、朱总司令的巨像，个个手执小旗，奔腾澎湃地向和平大街涌来了；四处的群众，也前呼后唤地拥上去。走在慰劳队前面的，是市长、救国会主任……这是全市几十个秧歌队组成的慰劳队，他代表着邯郸市的人民力量，不，是代表全边区的人民力量，象征着爱国自卫战争的胜利！

秧歌的锣鼓声，一阵又一阵。"支援爱国自卫战争""全边区人民动员起来，粉碎卖国贼蒋介石的进攻！"等口号，轰雷般地在响。街上拥挤着的人群和游行队伍融合在一起了……

一个区一个街的标语牌过去了，接着，又是一个区一个街的慰劳品过来了：两人抬着堆满慰劳金的桌子来了；摆满猪肉、面粉、月饼、酒瓶、手巾……的方桌、条桌，一列一行地抬来了，牛和猪、羊，也一个一群地牵来了；载满肉类蔬菜的大小车运来了；无数袋的面粉背来了……就这样过了一区又是一区，一街又是一街，一万五六千人的慰劳大队，一直摆了二里地。群众都带着激愤的情感感动得要流了泪！

北关自动参军的孟宪和、李宗堂，身上□着红□，戴着大红花，坐在花轿里，妇女们争先恐后地围拢去，看他，慰问他，并嘱咐他们赶快把蒋介石的反动军队打垮。

六十二岁的老人杨秀云，手里摇着"反对卖国汉奸"的小旗，愤怒地领着南大路的慰劳队喊口号。接在后面的，是城南角五十岁的王老婆，涨红了脸，指挥姐妹团的秧歌队高唱《拥护八路军》。

突然，站在人群外层的，只见旗帜而不见游行的人了。这是小学生的队伍。第一完小飘扬着的无数旗帜，其中一张写着："请政府把我们小学生的心送到前线去！"

午后两点钟，在军区驻地，游行队伍到齐了，军区的任部长代表军区谢谢父老兄弟姊妹对人民军队的慰劳，同时对大家报告定陶前线消灭国民党两个师、活捉军长的捷报。雷动的掌声和愤激的口号声，震得耳朵都快聋了。

今天的行列，是多么壮烈得动人啊！邯郸是愤怒起来了，全解放区都愤怒起来了，全中国人民也愤怒起来了。蒋介石口不悬崖勒马，将遭到千百万人民粉碎的打击！

（1946年9月16日）

人民在欢呼

——邯市庆祝西北民主联军第三十八军成立暨庆祝自卫战争胜利大会特写

王钢信

在青年人的记忆里，古老的邯郸从没有过这样欢欣鼓舞、紧张热烈的中秋节。从节前到节后，整个邯郸市都沉浸在喧天的锣鼓声里，十八个化装的秧歌队整日在大街小巷川流不息，人们都以炽热的心情在等待，在迎接一个比中秋节更令人欢乐的节日。

九月十三日，中秋节后两日，这个人们盼望着的日子终于来到了，全市飞扬着彩色标语，体育场的门口扎起巍峨的牌坊，广大的会场布置得喜气洋洋。

主席台的两旁挂满了贺联祝幛，千千万万解放区的人民和党政军首长们，向孔从周将军和西北民主联军第三十八军全体官兵表示一致衷诚的祝贺：发扬西北军的光辉传统，为独立、和平、民主的新中国而奋斗！

会场后边的宣传画屏生动地讲述了晋冀鲁豫区两个月自卫战争辉煌的胜利：歼灭蒋军十个师、缴获山炮十四门、各种炮一一三门、重机枪二二〇挺、轻机枪一〇〇〇挺、步枪一〇〇〇〇支，还有更重要的是：像孔从周将军等爱国军人的纷纷反内战起义。

来了，来了！带着战利品美式武器的八路军来了，扛着步枪挂着手榴弹的民兵自卫队来了，挥动着旗帜的工会、农会，商会员们来了，老老少少的妇女会、儿童团来了，学生们来了，机关干部们也来了，敲着锣鼓的秧歌队来了，抬着烟、酒、水果、鞋袜、毛巾、肥皂的慰劳队来了，各色各样的队伍从四面八方像潮水般涌来了！

牌坊上红色的长幡临风飞舞，大大小小的旗帜在全场飞扬，标语牌在每一个行列的前面高举："拥护反内战起义的孔从周将军！""拥护西北民主联军第三十八军!""英勇的八路军万岁!""自卫战争胜利万岁!"每一个字都给人们以鼓舞和力量。

当西北民主联军第三十八军孔从周军长和刘威诚副军长被介绍给群众的时候,当他们代表全军官兵宣誓"全心全意为人民服务"的时候,当他们宣读反内战起义通电的时候,当孔从周将军坚决表示要为保卫人民利益而奋斗的时候,都博得群众雷动的掌声和历久不息的欢呼,人们都以衷心的喜悦欢迎这一支兄弟武装走到人民方面来。

群众向主席台上指指点点地谈论着孔从周将军,他们在赞赏着孔将军反内战起义的英雄行为。一个年老的商店老板扶着他的老花眼镜,从远处把孔将军端详了一番,赞叹地说:"只要有良心有勇气的爱国军人,都是要反内战起义的。"另一个老年人捻了捻胡须坚信地说:"瞧着吧,如果蒋介石一直要打下去,第二个、第三个孔从周多着呢,都要跟着他过来!"

杨主席、薄副政委讲话中关于爱国自卫战争前线胜利的报告,蒋介石坚持内战阴谋的揭穿和对于争取最后胜利的号召,引起了更大的欢呼和响应。民兵们摩拳擦掌,频频搬动他们的枪机,妇女会员们则在小声谈论着如何加紧支援前线的工作。

会后,十几队化装秧歌队在广场上分散表演。蒋介石进行内战的凶残、美帝国主义分子的帮凶、解放区自卫战争的巨大胜利和孔从周将军等光荣的反内战起义都被他们生动地表演出来。

晚间,北大翻身剧团特别演出活报,庆祝西北民主联军三十八军的成立和同蒲、陇海前线的胜利。

为了这两件大喜事,成千成万的人民整日在欢呼着。

在欢呼中,人民获得了更大的力量,争取更多的孔从周反内战起义和爱国自卫战争的彻底胜利!

(1946年9月17日)

十五年来悲惨的回忆

——为纪念"九一八"十五年而作

于毅夫

今天是"九一八"十五周年,东北人民一直奋斗了十五年。十五年来,国民党反动派所给我们东北人民的痛苦是笔难尽述的。

回忆十五年前"九一八"事变爆发时,我正在北平,夜晚十二点多钟接到关外来的电话说,日寇进攻沈阳北大营了。知道敌人这次进攻绝非小可,但是我们对策怎样,尚成疑问。询问东北当局,说是听命中央,不准把事态扩大,已经遵命叫军队不抵抗。这命令虽然勉强发下去了,但是下边官兵还是不服从,北大营的将领王以哲就对此表示愤懑,北大营的士兵很多自动开枪抵抗,很多地方都自发地和日本鬼子抵抗起来。

在这以前,我对国民党中央还认识不清楚,事变过了几天,国民党中央的态度就越来越明显,当局不是计划怎样打日本,而是计划怎样避免冲突,哀求国联和平解决,这样使我的心就凉了半截。当时北平学生曾为反对不抵抗主义而举着大旗排着大队包围了张学良的顺承王府,他解决不了这个问题。学生们又集合成万的大队,开着火车到南京去请愿,他们又被蒋介石派队伍打得落花流水,有的掉进秦淮河淹死,有的头破血流被押解回去。这使我对国民党更加失望了。

在失望之余,忽然有一天听见东北军一位朋友从顺承王府带来消息说:"中央"不抗日,江西红军可要出兵抗日了,听说二十万红军就要出发打日本。(按即九月二十二日中共中央号召"反抗日本帝国主义的侵略,组织东北游击战争"消息的传播。)这真是晴天霹雳,我当时对红军的主张还很模糊,但是我相信只要打日本就比那不打的好,我对于红军开始有很大的好感了。

接着关外义勇军蜂起,马占山、李杜、王德林、李春润、邓铁梅、冯占海、李海青等,都组织队伍打日本,有名的抗日联军领袖周保中、赵尚志、李兆麟、冯仲云诸将军都在那里积极进行抗日活动。关里的东北人也组织东北民众抗日救国会为声援,朱庆澜等也组织了东北义勇军后援会做后盾,海外华侨和关内各地民众都踊跃捐款给义勇军。

但是蒋介石一心一意要打内战,甘心要和日本妥协,眼看着日本在东北成立了"满洲国",东北人民在那里浴血苦战,他还高唱"攘外必先安内",把上海抗战结束了。北平的东北民众抗日救国会和义勇军后援会等抗日团体都被解散了。

最明显的是一九三三年热河战事爆发,战火伸展到长城古北口一带,当时全国人心都希望坚持下去,张学良曾为此前后在保定和蒋介石、宋子文等开了三天会,张力主打下去。蒋则主不抵抗,因此把张撤职,把华北交给亲日派头子何应钦,从而缔结了卖国的"塘沽协定",变相承认"满洲国",割让了冀东;甚至公开地宣言他的敌人"不是日寇而是土匪""东三省热河失掉了,没有多大关系"(一九三三年四月一日,蒋在抚州对中路军训话)。这一年,关外义勇军李海青、赵文等开进来,都参加了冯玉祥、吉鸿昌、方振武等所组织的抗日同盟军,当时留在北平的东北青年也都纷纷跑到张家口,这时北方还没有红军,但是一般人民都知道张家口有共产党活动,都知道共产党是主张抗日的。可是过了不久,抗日的冯玉祥就被亲日的何应钦打倒了,吉鸿昌也以"共产党员"之罪名被枪毙了。

给我印象最深刻的是一九三四年六月一日华北和伪满洲国的通车,更实际承认了"满洲国"。东北一个抗日青年被何应钦抓住在北平天桥枪毙了,当时说爱国谈抗日者皆有罪。住在北平的一般东北人曾秘密组织了一个"复立会",也曾遭宪兵三团的嫉视;有许多青年参加宋庆龄、李杜组织的"中华武装民族自卫会",也被逮捕起来枪毙了。许多人都埋身在宪兵三团魔窟的大王府。

华北的危机到了一九三五年,可以说是很紧张了,但是蒋介石却在二月十三日下令"取缔抗日",提倡"中日提携"。东北同乡杜重远先生在《新生周刊》上写了一篇文章《闲话皇帝》,讽刺傀儡溥仪,蒋介石也就把杜重远先生判处徒刑。同时蒋还在六月十日下了"敦睦邦交令",更和日寇订了卖国的《何梅协定》,把东北军等撤出河北省,华北更是危在旦夕了。

当日张学良已从国外回来,蒋介石就命令东北军在鄂豫皖边区剿共,但是东北军因为家乡沦陷,不愿再打内战。这时共产党又做了两件惊天动地的大事,一件是在一九三五年发表了八月一日宣言,号召停止内战,组织统一战线的国防政府,以抗击日寇;一件是红军北上抗日,经过二万五千里长征到了陕北,于一九三六年红军再由陕西渡河东上抗日,席卷山西。对于共产党的这种抗日行动,国民党不但不予援助,反而派遣大军前往堵截。这时平津震动,稍有热血的中华儿女是没有不受感动的,特别是共产党提出来"中国人不打中国人""停止内战一致对外""打回老家去"的口号,很快地就被东北军所接受,特别是"打回老家去"的主张,更深深地打动了东北人的心。

那时国民党虽然千方百计企图拉着一些东北人跟他们一起,齐主英组织"东北协会",梅佛光组织"东北青年学社",朱锡恩组织"北强学社",以北方为活动的大本营,但是很少人愿意跟他们同流合污。东北人思想上都同情共产党的主张,有名的一九三六年的"一二九"学生运动,东北大学及各校的东北学生都是站在抗日救国急先锋的岗位上。

同时关外共产党领导的抗日联军,以杨靖宇、赵尚志、周保中、李兆麟诸将军为首,一直在冰天雪地中和日寇痛斗,一直坚持到东北解放,抗联的奋斗史是一部千古不灭的英勇史诗,过去十四年东北老百姓没有不知道"红军"的名字的。

当时流亡关内的东北人眼看华北又要变成东北第二,大家就更进一步地组织起来,出版刊物,鼓励援助东北抗日联军马上打日本。东北人出版了《东北之光》《东北知识》《黑流》及《青年妇女》等刊物,组织了各种群众团体;东北军人亦因身受国破家亡的痛苦,产生了狂热爱国热心,使他们认识真理,推动着他们和国民党妥协派作斗争,因此产生了"西安事变",迫令蒋介石对日抗战,这并不是一件偶然的事。

因为有了"西安事变"才有卢沟桥抗战,这已经是全国人民公认的事实。东北军民对于国家虽然有了贡献,但也因此受到蒋介石国民党反动派的白眼,张学良被囚禁到现在还没有释放,东北军被解散分化,东北人在关内弄到男的为盗、女的为娼的地步。在关外的,则受敌伪血腥统治,缴纳出存粮出劳工,还被抓做国事犯思想犯,家家户户不得活,四千万人民都做了奴隶。这就是国民党反动派所给予我们的"德政"。虽然在那时人民大众逼得蒋介石抗战了,他还是对东北不怀好意,企图以东北为对日妥协的交换条件。一九三八年国民党临时全国代表大会,竟公开宣布"以东北问题之合理解决",把东北看成例外。一九三九年重庆国民参政会开会,东北籍参政员王卓然先生请政府明令规定抗战到底恢复"九一八"以前状态,但蒋介石竟对全体参政员公开宣称:"抗战到底的底就是最后关头的关(意指卢沟桥)。"蒋介石发表这样的谬论,全场为之哗然。一些参政会的朋友们也莫不义愤填膺,同时民国二十八年十一月十八日蒋介石在国民党六中全会第六次会议上,也谈:"所谓抗战到底究竟是怎样讲呢?我在五中全会说过,抗战到底就是要恢复七七事变以前的原状。"对于我们东北干脆表示不要了。只要是东北人谁能不愤怒呢？所以从那时起，留居关内的东北人更加奋起呼吁抗战到底，收复东北失地。在华北敌后抗战的林枫、吕正操、万毅、张学思诸将军和大批东北青年，一直在毛主席领导下艰苦奋斗到打回老家来。另外一些东北的民主人士，则一直在大后方和国民党反动派出卖东北出卖民族的理论作斗争，而共产党一直主张"打到鸭绿江边"的口号，这六个字不知吸收了多少男女老少到延安去，到解放区去，多少东北老先生同情中国共产党，这就是为了这一主张。

抗战八年，"九一八"十四年，由于苏联红军出兵满洲，由于中国人民的奋斗，解放了东北。对于蒋介石过去向日寇出卖的账，我们东北人民还没有和他算清。东北人经过十四年的苦难，方在翻身的东北人民已经组织了民主自治政府和民主联军，正要过着人的生活，今天蒋介石又想把东北向美帝国主义出卖，用法西斯专制手段奴役东北人民，运大兵到我东北进行内战，到处逮捕我东北子弟，强迫他们去当炮灰。最使人痛恨的是国民党在东北到处组织汉奸特务土匪，伪军姜逆鹏飞、特务头子尚其悦等等都成了中央军的嫡系。这些伪匪到处拉牲口、抢东西、奸淫掳掠，闾井骚然，实为东北人民的公敌。这样破坏我东北人民的和平幸福生活，我们是誓死要加以反对的。

十五年来，我们东北人民对蒋介石出卖东北出卖民族利益的斗争已经有了亲身的体验，我们认清了只有中国共产党才是东北人民和中国人民的救星，我们只有跟着共产党走才有出路，我们应该以此决心纪念"九一八"这一惨痛的日子。

（1946年9月18日）

民兵射击手

张培礼

会场里的人群,突然把头抬起,把颈伸直,一万多只眼睛注视着一个人,他粗胖的身体,有二十五六岁,头上蒙着一条白手巾,站在主席台前接受着县武委会奖给他的红锦旗。

"他就叫方小五!"一个民兵很惊讶地问着坐在他身旁另一个民兵,并不时地放出尖锐的眼光直望着方小五。

"他家是哪里?"又一个民兵问着。

"人家怎么打得那样准!"这个民兵歪着头,呆呆地瞅着方小五。

方小五是黎城四区上窑村人,贫农出身,从祖辈到他五辈子是流自己的汗,给人家地主干。共产党来了以后,方小五才交了红运。

我曾见他这次竞赛的射击,在射击的地方距离埋的靶有一百公尺,他学着像在火线上一样作战的动作,细心瞄准,在二十秒钟内放射了两枪,枪枪命中十环!

"好把式!"人群像巨雷一样地叫喊了,他是第一个打靶的人。

"什么好把式,这东西只要自己在家经常瞄准,摸着自己的枪毛病,每个人都能上十环。"方小五这样给观众解释。

"方小五!你是不是为了红旗,单纯的竞赛而竞赛呢?"我当时想不出更通俗的话来问他,只有这样子向他问着。

"吓!你这根本说得就不对!我不是为了得红旗,我觉得现在是个好机会能够实弹演习,可以锻炼一下自己,提高射击本领,上火线能百发百中有效地杀死敌人!"方小五用手摸着他的枪眼望着我说。

天下着细雨,方小五把枪倒背起来,而且用手把自己头上的手巾拿下来把枪栓包起来,他没有戴草帽。

"你为什么要把栓包起来，还倒背枪？"我故意地问着他。

"对自己武器爱护不好，打起仗来不利落！枪一生锈不能打敌人！"接着他告我说：去年在上党战役，敌人包围过他们，他们没办法，后来就用刺刀冲出来。"顽固军见刺刀就吓得抖擞！""在接近敌人□□□□，我们就用手榴弹，如果顽固军包围了，我们就用刺刀冲！"这些知识都是从他们亲身战斗经验中体会出来的。八九年的战争，锻炼得他们更坚强更丰富了。

当我问到他为什么要参加民兵，他说："要替父母祖先报仇！保卫好时光！"他又说："我今年春天到沁州参战，住在松村、北坡，见到沁县的老百姓，连稀米汤还喝不饱，回来黎城，最败幸！也三天吃一顿面！"他这样的比较，使我明白了一件事：这就是人民为什么要自卫的原因，老实说，过惯了解放区丰衣足食自由民主的生活，谁还愿再回到苦海的旧中国里去？

方小五不怕死！去年上党战役，在王麻被敌人包围了，他就是首先冲的一个，而且杀死了两个敌人，为什么他这样勇敢呢？他说："反动派来了不但自己不能活，全家人也不能活，不怕牺牲自己，免得全家人都遭殃！"他停顿了一下，又继续说，"我们民兵参战好几年啦，也没有牺牲过几个。去年上党那样大的战役，我一个人追他五个顽固！"他的眼放着饱满的光，面孔充满着胜利的信心。

（1946年9月19日）

沸腾了的热情

——鸡泽参军通讯

林里

翻身后的鸡泽群众，听到中共中央局争取爱国自卫战争胜利的号召后，全县立刻掀起了热火朝天的参军浪潮。该县负责人谈："没有不参军的村庄，找不到单个的人参军，集体入伍是普遍的现象。"群众解决参军者家属困难，都是自动的，不是等你提出困难，要求解决。群众对那些借参军想发财的，毫不留情地说："你看家吧，不能买兵。"

吴官营的群众，自动召集会议，讨论参军；叶文章领导的工农会，本来是讨论优抗等工作，当场竟有十四个刮了胡子的壮年要参军，这消息传到民兵及妇女耳朵里去，民兵不服气地说："你们刮了胡子参军也验不上，看我们的吧。"妇女们的会议上，刚刚宣布开会，小黑的媳妇挺起胸膛说："我动员俺当家的去参军。"一句话没有说完，随即有十四五个妇女齐声报名"要送郎去打退老蒋"。徐继明的母亲说："俺这一辈子，都是饥饥荒荒地过日子，自从八路军解放咱们后，俺家才有三十多亩地，喂一头牛，俺孩子娶了媳妇，这日子要不是八路军，做梦也想不到啊，我保证叫俺继明去参军。"她一面说，一面看他儿媳妇的面色，秋菱（继明媳妇）慨然地站起来说："娘，他要不去我帮助你动员，保准叫他去。"

农会主任马韵翰，这几天可真愁坏了，他算算自己的年龄已经三十有六了，再照镜子满脸胡子，参军已不够资格了，想想自己模范共产党员的称号，使他更加苦闷。小海子（韵翰的儿子）虽然十八岁，眼看在九月就娶媳妇，再说他娘怎能舍得叫他去呀，自己感觉这次参军工作，再也无法表现自己革命的积极性了。这样一来苦闷抓住了他的心。丈夫的苦恼只有妻子最明白，海子娘看到他这个样子，就想到是为参军的事，海子娘不仅是善于体谅丈夫溺爱儿子的贤妻良母，同时她还是个好几年党龄的共产党员，所以她了解丈夫心病后，便托人去亲家商量，自己动员海子，经她讲好后，便对她丈夫说："不用愁了，亲家和海子都没有问题了。"海子也给他父亲说："什么事情值得愁，我去参军去了。"韵翰听他娘俩这样一说，才微微地笑了。

吴官营三十七个青年送到部队里去，经过检验后，只留下十八名，验不上的新战士，都垂头丧气地回来了。白尚贤回到家里，满眼泪水对媳妇说："我有啥脸见人。"尚贤娘气冲冲地到区干部那里，像打架似的说："有啥条件把俺验回去，年轻轻的，身子又壮实，连个兵也当不上。检验员给俺讲讲，什么条件才能当兵，俺不是为的打老蒋吗？"

（1946 年 9 月 22 日）

人民与军队

——和顺东关妇女慰劳彩号的故事

刘江

二十五号那天,正是太阳站住西山头的时候,泰山庙里的翻身诉苦大会,开得愈发热闹了,不知道是谁来给透了个风,说:"昔阳抬过彩号来了,都停在南关街上啦,看样今黑夜是要住呀。"所有的妇女们"哄"一下就都跑啦,好像来的彩号都是她们的亲人一样。

妇女会主席冯林梅,引着翻身中积极分子孔雪花、王三妮、徐荣蝉、杨玉梅、吕三妮……一大群妇女,忙得各家跑:"彩号住到谁家,谁家给安排白面啊!"

她们很快分了一下工,有的去买鸡蛋、买西瓜、秤桃果,有的烧开水、打扫炕、借被褥……整忙碌了一黑夜。

三猪年家住下一个彩号,伤挺重,一休息下来就再没吃没喝,妇女们很心焦,后来林梅和孔雪花、吕三妮几个就专门照顾这个彩号,她们再没离开这里一步。

天到快半夜呀,这个彩号牺牲了!但她们并不慌乱,只是在一种沉重使人难过的空气里,按部就班的去做他们所要做的一切。林梅不停脚地在出来进去地忙着。去木匠铺买棺材,买封棺的铁钉,刮削墓前的灵牌……都是他们亲自下手来做的。安殡入棺时,她们同样和对待自己的家属亲人一样,既不嫌脏,也不着怕。临往住钉盖的时候,她们的声音愈显得深长而又沉恸,都长吁短叹地叨念着:"唉唉呀,都是革命同志!"吕三妮简直就大哭起来了,和去年他兄弟光荣牺牲回家那次哭的一样样:"好兄弟们呀,你那做难事的蒋介石呀……"

军队为人民流血,人民更爱护军队!

那天黄昏，轻彩号同志们在街上问讯买嫩玉茭吃的，李舍孩他娘就碰上了："那还用买哩，去咱家吃吧，年时俺翻身拿回二十来亩地哩，你们可愿意怎样吃哩。"她连拉带扯地把四五个轻彩号拉到她家了。一边走还一边说："唉，真话说了吧，你们为谁哩，俺们为谁哩，慢不说吃几穗烂玉茭，吃面我也要给你们秤哩。"

为了不让彩号受一点克制，林梅打发了一伙三十多岁的妇女去照看重彩号。

商人董金小家，那黑夜也住下了彩号。一个前胸打透后胸的彩号，也不能躺、也不能睡。金小家老婆路小女，整整抱了他一黑夜。第二天林梅见了她，指着彩号给她靠在胸脯上的一片血说："你今天不用去开会了，洗洗吧。""那怕甚哩，是自己人的血……"路小女很高兴地说着。

我和县里几个负责同志相随去慰问这些光荣的伤员时，那个彩号的头，正偏靠在玉梅的左肩上，让玉梅耐心地用小勺灌他开水。虽然他的伤是那样的重，但在微弱的麻油灯光下，他脸上却看不出怎样难受，也许是备受着人民的爱而消失了他的疼痛。

第二天一早，彩号们要向左权抬送了，妇女们一圈圈地围拢着各个担架，腰和手不停地在起伏着。他们拿着鸡蛋烙饼，向挂彩同志的枕头下放，并说："同志，你那一会饿了，伸起手来就能拿上吃。"她们一边亲切地嘱咐，一边用手来回地打着那个同志脸上的蝇子，又轻轻地把被子从四下里掩回，掩得严生生的，不叫彩号吹了风。

（1946 年 9 月 22 日）

解放区民兵故事

新华社

一

鲁西南微山湖中的渔民联防队,个个善泅善射,架起枪溜子(小船)轻捷如飞,惯用无瞄准器的鸭枪,扳机一动,百发百中。八月二十三日,刘德邦率联防队架舟奔袭企图偷渡的蒋军帆船,一枪打下风蓬,帆船停住,刘德邦用槁一撑,跳登蒋军船上,活捉"还乡团"乡长和书记后,扑通往湖里一钻,凯旋归来。

二

盘踞于保定南北大冉据点的刘逆化南伪第二师第一团六百余人,于八月二十三日拂晓去包围西三林水村,该伪以为村民酣睡未醒,可任意抢杀,没想到早被隐蔽在堡墙上民兵发觉,民兵们等伪军进入近距离内,突然一齐放排枪,伪军猝不及防,被摆倒七八个,其余像一群惊鸟,纷乱逃散。另股伪军向南堡门匍匐前进,刚一站出来,潜伏在门里的民兵队副刘苑祥大喝一声,把手一扬,一颗绑在树上的大地雷应声开了花,四名伪军被炸得飞上半天空,各村民兵闻警来援,伪军遗尸四十余具逃回南北大冉的乌龟壳。

三

八月底平汉路上定兴车站的蒋军纠合伪王逆凤岗部两千余人,奔袭当地民主政府驻地南北葡村,附近各地民兵事先得到情报,以神出鬼没的冷枪战,从沿途漫无边际的青纱帐里阻击,蒋伪军遗弃伤兵,夺路向南北葡村硬冲,可是扑了个空,村中杳无人影,蒋伪乱放了一顿枪炮正准备往回转时，一座高楼里却飞来了一阵排枪弹，蒋伪军慌张地散开，包围高楼，并高喊："缴枪吧！你们被包围了。"喊了好久，没人答应，伪军提心吊胆，进去搜索才发现民兵早已从地道转移了。

（1946年9月23日）

一天一夜
——记辉县战役

董世民

八月二十二日的夜晚，辉县城郊响起了自卫的号声，我们的战士，个个都很清楚地记得：这座城是我军去年从日寇手里解放，以后又被国民党军队强占去的。每个人都把他们的愤恨集中在刺刀尖上，准备向敌人的心脏开刀。

一

要挖敌人的心，必须深入三十里地方——西关。这三十里路程不是好走的，是要经过很多据点、碉堡、桥头，形势极端困难，但我们并未因困难而阻止了前进的信心，相反很积极。杀敌英雄六连长薛理明把表、钱都给事务长丢在后边，抱定必死决心，五连一排长崔小毛临出发前给政治处来了一封信，他说："我别的要求没有，我情愿牺牲，但愿在死后能把尸首拉回去！"三连一班长昝祝三说："我死后请党允许我成为党员。"很多人都下了决心，交出自己私人东西，收拾的利利落落，要向敌人开刀。

黄昏，我们出发了，从玉茭地里、碉堡下窜过，当接近敌人时，敌人的炮火已打得很猛。我们就在火网里□，桥头上封锁得太紧，没法通过，眼看躺倒了四五个，可是时间不允许拉开距离，个个前进，要的是马上突进去，只好从水里稻田里，光露出个头爬着走，就这样难。我们在西关的天空，打起一颗红球（信号枪），这颗红球鼓舞了泥水里的战士，大家都知道把敌人的山炮缴获了。

二

天亮了，头顶出现两架美式飞机，上边标着"青天白日"，机尾直冒火星，西关的屋脊一排一排倒了，西城上四门山炮，六门迫击炮不换班的发射，山炮沿着关外的碉堡摧毁一个又一个，迫击炮挨着房屋炸毁一间又一所。大街小巷每个角落散满了火药味，烟雾罩天，几乎对面看不见人，炮弹之多，无法计算每分钟发射多少。爬在工事里的战士已分不出炮弹手榴弹的声音，更听不见飞机何时来何时走。同时从西南、西北运动过来四辆装甲车、二个营的步兵，眼看把我们的来路截断了，情况很紧吗？不，没有什么，二连还在煮骡肉，十连还在杀猪，工事里的战士两只眼睛完全注意在监视方向，静静地等待，等敌人接近时给他手榴弹吃。

敌人来势汹汹，但每次冲过来都被一排手榴弹打回去了，一次、二次……六次，我们手榴弹光了，人员少了，于是到处检敌人的手榴弹，把俘虏补充到班里，仍然坚守着。最后敌人进东村口，占了几间房屋，把七连三个战士也堵在院里。六个蠢货趴在房上，一个躲在房坡树叶下喊："八路同志交枪吧！交枪优待。"光喊没有勇气下来，起初是爬着喊、坐着喊，后来又站起来喊，下边三个战士干生气没有弹药，只能紧紧握着刺刀等待。隔壁一连班长马福元听见，很惊讶，很生气，爬上墙头一看，对面房坡站着那人，一边喊一边顺房坡小便下来。呵！好可恶东西！福元闲着口气，一枪过去，那个人仰头倒下去了，随即听见跳房声音，被堵在院里的战士，一个杀声冲到房后，张小堆的喊声也出来了："捉活的、捉活的。"差一点机枪未抓住，搂回一个弹药手。

三

下一点时刻，车营长坚毅顽强的口唇，振奋了战场："坚决反扑过去,把失掉的阵地夺回来呀!我们死也死在一堆。"他这句话打动了每个战士,话语马上变成不可抵拒的力量,张小堆大声喊:"同志们,冲上去呀!"唐春山说:"对,我们死也死在一堆。"掮着机枪从十字街一直打到南街口,指导员吩咐他:"好同志封锁好这条街。"他说:"放心,这条街失掉由我负责。"马福元没吭气,心里恬恬想,我们是共产党队伍,共产党员要勇猛扑上去,他仍从挖通的道路向前走去。

经过一个院子,一钻小门和敌人碰了头,敌人退回两步,他躲在墙根,顺手扔过手榴弹,只听"快快……等等我",当追上时,鬼影也看不见。一道血迹沿路洒遍,顺血迹追去,到临村口小门一望,外边架着一挺机枪,靳喜锐迎门打枪时,被一梭打倒了。小堆看喜锐倒了,跟步上去,福元一把搂他过来:"同志注意姿势,看喜锐是怎死的。"说话扔出两颗炸弹顺烟冲出去,敌人跑了,一直追到围墙边。看吧!敌人是多么糟糕,我们的机枪打得多好!炸弹炸得多碎!敌人尸体数不清呀!彩号没人拉呀!和羊一样满地里窜吧!跑得慢的不是打死就是活捉,这一次缩回去,敌人再也不来了!

黄昏,我们拉着山炮,骑着战马,搬着数不清胜利品一列一列撤出了战斗。

(1946年9月25日)

东北农村风景线

新华社通讯

记者于七月间环绕龙江省境作了一次旅行,和翻了身的人民在一起生活了四周之久,我完全被他们欢欣的生活所□□,下面是记者目睹的几个故事。

田野间传来欢欣歌声

七月中旬我到了北安八区太平村,老乡们兴高采烈地邀我去看他们的庄稼,"同志!去喜欢喜欢吧!小苗长得多旺盛哩!"我沿着阡陌无际的田垄走去,那绿油油的秋苗间杂着金黄色的小麦,喷出沁人心脾的香味,那时节玉米刚吐须,豆角才上架,可是老乡们已磨亮了镰刀,准备着胜利的收割了,他们满面笑容地告诉我:"今年庄稼要比往年强两三倍,民主政府来了,年景都顺了,一垧地(每垧十亩)的大豆,保得住收六石(每石四百四十斤)。"这时从田间突然传来青年农民们的嘹亮歌声:"拥护咱毛主席解放我们东四省,使我们农民翻了身;打倒了特务和汉奸,乡亲们齐向前,同心努力,有仇报仇、有冤报冤,十年账目今日还,实行民主见青天,诉苦大会诉了冤,清算得了房和田,平等生活乐安然。"

移坟盖房植树忙

北安五区分到土地的人有三忙:一是移坟忙。从前没有地的农民,祖宗的尸骨休要想找个安葬之所,只有在荒山野坝草甸子里挖了坑埋了完事。如今活人得到了土地,祖宗也有了葬身之处。有一位老乡说:"从前老人埋在草甸子里,骨头都给埋寒了,为小的心里好像堆了一堵墙，如今回到自由的土地上来了，活的死的都满意了。"第二件是盖房忙。五区过去有个坏风俗，每年二月二就要搬家，没有房住的人家一到这天就害怕。今年得到屯附近土地的农民，在自己的地里盖房，他们说："人家叫咱们天魂下蛋的'飞户'，到了二月就得被人家赶着跑。现在住在自己的屋里，谁敢再说我们是'飞户'，看哪个再敢来赶我搬家？"第三件是植树忙。新分得的土地上都植上树，老乡们说："这是为了留个纪念，将来天长日久，子孙长大了，好让他们知道这是何年何月民主政府分给的土地。"

铁盒里的"秘密"

北安八区邱区长有个小铁盒，连他老婆都不准打开，后来我终于打听出盒子里放的是三垧地的"地照"，这是一天在他不留意时自己讲出来的；"'照'照不落穷，我如今有了'照'，怎不好好地保存，我的地照就锁在铁盒子里。"他三十五岁了，这是初次自己手里有了地照，自然是格外热爱着它啊！

神枪手二弹中二雀

太平庄自卫队的神枪手车仁海说："谁要扰乱我的安乐生活，就开枪。"他是四颗子弹打死四只麻雀的神枪手，为了证明他枪法的准确，他和柳殿起同时表演，两只麻雀并排站在树梢上，车仁海站在西头，柳殿起站在东头，只听二枪声响，两只麻雀同时落地。这些神枪手们说："我们太平庄人们的日子越过越好了，不叫我们过好日子的日本鬼子也好，中央狞子也好，我们的枪就瞄准他，想打瞎反动派的眼睛管保不上他们的鼻子。"

（1946年9月26日）

永恒的光辉

——不要忘记东北抗联创始者罗登贤同志!

冯仲云

本文是前东北抗日联军第三军领导人之一,现松江省府主席冯仲云同志为纪念"九一八"而作。

我记得一九三一年秋,"九一八"事变后不几天,在哈尔滨道外头关街的宏江七个小沙岛上我的家里,罗登贤同志召集了北满中国共产党高级干部会议。在这次会议上,登贤同志说:"蒋介石国民党以不抵抗政策出卖东北同胞,我们中国共产党人一定与东北人民同患难共生死,争取东北人民的解放。""敌人在哪儿蹂躏我们同胞,我们共产党人就在哪儿和人民一起抗争。""党内不许任何人提出离开东北的要求,谁如果要提出这样的要求,那就是恐惧动摇分子,谁就不是中国共产党员。"

登贤同志这个指示,坚定了东北共产党人为自己、为祖国、为东北解放的决心。在这个决心下,才建立起了东北抗联十四年孤军苦战的光荣业绩。

登贤同志,是在中国大革命时期香港大罢工的工人领袖,他是中国共产党第六次代表大会选出的中共中央政治局委员。"九一八"前后,他在东北是中共中央驻东北的代表,并兼任中共满洲省委书记,是当时中共满洲支部主要负责人。东北的共产党员没有不知"达平"的,而"达平"就是他的化名。他以领导香港罢工的伟大精神,来领导东北抗日斗争,而这个抗日斗争终于在他领导之下燃烧了十四年之久。

"九一八"事变的次年春,我记得他从沈阳又回到哈尔滨,带回了中共中央出版的《红旗报》。在这份报上,载着"伍豪"(周恩来)同志的论文,指出在东北必须发动民族革命战争来反对日寇,驱逐日寇出东北。登贤同志就根据中共中央这一指示,在东北党内提出了共产党员要下乡发动抗日游击战争的口号。而东北的共产党员基本上是执行了这个指示的。

登贤同志在东北期间,曾领导人民创造起吉辽反日游击队、海伦反日游击队、磐石及海龙反日游击队、东满反日游击队、汤原反日游击队等。这些游击队后来就构成抗日联军的各军。在罗登贤同志领导之下,曾派大批的先进工人和爱国的知识分子及共产党员参加当时的李杜、马占山、王德林等抗日部队,号召反日统一战线。在他领导之下,曾发动了哈尔滨、沈阳、大连以及各地的抗日运动,从消极抵抗罢工提高到武装斗争。

一九三二年秋,我被登贤同志派赴汤原创造游击队,他在哈市南岗吉林街某号小房内,指示我去下江后的工作任务和方法,直到现在我还深印在脑海中。一九三三年,我从汤原组织了反日游击队归来,未曾见到登贤同志,那时他已去沈阳指导工作。

登贤同志到沈阳几次遭到敌人的追捕,幸而脱险。后来因为敌人在东北对他追捕过急,于是他在中共中央决定之下回到上海进行工作。

他到上海即参加了全国总工会的领导工作,数月间他就组织起上海日本纱厂的反日罢工。但是由于叛徒的告密,他终于被帝国主义分子所逮捕。

我记得宋庆龄先生曾经为了营救罗登贤同志发表宣言。在宣言中曾经描写过登贤同志在上海会审,公堂受审判时的情形,罗登贤同志倔强的声明:"你们认为是我反动吗?让我来告诉你们我的历史吧!我曾经在一九二五年——一九二七年中国大革命中间领导过反帝大罢工，我曾经在东北发动过抗日救国的游击运动；最近才从东北回来不久，又领导了上海日本纱厂的反日大罢工，我这一切行动都是反帝爱国的，谁敢说是反动！"

但登贤同志并未因孙夫人之营救和他的事业的伟大正义性而得到释放，终于由帝国主义的血手送交卖国贼蒋介石的血腥的魔手中，他被蒋介石囚于南京监狱中。经过一个长时期朋友们去探他，他带着满身血迹鞭痕，本来是瘦弱的他，更加骨瘦如柴。然而他眼睛依然炯炯有光，表现着他的不屈不挠的精神。他告诉探视他的朋友说："他们打我，然而不能屈服我始终忠实于人民和祖国的意志。"他并不曾表示丝毫沮丧，并没有落过一滴眼泪，当他离开他的朋友时，留下一个倔强的背影。

一九三四年夏季一个细雨蒙蒙的黑夜，在卖国贼刽子手蒋介石的命令之下，我东北抗日联军的创始人，忠勇的中共领袖罗登贤同志，在凄然的枪声中与世长离了！

东北人民是永世不忘"九一八"后十四年沦陷的惨痛的，永世不忘卖国贼蒋介石以不抵抗政策出卖东北的罪恶的，永世不忘蒋介石刽子手屠杀了他们的抗战领导者罗登贤同志的。所有东北人民的勤务员，将永远继承他的精神一直战斗到胜利。

（1946年9月27日）

火线短曲

六〇四九二连二班共有十一个同志,在爬兰封城墙时,正副班长和一个战士首先挂彩,占了城上阵地后,接着又负伤了五个,冲下城墙向街心发展时,又有两个同志负伤,全班只剩下齐贺祥同志一个人。这时他脚顿了一下,很愤恨地"唉"了一声说:"就我一个人,也要干到底!"说了后,擦了擦刺刀,一手持枪,一手提着手榴弹便又跟着六班冲下去,追击向他们曾经进行过顽强反扑的敌人。战斗结束了,他身上横竖挂了六支枪,肩上还扛着一箱美造子弹,满面笑容地慢慢走回自己的连里,同志们拍手欢迎他的回来,庆贺他的胜利,亲热地让他喝水、吃饭,但他总是不答同志们一句话,原来他已经在战斗中把耳朵震聋了,听不到同志们说的是什么。

★★★★★★

杨书田同志,是六〇五〇第一连的战士,打范家庄时,敌人手榴弹扔过来,他又接着扔回去十几个,全连人都很佩服他,选他为杀敌英雄;打兰封车站时,他很沉着,有一次敌人反扑过来,他们的班长有点慌了。他就说道:"战斗任务要坚决完成,上级说:只有前进没有后退,谁要后退就用纪律。你要退你负责任,我不负责任。"由于他的坚持,完成了坚守阵地的任务。阎林府战斗他负了伤,他说:"我是山东人,家在根据地,不要看我年纪大,伤好了还要干几年,如果有个一长二短,希望上级给我写个证明信捎回去,说我在革命队伍上干过,为人民服务过,把过去那一段洗掉。"(因他是平汉战役过来的)

(1946年9月27日)

就擒蒋家匪帮

华山寄自围场

孤军深入热西的蒋家军两个师，搁在一百里长的点线上，最前哨张三营子（隆化北）只有一个团。在张三营子遭八路军阻击的进犯者，感到事情有点不妥，就悄悄地缩回去了。临走时，对他们收罗的土匪们说："你们都是中央军，你们能扩充多大队伍，就放你们多大的官。"

匪首"双四点"之流，于是接防了张三营子，他是围场街上无人不恨的伪满警察，解放后逃脱了群众复仇清算斗争，啸聚了许多警察特务，打家劫舍。同样来历的匪首，还有"四海""占北""殖加乞""占北边""东洋"等五人，这些伪满剩下的臭垃圾，到蒋家军手中，都成了功臣。这六个土匪合起来百余个"杆子"，在村中招兵买马，得意扬扬地说："今年中秋月亮分外明，该咱们中央军团圆了。"但是，在过节的前一天下午，老百姓把自己的军队引到自己的房里，从热炕上拖起"双四点"，临到快绑起来的时候，"双四点"还在做他的团圆梦，咧着嘴说："别开玩笑，你们到底是不是中央军？"

人民的军队和村中的老百姓，一点也不开玩笑，老百姓白天侍候分住在他们家里的土匪们吃白面喝酒，却悄悄开了门，引进穿着便衣的八路军，指着炕头说："就是，这就是！"

热河人民自卫武装曾经释放过许多匪贼，让他们悔过自新，但是存心和人民作对的蒋家匪帮，却继续祸害人民，人民是不能再饶恕。"四海"和"占北"给打死了，六十几个蒋家匪帮，一个也没逃过人民的复仇怒火，"双四点"也绑到围场，在十四号当众枪毙了。

这是热河人民从游击战争反对蒋家进犯者第一个大胜利,坚决反对"满洲"的热河人民,已经开始和八路军一起握着枪展开广泛的群众自卫游击战争,无情地回答深入热河的蒋家匪帮!

(1946 年 9 月 29 日)

富家滩工人解放前后

鲁生

由南关车站沿着铁路往北走十五里，一个近代化的煤矿厂，西北实业公司富家滩第三厂便映入眼帘里。在六百多米两山之间，有三百多米平地，被汾河水分成两块。北岸是厂房、电灯公司和车站，南岸是营盘和厂长、股长和阎锡山挽留下的日本职员们的宿舍，建筑均整齐而华美。在两面山上，除过电灯公司矗立的烟筒和镇压工人的碉堡外，还有蜂窝似的数不清的土窑洞，每个洞口，都弥漫着使人窒息的煤气炭气，这就是富家滩千余工人的住处。土窑中每日两头不见太阳。工人们早上不明就被矿警队逼着钻进漆黑的煤窑底，直到夜半才能回到土窑。厂房的厕所能设电灯，但工人们却只能点豆粒大的昏暗的麻油灯，在黑魆魆的窑洞里爬行。两个月了，阎锡山没有给工人发过工资，但却逼着每个工人每天要挖一千斤煤。工人袁亭贵五十多岁了，在厂里干了五年多，从来没有扯过一丈布缝件衣服，也没有穿过一双新鞋。五年来，一直是去厂房拾人家的烂鞋穿。现在他很衰老了，每天挖不够一千斤，不得不叫自己七岁的孩子也下窑去。就这，每天也只能煮的吃碗黑豆，老婆也饿死了。一次他去矿井迟了，矿警队边打边骂："妈的，你挖少了还行！太原的炼钢厂凭着这煤！同蒲路的火车也凭着这煤！"工人牛小成引我到工人的宿舍去时上到半山腰，经过两个塌毁的窑洞，上面长满了黄蒿和野草。他走到那里呆呆地站住了，眼睛滚出两颗泪珠来，说："这两个窑洞里死了我们十一个工人呀！"这是前年秋天的事。窑洞年代久了，厂方不给修理，一连下了三天雨，窑洞塌了十几孔。那一次一共死了一百多人，里面还有他相跟出来的几个老乡。这时后边有人插嘴说："我们住的地方简直是坟墓！你看这塌了的十几孔窑里，都埋着我们工人的尸首！"我转回头一看，那说话的人满脸是铜元大的黑疤，眼圈和嘴唇上也裂开了，手上更是一圈一圈的疤印。这分明是被火烧了的。我马上问他这是怎么回事，他说："同志，提起来真伤心呀！炸煤哩，在窑里装好四个爆发管，用的黄色炸药。不凑巧，只响了三个，还有一个等了好一会不响。矿警工头都不耐烦，逼着叫我进去看。咱还没走到跟前，炸药响了，同志……"他摸着脸上的伤疤给我看，"好在没死了！"这儿因为炸煤死了的工人，不知有多少。我们经过一个碉堡，堡旁有一块地，玉茭长得特别好。工人彭和生一看到玉茭，便气愤愤地说："看这一块玉茭长得多好！可是它是吃我们工人的血肉长成的！"我很奇怪，问他为什么，他说："同志，提起来你要害怕哩！这里光咱晋城人就埋着一百多！去年秋天天气热，大家又吃不上饭，再加上喝汾河的浑水，工人都害了痢疾；日他娘的阎锡山，不给治病不用说，逼着我们一天要出一千斤，结果是每天要往外抬四五个死人。起初是把死尸扔到这地里就不管了，后来臭气吹到厂房了，再加上石先生（阎锡山派的厂长）的狗要啃死人骨头，他怕把狗吃坏了，才叫工人挖壕去埋葬。以后工人越死越多，这地里便一壕一壕地挨着埋过去，光这地里就埋有三四百人。以前一千多人，今天只剩五百多人了！"他讲到这里，大家都气愤起来。一个工人高叫："日他娘，阎锡山就不把我们当人！"另一个也喊着："捉住石厂长，我们大家去和他算总账！"第一天，太岳行署为解决工人当前的吃饭问题，先在霍县灵石拨来三百石救济粮。在分配中间，我了解了这五百多工人的来历。一部分是过去日寇汉奸阎锡山军队到解放区抓来的，一部分是阎伪统治区的老百姓为躲避阎锡山的"兵农合一"逃来的。因此他们中间有些人知道解放区的老百姓已在共产党领导下翻了身，也知道八路军绝对不会忘记来拯救他们。所以当我军解放富家滩的炮声响起时，工人们都自动停了工准备欢迎。电灯公司的工人们，为便利我军攻占碉堡，一听炮响就自动将铁丝网上的电门关闭了，南面的碉堡被我军攻下后，富家滩的阎伪军慌忙逃跑了。八路军进入富家滩煤厂，工人朱宏元两手紧握住战士李全贵的手说："同志，总算等着你们了！"他兴奋得流出了眼泪，许多工人都伸着手来向我们同志握手说："早就盼望你们呀！"电灯公司的工人们引着战士参观着机器，叙说自己保护的机器一点也没被破坏。夜间，电灯比往常更显得亮了！在老朋友一样亲密的谈话中，一个侦察员谈到他在进攻前，曾被派去侦察铁丝网上有无通电。他没带什么必要的器具便去了。他爬到网前，不得不用手指在铁丝上按，觉得没有什么，便回去报告。大家听着都哄笑起来。一个工人说："如果有电，离铁丝一米达就能吸住烧死！"侦察员笑说："要不是你们配合得好，我今天就见不上你们了！"现在，工人们的情绪与解放前已经大不相同了。他们说："现在才是为自己工作哩！"当我和他们谈到蒋阎伪军还想来抢夺这座煤矿时，工人们说："他们来了，咱们反正不能活，咱就和他拼！咱背后有八路军，什么也不怕！"他们现正以努力增产来支援前线，并开始组织自卫。

(1946年9月29日)

火 线 短 曲

在战斗动员的大会上，六〇五〇第七连王希圣同志交出了四百块钱、两身新衣服，他说："我要牺牲了，我的钱给连上改善伙食，衣服奖励杀敌英雄。我死了只要八路军有我王希圣一个名字，知道我是为老百姓死的就行了。"阎林战斗中他一连打倒了四个敌人，他还鼓励大家好好瞄准打，不要瞎打枪。枪声一停，他就喊口号："我是平汉战役过来的，八路军很好，你们过来吧！"在敌人第四次冲锋的时候，他不幸头中一弹，他死在他的亲爱的战友们的身旁。八路军的同志们！要永远记住王希圣的名字呵！（弋笑）

【同支讯】七月二十八日夜，趁着黝黑的夜色，同蒲支队二大队静悄悄地接近了同蒲路灵石南关东面约五里地的杨家山敌人的碉堡，要想控制南关，切断阎顽的大肠，首先必须要把杨家山敌人的碉堡搞下来才行。

我们三分队的健儿们真是英勇，抬着梯子迅速地通过了敌人设有障碍物的外壕，把梯子架到堡墙上了。你看呀！一、二分队的同志们，一个一个英勇地都上到梯子上，不管敌人在怎么样射击和投手榴弹，但是我们一、二分队的同志一点也不害怕。不巧正在上梯的时候，梯子忽然中断了，敌人随即扔下来一颗手榴弹，但指战员们的饱满战斗情绪丝毫未受影响。梯子马上又竖立起来，健儿们一个跟一个都爬到堡子里去了。敌人在这种情形下，火力很快便喑哑下来。真是快呀，只有吸一根烟的时间，整个的杨家山碉堡便被我军完全占领了，敌人的四挺轻机枪、一个掷弹筒、步枪三十余支、俘虏四十余，都成了我二大队的胜利品。我二大队不但过去有着善于坚守的传统，而且这一次又创造了一个很漂亮的攻坚战斗。

（1946 年 9 月 29 日）

常村之战

尹邦宪

一

新庄（辉县城东南二里）战斗之后，部队中普遍地酝酿着："为什么不让我们打，有肉也吃不上。""不打，多丢人，连一颗子弹壳也得不上！""怎么？说是要我们打，为啥又变了呢？不打可不行。"部队里一天到晚这样嚷嚷着，他们觉得：一、二分队都打上了，得了枪，捉了人马。可是，我们是向一、二分队挑了战的，却没有打上，这将来如何总结呢？尽管你从战斗意义上和任务上去说明、解释，可是终不能使这些英雄们心气平下来。

顽敌似乎全然不知道我们英雄们心事，八十五军六十七团由副旅长带着三门山炮，连夜（八月二十九日夜）由汲县赶到辉县来。三十日黎明又将本月二十日刚解放了的常村（辉县城东北十五里）侵占了，也侵占了村东南一里处的凤凰山。

枪炮声不断地打击着人们的耳鼓，战士们的血液，伴随着这种火药味，在血管里流得更快了，大家所等待着的"今晚的任务，我分队消灭进攻的敌人"的命令，终于到来了，任务是：先消灭凤凰山之敌，然后配合友邻消灭常村敌人。

连长刘光义同志，排长、战士十七个同志都带病作战，九小队有病的新同志姚银屯、牛福喜、副班长张玉桃等四同志说："一说打仗，病就轻了。"

二

晚霞映照着白云，天空静静的连一点微风都没有。忽而由南山脚下传来一阵"砰！砰！格！格！……"的步机枪声，惊散了一群归宿的乌鸦，那正在半途中利用休息时间开着动员会的战士们，像是不曾听见似的。在土丘上用望远镜可以看见西南方凤凰山上的一群顽敌正在构筑工事——鹿寨、围墙……以图固守。

部队静悄悄地向前运动着，只能听到"擦！擦！"的轻微脚步声，一个接着一个，穿过了梯形的玉茭地，将近碉堡了（凤凰山北的一个小碉堡），子弹从头上掠过，突击队散开了，迅速地接近敌人，听见那乌龟壳里有个人说："把手榴弹、刺刀准备好。"接着又轻轻地说："给我一个手榴弹。"说时迟，那时快，手榴弹一响，突击队像决口的洪流似的一拥而上。

八小队四班长，共产党员、杀敌英雄苏福红同志首先冲到碉堡下，把手榴弹由枪眼向碉堡里塞进去两个以后，忽然他背后由碉堡里掷出个东西，他很快地卧下，"轰！"的一声响了，他马上爬起来，第二个又出来了，他用手掌猛然一击，给打了回去，顽敌于是只好自作自受了。苏同志像燕子似的飞快一转身，架着梯子，上了碉堡顶，他挖洞向碉里投弹。敌人消灭之后，他亲手得了一支步枪。

牛永怀同志，是我们九小队的炊事员，身体强壮，说话爱笑，范庄战斗他勇敢地在敌火下一连背了十四个伤亡的同志，大家选他作模范，上级赠他奖状、奖他钱。这次他的劲头更大了，他随着部队冲了上去，打了五个手榴弹，在碉堡内背了一箱子弹、一支步枪下来了。别的同志高兴地说："老牛得了枪啦"！他笑笑嘻嘻地说："以后我非得机关枪不行。"说着把东西放下，就又去背彩号了。

碉内的"开花弹"顽敌吃不消了，他们向外冲，我们七小队的张道贤同志两枪打死两敌，喊着："中央军弟兄们，缴枪吧，我们优待你们。""不要替蒋介石打内战了，缴枪不杀。"张同志，这时跳进碉堡抱了一挺轻机关枪出来。

几分钟之后，顽敌被歼灭了，我们开始用着敌人的机关枪和弹药对凤凰山顶展开攻击战。

三

"轰！轰！……格！格！……"火花不断地由山顶上冒起，这是将要冲锋的信号，战士们心里笑了："冲！看咱们的机枪打得多好！"真是太漂亮了，炮兵刚刚开始超越射击，立刻将近二百敌人，就像兔子一样地滚下了山。战士们有些失望了："今天又打了个'脓包'，真他妈的会跑。"

有两个没能跑掉的蒋军说："我们是二营六连，由营长贾儒豪带着两门迫击炮、两挺重机枪，和我们连，守这个山头……"有人轻轻地插了一句："你们为啥跑得那样快？""为啥？"他答，"下边（指碉堡）打起来不多一会儿，二排排长就一拐一拐地喘着气爬上来向营长报告：他们排的人枪都完啦。他一个人也是负了伤才跑出来的。营长听了，大发脾气，跺着脚：'妈的×，教你死守，你为啥跑回来？不看你负了伤，非枪毙你不行……'这样臭骂了一顿，返转来又向我们说：'不准打枪，把刺刀、手榴弹准备好，等看到了人，一下子打出去，那个不听，枪毙'！说完，马上派传令兵去调副营长带四挺重机枪和四连上来。没有几分钟，一个炮弹正落在山顶上，'轰！'的一下，把个重机枪班长炸倒了，营长吓了一跳，连忙给连长下令：'不准退。'可是他自己却慌慌张张地带着重机枪和炮先跑了。我们是愈发沉不住气了，都准备好要跑，谁知没看见你们就上来了……"

百十米达处的山坡上，又"轰！轰！……"的响了一阵，山下有人在喊："不要误会，不要误会！"我们七小队邓占廷等同志就趁机喊："打误会了，不要打了，上来吧。"两个传令兵上来了。"不要动，举起手来。"他们轻轻地当了俘虏。这样接连捉住了八个，一个俘虏叫陈孝喊着："副营长上来吧，营长在这里呢。"战士们枪握得更紧了，准备着用刺刀消灭敌人。可是，狡猾的顽敌听了方才有的喊话是北方口音，他们早偷偷地溜走了。

四

第二日（三十一日）敌人用山炮、迫击炮……向他们自己丢掉在凤凰山的二十九具尸体轰击了半天，好像在处罚他们跑得太慢了似的。

我们的战士却笑嘻嘻地擦洗着昨夜的胜利品——两挺轻机枪、两挺加造手提机枪等武器。被解放了的陈孝在诉说着："中国的火车从黄河南把美国货拉到河北来卖，我们在汲县给美国兵站岗……中国人穿衣服要学美国，我们实在不服气……队伍里光赌钱，官长们说：'黄河北迟早是八路军的……'"他的结语是："蒋主席的头脑昏了！"蒋军这天连掩埋尸体都没来得及，就急急忙忙地窜回汲县去了。

马上常村一带传播着：八十五军是中央军黄河北顶厉害的队伍，都叫八路军给打败了，杂牌队还怕□。人们愁苦着的脸，挂上了笑容，和常村一样的被解放了。

（1946年9月29日）

绿豆水

维进

五连在赵城耿峪住，有一天烧开水，烧了一会，揭开锅盖忽然锅里有了绿豆，这很奇怪。有的同志说："刚才咱们出去的时候，老乡要做饭，所以放了绿豆，另找锅烧吧。"有的同志主张让老乡回来喝了，正在嚷吵着，房东张老太太进来了，笑着说："这是我放的，你们打了一天仗，热坏了，喝开水这顶事吗？喝点绿豆水好。"五连的同志不愿意，他们想起了老百姓被阎锡山糟蹋得没吃没喝，舍不得喝绿豆水："老阎害得你们吃没吃，绿豆留下顶粮……就这样吧，这锅水你做了饭，俺另找锅烧开水。"张老太太哪里肯依呢，她不搭理，气得忙到对面的房子里，把两口锅藏起来，喃喃地说："这可看你烧个甚？"忽然抬头看见进来的小孩旺生，就把这件事情告了他，旺生一听更着急了："娘，娘，人这样多，这点绿豆，哪里够呢？……"他说完了悄悄端了两碗绿豆倒在锅里。后来张老太太、旺生因为八路军不喝生气吵起来，五连同志才喝了。很快他们要上火线去，张老太太她笑着说："绿豆水只能在家止渴，到火线上怎么办哪？旺生咱们把石榴都摘下来。"张老太太说着就动手去摘，五连同志劝他们不要摘，等熟了再说，张老太太说："等熟了，你们又不知哪里打仗去了。"

（1946 年 9 月 30 日）